박스 2

BOX

Box

Copyright © 2021 Camilla Läckberg and Henrik Fexeus
Korean Translation Copyright ©2024 by Pencil Inc.
Korean edition is published by arrangement with Nordin Agency AB, Sweden, through Duran Kim Agency, Seoul.

이 책의 한국어판 저작권은 듀란킴 에이전시를 통한 Nordin Agency AB와의 독점계약으로 펜슬프리즘(주)에 있습니다. 저작권법에 의하여 한국 내에서 보호를 받는 저작물이므로 무단전재와 무단복제를 금합니다.

박스

2

카밀라 레크베리, 헨리크 펙세우스 지음

임소연 옮김

어느날
갑자기

1982년 크비빌레

소년은 도안이 더럽혀지지 않도록 깨끗하게 쓸어 둔 헛간 바닥에 도안을 펼쳐 놓았다. 며칠에 걸쳐 그리면서 크기를 측정하고, 조정하고, 또다시 만들기를 반복했던 도안이 드디어 완성되었다. 소년은 조심스레 펼쳐 놓은 종이 옆에 앉아 혹시 실수한 건 없는지 도안을 구석구석, 부분별로 다시 자세히 들여다보았다.

이 헛간에서 동물을 키우지 않은 지는 오래되었지만, 나무 바닥에 누워 있으려니 아직도 소 냄새와 거름 냄새가 났다. 예인은 이 냄새를 질색해서 헛간에는 발도 들이려 하지 않았다. 하지만 소년은 여기 있으면 마음이 편안해졌다.

이곳은 그 누구도 아닌 소년만의 공간이었다. 집 안에서 보낸 시간보다 이곳에서 그의 프로젝트를 구상하고 진행하며 보낸 시간이 더 길 것이다.

그때 누군가 헛간 문을 두드렸다. 이어 문이 열리자 바깥에 문손잡이를 잡고 서 있는 예인의 모습이 보였다.

"들어가도 돼?"

예인이 물었다.

"응. 그런데 누나는 여기 들어오는 거 싫어하잖아."

바닥에 누워 있던 소년이 일어나 앉으며 대꾸했다.

"싫어하지. 그런데 생각해 보니까 그냥 악취를 풍기는 분자일 뿐이잖아. 그것들을 재해석하는 중이야. 그 방법에 대한 책을 읽었거든. 그리고 너한테 준 숫자 퍼즐 문제가 어떻게 되어 가나 궁금하기도 했고. 계속 물어본다는 걸 깜빡해서."

소년은 바지 뒷주머니에서 플라스틱 숫자 퍼즐을 꺼냈다. 그리고 자리에서 일어나 예인에게 걸어가서 퍼즐을 건넸다. 며칠째 문제를 풀려 끙끙대고 있었지만 좀처럼 풀 수 없었다.

"이해가 안 돼."

소년이 퍼즐을 건네며 말했다.

"그냥…… 그렇겐 안 되는 거 같은데."

"빙고. 맞아, 그렇게는 안 되지."

소년이 얼굴을 찌푸렸다. 특정 숫자 배열이 불가능하다는 게 말이 되나? 말이 안 되는 것 같았다.

"봐 봐."

예인이 설명을 시작했다.

"1에서 13까지는 숫자를 순서대로 배열하고 14와 15만 위치를 바꿔야 한다고 했지? 이 숫자 조각을 움직여서 다시 원래 위치로 오게 만들려면 최소 몇 번을 움직여야 하는지 알아?"

"두 번. 아무 방향으로나 한 번 움직이고 다시 원래 위치로 움직여야 하니까."

"맞았어. 짝수로 움직여야 해. 그러니까 네가 퍼즐 조각을 몇 번 움직이든 간에, 원래 자리로 돌아오려면 반드시 짝수 횟수로 움직여야 한다는 거야. 그런 표정으로 누나 보지 말고. 이건 그냥 수학 논리야. 그런데 14랑 15 퍼즐 조각 위치를 바꾸려면 몇 번을 움직여야 돼?"

"한 번."

소년이 이어 말했다.

"아! 그러니까 홀수만큼 움직여야 한다는 거네."

"맞았어. 꼬맹이가 대단하네. 맞아, 14와 15 퍼즐 조각의 위치를 바꾸려면 반드시 홀수 횟수로 움직여야 한다는 거야. 하지만 다른 숫자들을 제자리에 두려면 짝수 횟수만큼 움직여야 하잖아. 동시에 짝수이면서 홀수인 횟수만큼 움직이는 건 불가능하니까, 아예 그렇게는 될 수가 없는 거지."

소년은 고개를 저었다. 도대체 누나가 무슨 말을 하는지 이해할 수 없었지만, 그래도 누나 말이 맞는 것처럼 들렸다.

"난 짝수가 좋아."

소년이 다시 입을 열었다.

"그런데 누나 같은 사람들을 위한 클럽 같은 거 있지 않나?"

"완전 똑똑한 사람들만 있는 클럽?"

"아니, 완전 짜증 나는 누나들이 모인 클럽."

소년이 예인을 약 올리려는 듯 천천히 말을 덧붙였다.

"그런데 누나가 익숙해지려고 코를 훈련시키고 있다는 그

분자들 말야, 그거 똥 분자인 건 알고 있는 거지?"

예인의 얼굴이 퍼렇게 질렸다.

"으으! 너 진짜 짜증 나!"

예인은 곧장 헛간 밖으로 뛰어나갔다. 그런 누나를 보며 소년은 배꼽을 잡고 웃었다. 누나가 헛간에 있는 동안 코에 들어간, 눈에 보이지 않는 것들을 빼내기 위해 소매에 코를 풀자 소년은 더욱 박장대소했다.

그런 다음 소년은 다시 도안 옆으로 돌아와, 어느새 도안 위에 내려앉은 지푸라기 몇 가닥을 떼어 냈다. 처음 그린 도안은 아니었다. 헛간 벽을 따라서 소년이 이제까지 만들었던 크고 작은 구조물들이 줄지어 서 있었다. 모두 소년이 만든 마술 소품이었다. 그중에는 제대로 작동하는 것도, 작동하지 않는 것도 있었다. 목재 창고를 가진 알란은 이런 걸 만드는 소년의 열정과 그 뛰어난 솜씨를 보고 감동을 받은 나머지, 소년에게 필요한 자투리 목재와 널빤지, 천 원단을 넉넉히 챙겨 주었다. 그럼에도 재료가 다 떨어지면 소년은 임시변통으로 시리얼 상자를 이용해 소품을 만들었다.

하지만 최근에는 이제껏 만들었던 것과는 조금 다른 것들을 만드는 중이었다. 지금 이 헛간 벽에 주르륵 줄 세워 둔 저 일루전 도구들은 이제까지 소년이 TV에서 마술사의 일루전을 보고 그 마술사가 보여 준 트릭을 파악하려 노력하면서 직접 만들어 본 것이었다. 저 소품들이 제대로 된 것인지 아닌지는 아무도 알 수 없었다. 하지만 지금 바닥에 펼쳐 놓은 이 도안은 진짜였다.

소년은 엄마의 도움을 받아 크비빌레 도서관에서 스테이지 일루전에 대한 책을 몇 권 주문했다. 주문한 책들을 받기까지는 한 달 넘는 시간이 걸렸다. 하지만 안타깝게도 그가 주문한 책들 대부분은 스팽글 달린 옷을 입은 마술사들의 라스베이거스 공연 사진이 실린 그들의 전기였다. 마술사들의 일루전 비밀이 담겨 있길 바랐지만, 자신의 마술 비밀을 발설하려는 마술사는 하나도 없는 것 같았다. 그러다 《취미 시리즈 12: 나만의 마술을 만들자!》라는 제목의 책을 발견했다. 제목이 너무 시시해서 주문을 하지 않을 뻔했는데, 놀랍게도 그 책에는 유명한 일루전의 도안과 설계도가 여럿 실려 있었다. 모든 비밀이 담긴 그런 책이 존재한다는 게 믿기지 않을 정도로.

책 자체는 성의 없게 만들어져 있었다. 설명은 도안을 사진 찍은 것으로 대신했고, 대부분의 도안이 미국 것인지 사진 옆 구석에는 인치에서 센티미터로 변환한 치수가 적혀 있었다. 하지만 그래도 소년에게는 훌륭하기만 했다. 이 책에는 그가 가장 좋아하는, 사람의 위치가 바뀌는 마술에 대한 설명이 들어 있었다.

소년이 봤던 대부분의 일루전은 마술사가 조수를 상자 안에 구겨 넣고 상자를 반으로 자르거나, 불을 지르거나, 칼을 꽂는 등 상자에 뭔가를 하면 잠시 후 조수가 옷을 갈아입고 짜잔 하고 나타나는 게 대부분이었다. 실제로는 옷을 갈아입고 있으면서 겉으로는 누군가를 해치는 것처럼 보이는 마술을 한다는 게 소년의 눈에는 조금 이상하게 보였다. 어쩌면 어른이 되어야 이해할 수 있는 것일지도 모른다.

하지만 사람의 위치가 바뀌는 일루전은 다른 일루전과는 달리 마술사와 조수가 같은 역할을 맡았다. 둘 다 마술사이면서 둘 다 조수이기도 했다. 이 일루전에서 마술사는 조수가 되었다.

이 일루전에서 소년은 다른 사람과 위치를 바꾸고, 다른 사람이 될 수 있었다. 소년은 그 스토리가 더 마음에 들었다.

소년은 눈을 가늘게 뜨고 바닥에 놓은 도안 옆에 펼쳐진 책을 들여다봤다. 사진 속 두 사람은 미소를 지은 채 박수갈채를 받고 있었다. 소년에게도 조수가 필요했다. 하지만 예인은 절대 안 한다고 할 것이다. 이번에 소년이 새로 그린 도안과 새 치수에 따라 상자를 만들면 엄마도 그 상자 안에 쉽게 들어갈 수 있을 것이다. 그걸 보여 주면 엄마는 깜짝 놀라고, 또 그를 엄청 자랑스러워할 거다. 그리고 소년은 마침내 그만의 마술을 하게 될 것이다. 소년은 만전을 기하기 위해 다시 한

번 치수를 확인했다.

이건 이제껏 소년이 해 왔던 마술 중 최고가 될 것이다.

*

"그래서 칠순 파티는 어땠어?"

빈센트는 제발 마리아가 그냥 넘어가 주길 바라며 밝은 목소리로 물었다. 하지만 그럴 가능성은 낮아 보였다. 솔직히 말해 오늘 같은 날 마리아가 그냥 넘어가 준다면, 당장 밖으로 뛰쳐나가 생애 최초로 복권을 사야 할 것이다.

100만 크로나 상금의 복권 1등에 당첨될 확률은 25만분의 1이지만, 무엇에라도 당첨될 확률은 5분의 1이다. 유명 복권의 여섯 자리 숫자를 맞히고, 보너스 숫자까지 맞혀서 1등에 당첨될 확률은 49만 860분의 1이지만, 마찬가지로 무엇에라도 당첨될 확률은 50분의 1이다. 확률을 높이려면 긁는 복권을 사야 한다. TV에서 방송하는 빙고 로또 같은 걸 해서 슈퍼 찬스나 컬러 파이브에 당첨될 확률은 16만 6천분의 1이다. 무엇에든 당첨될 확률은 7.7분의 1, 그러니까 아마도…….

"빈센트! 내 말 듣고 있긴 한 거야?"

마리아가 붉으락푸르락한 얼굴로 빽 하고 소리를 질렀다.

그는 눈을 껌뻑이며 다시 현실로 돌아왔다. 마리아는 가족과 시간을 보내고 온 다음이면 여지없이 저렇게 펄쩍펄쩍 뛰며 화를 냈다. 그녀의 형제자매와 부모가 그녀의 귀에 쓰디쓴 독을 계속해서 떨어뜨리는 것이다.

오늘 긁는 복권을 살 일은 없겠다는 생각이 들자 그의 마음도 조금 무거워졌다. 오늘은 복권을 사는 날이 아니라 갈등을 관리해야 하는 날이다. 하나님, 부디 도와주옵소서. 그는 자리에서 일어나 '페스티브 파터' 머그잔에 커피를 따른 뒤, 마리아 맞은편에 앉았다. 태양이 사전에 여름날을 리허설하기라도 하듯, 식탁에는 황금빛 햇살이 드리워져 있었다.

"당신이 파티에 안 온 걸 다들 이상하게 생각했어."

마리아가 입을 열었다.

"오늘 저녁에 공연이 있어서 못 온 거라고 했지만 엄마 아빠 모두 아주 언짢아하셨고."

"유감이네."

대꾸하자마자, 빈센트는 마리아의 보디랭귀지에서 그게 잘못된 답이었다는 걸 눈치챘다.

무대 위에선 800명의 관객을 상대로 그들의 마음을 속속들이 읽으며 오케스트라를 지휘하듯 가지고 놀 수 있는 그였지만, 무슨 이유에선지 인간 지뢰밭 같은 아내와는 대화를 할 수가 없었다. 특히 마리아의 부모와 울리카가 아내 마음의 지뢰밭에 뇌관을 설치한 다음에는 더욱 그랬다.

"유감이라고?"

마리아의 언성이 높아졌다. '글리터 푸씨'라고 쓰인 머그잔을 들고 있는 그녀를 보며, 빈센트는 다시 한번 그 문구가 마리아와 얼마나 어울리지 않는지 생각했다. '글리터 푸씨'보다 그녀에게 더 잘 어울리는 단어는 많고 많았다. 아니, 솔직히 '글리터 푸씨'보다 안 어울리는 문구는 없다는 게 더 맞는 표현일 것이다.

"그게 아니라······."

빈센트는 리듬을 타며 식탁 밑으로 발을 까닥이다가 의식적으로 멈췄다. 그가 신경질적으로 보이면 그녀는 더 짜증을 낼 것이다. 때로 그는 과거 마리아가 그의 어떤 점에 끌렸던 것일까 생각했다. 왜 그녀는 그와 사랑에 빠졌던 것일까. 그는 그녀에게 최악의 남자였고, 돌려 말해 그녀도 그에게 최악의 여자였다. 그들의 경우, 누가 누구에게 먼저 접근했는지에 따라 상황은 달라졌다. 먼저 접근한 쪽은 가족에 대한 엄청난 배신을 한 것으로 여겨졌다. 그리고 가족들은 아직도 상처에서 완벽히 회복하지 못하고 있었다.

그는 그녀가 먼저 자신에게 접근했다고 생각했지만, 마리아는 그가 먼저 그녀를 유혹했다고 생각했다. 어쩌면 진실은 그 둘 사이 어딘가에 있을 것이다. 마리아는 평생을 그녀의 언니인 울리카와 경쟁하며 살았다. 짜증 날 정도로 완벽을 추구하는 울리카의 성격으로 미루어 보건대, 경쟁은 절대 쉬운 일이 아니었을 것이다. 울리카에 비하면 마리아는 뭐든 잘하는 게 별로 없는 여동생이었다. 어쩌면 그가 마리아에게 끌렸던 것은 울리카의 그 완벽주의 때문이었는지도 모른다. 울리카의 기대치를 맞추기 위해 노력하며 사는 건 정말 고단한 일이었다. 하지만 마리아에게는 기대치랄 게 없었다. 적어도 그에 대해서 그녀는 기대하는 게 없었다. 그녀는 현재에 충실했고, 무엇에든 열린 태도를 가지고 있었으며, 모든 것에 즉각적으로 반응했다. 아니, 그때의 그는 그렇게 느꼈다. 뒤늦게 마리아가 겉으로 드러내는 모습이 진정한 그녀의 모습과 차이가 있다는 걸 알게 되었지만, 때는 이미 늦은 후였다. 그걸 알게 되었을 때 그들의 배신은 이미 공공연한 사실이 되어 있었고, 둘은 전쟁터에 어깨를 나란히 하고 선 한편이 되어 있었다. 그들이 자초한 충격과 비탄에 둘러싸인 채 말이다. 그리고 솔직히 말하면 이제껏 그는 마리아의 기대치에도 미치지 못했을 것이다.

그럼에도 불구하고, 금지된 경계선을 먼저 넘은 건 마리아라는 그의 생각에는 변함이 없었다. 마리아는 그 일이 있기 전 몇 달 동안 서로를 쳐다보는 시선부터 움직임, 서로를 스쳐 지나갈 때 살짝 닿았던 몸까지 둘 사이의 긴장감이 끓어오르고 있었다고 말하겠지만 선을 먼저 넘은 건 분명히 마리아였다. 그 일은 장인 장모 소유의 여름 별장에서 일어났다. 식구들이 모두 수영을 하러 나갔던 어느 날, 그는 할 일이 있다는 핑계를 대고 집에 남았다. 마리아는 무슨 핑계를 대고 집에 남았는지 모르겠다. 어쨌든 그날, 둘은 그 낡은 집 주방에서 처음 섹스를 했다. 그를 향해 성큼성큼 걸어온 마리아는 그를 안고 먼저 키스했다. 그리고 곧장 그의 바지로 손을 내려 단단해진 그의 성기를 움켜잡았다. 그는 그녀를 번쩍 들어 안고, 평상시 그와 울리카가 그 집에 방문할 때마다 머물렀던 손님방으로 자리를 옮겼다. 그렇게 그는 그녀의 몸속으로 파고들어 갔다.

그날 둘은 그들이 선택한 길이 전진밖에 없는 길임을 알고 있었다. 그들이 결연히 내린 그 결정은 가족에겐 경악과 공포 그 자체로 다가왔다. 그 일이 있고 일주일 후, 그는 울리카를 상대로 이혼 소송을 제기했다.

첫 1년 동안 둘은 미친 듯 섹스에 탐닉했다. 관계는 주로 마리아의 주도 아래 이뤄졌다. 마리아는 그녀의 언니가 사령관이었던 요새를 점령하듯 그의 몸을 정복하길 원했다. 그도 거부하진 않았다. 그도 마리아와의 섹스가 좋았다. 울리카와의 관계가 연기에 가까웠다면 마리아와의 그것은 더…… 진짜처럼 느껴졌다.

그때 그들 사이에 있었던 것이 무엇이든, 그건 얼마 가지 않아 썰물 빠지듯 사라졌다. 최근 몇 년 동안 관계는 더 뜸해졌다. 한 달에 한 번 관계를 가지면 많이 한 것일 정도로. 마지막으로 마리아가 그를 만진 게 언제였는지, 마리아가 그의 절정을 허락한 게 언제였는지 기억조차 나질 않았다. 게다가 마리아는 다시 고상한 숙녀라도 된 듯, 관계할 때 모든 조명을 꺼야 한다고 요구하기까지 했다. 이쯤 되니 그녀가 그녀의 몸속 깊숙이 삽입한 그와 눈을 맞추고 싶어 했던 과거는 요원한 환상처럼 느껴졌다.

"맙소사, 빈센트! 당신 지금 무슨 생각을 하는 거야? 사람이 말을 하면 듣는 시늉이라도 해야 하는 거 아니야?"

마리아의 목소리가 다시 높아졌다.

왜 아내의 말은 집중해서 들을 수가 없는 것일까. 어쩌면 그건 그녀가 할 말을 그가 이미 다 알고 있어서인지도 모른다. 가끔은 목소리를 낮춰 그녀의 말을 토씨 하나 틀리지 않고 따라 할 수 있을 때도 있다.

"엄마 아빠한테 전화해서 사과하라고 했잖아."

마리아가 말했다.

"칠순 파티는 인생에 엄청 큰 행사야. 당신은 대체 언제쯤 가족을 우선으로 생각할 거야? 기분 내킬 때 우리한테 왔다가 또 싫증 나면 가 버리는 건 알겠는데 나머지 우리는, 현실을 사는 우리는 그런 사치를 누리지 못한다고!"

"나는 기분 내키는 대로 왔다 갔다 하지 않아."

그가 피곤한 목소리로 말을 이었다.

"나는 저녁과 주말에 집을 많이 비워야 하는 직업을 가지고 있어. 일을 하느라 그러는 거잖아."

"그럼 요즘 들어 짜증 날 정도로 비밀스럽게 구는 그 일은 뭔데? 그 여자 말이야, 경찰. 그것도 일이라고 할 거야?"

그는 이제 자신이 무슨 말을 하든 상관없다는 걸 알았다. 마리아는 그와 대화를 하고 있는 게 아니었다. 그녀의 말은 언제나 독백이었다. 이제껏 그는 아내의 독백을 들으며, 그녀의 말을 듣고 있다는 것을 표시하기 위해 간간이 추임새를 넣는 정도로만 반응했다. 하지만 그런 구경꾼 역할도 이제 신물이 났다. 오늘은 그러지 않을 것이다.

"대체 무슨 일이 일어나고 있다고 생각하는 건데? 내가 일을 할 때 무대 위 스포트라이트를 받는다고 해서, 밤마다 날 따라다니는 팬들하고 마약 파티라도 하는 줄 아는 거야? 하아, 맞아. 제대로 맞혔어. 그게 요즘 내 일상이지. 모델들을 데려다 그 납작한 배 위에 코카인 가루를 뿌려 흡입하거든. 내가 약에 취해서 호텔 창문 밖으로 던진 TV만 몇 대인 줄 알아? 특히 바라와 칼마르에서가 대단했지. 우리는 죽이는 시간을 보냈어! 나한테 제발 한 번만 박아 달라고 사정하는 스물두 살짜리들을 다 받아 주기엔 낮 시간이 너무 부족해서 밤에 걔들을 호텔로 불러 논다고!"

마리아가 그를 빤히 쳐다보며 입을 열었다.

"이제는 말도 안 되는 소리를 하네."

"날 선택할 때 내 직업이 이렇다는 건 당신도 알았잖아. 이 일은 출장도 잦고 피곤한 일이야. 게다가 사람들 이목도 신경 써야 하고. 그런데 내가 가족을 우선으로 생각하지 않는다니? 투어가 없을 때 나는 평균적인 아버지들보다 더 많은 시간을 가족과 보내. 일주일에 4일씩 아스톤을 학교에 데려다주고 데려오는 사람이 우리 둘 중 누구야? 매일같이 레베카랑 베냐민을 다른 애들보다 두 시간 일찍 학교에서 픽업해서 집까지 같이 걸어온 사람은 누구였고? 나는 여기 있어, 마리아. 당신 마지막으로 아스톤의 원격 조종 자동차 고쳐 준 게 언제야? 베냐민이 피규어 채색하는 걸 도와준 적은 있어? 아님 레베카랑 진정한 대화를 나눈 적은? 거기 앉아서 차 마시면서 페이스북이나 들여다보고 있는 건 가족하고 시간을 보내는 게 아니야. 한 지붕 아래 있다고 당신이 가족과 시간을 보내는 게 아니라고. 그리고 그 '위트 있는' 문구를 새긴 주문 제작 크리스마스 머그잔은 누구 돈으로 산 거라고 생각해?"

그는 말을 멈추고 한숨을 돌렸다. 그렇게까지 말할 생각은 아니었는데. 하지만 그가 말한 모든 건······ 사실이기도 했다.

마리아는 '글리터 푸씨'가 적힌 머그잔을 들고 선 채로 입을 열었다.

"우리 같이 상담을 받았으면 좋겠어. 그리고 내가 아스톤 때문에 얼마나 힘든지 자긴 절대 몰라. 걔가 왜 당신하고는 책을 안 읽으려고 하는 것 같아?"

이번엔 마리아가 그를 놀라게 만들었다.

"상담? 무슨 상담?"

그가 주저하며 물었다.

꼭 살얼음판에 올라온 기분이었다. 돈을 주고 시간을 들여 인간의 심리에 대해 그보다 아는 것이 없는 누군가에게 상담을 받아야 한다니, 이렇게 의미 없는 일이 또 있을까. 그건 뇌 전문의가 다음 수술에 조언을 얻겠다고 산부인과 의사를 찾아가는 꼴이나 마찬가지였다. 하지만 지금 마리아에게 그렇게 말하는 건 좋은 생각이 아니란 걸 그도 알고 있었다.

"당신이 선택해."

마리아가 복도로 걸어 나가며 말했다.

"난 지금 요가 수업에 늦어서."

마리아가 집에서 나가고 나서야, 빈센트는 주머니에서 지난 3분간 내내 진동했던 휴대폰을 꺼냈다. 미나에게서 두 통의 부재중 전화가 와 있었다. 그리고 한 개의 메시지도.

지금 당장 경찰서로 와 줄 수 있어요? 다니엘이 올 거예요. 같이 신문에 들어와 줬으면 좋겠어요.

*

그들은 그를 경찰서의 작은 방으로 안내했다. 그는 영화에서 보던 것과 똑같은 모습에, 이곳이 취조실일 거라 짐작했다. 책상, 서로 마주 보게 놓인 두 개의 의자 그리고 벽을 따라서 놓인 몇 개의 의자. 그것 말고 방은 텅 비어 있었다. 영화에서 보았던 취조실과 다른 점이 있다면, 이 방의 책상은 연갈색 목재로 만들어졌고 90년대 사무실 가구와 비슷하게 생겼다는 것이었다. 또 수갑 찬 손을 고정해 놓는 고리도 없었다. 시리아의 취조실에 가 본 적은 없었지만, 아마 시리아 취조실의 가구는 이케아 제품은 아닐 것이다.

곧 문이 열리고 그날 카페로 그를 찾아왔던 예쁜 여자 경찰이 먼저 들어왔다. 그리고 그 뒤로 지난번에 그녀가 데려왔던 남자가 따라 들어왔다.

"기다리게 해서 미안해요. 잠깐 자리를 비운 동료를 기다리느라요."

남자는 그를 향해 고개를 끄덕이며 인사한 뒤 벽을 따라 놓인 의자 중 하나를 골라 앉았다. 저 남자 이름이 뭐였더라? 빌뤼였나? 그 비슷한 이름이었던 것 같은데. 지난번에도 어디선가 봤던 얼굴이라고 생각했는데 오늘 보니 더 그런 것 같았다. 하지만 어디서 본 얼굴인지는 여전히 기억나지 않았다.

"아마 TV에서 봤을 겁니다."

다니엘이 머릿속으로 생각하던 질문에 남자가 불쑥 답했다.

"그리고 제 이름은 빈센트고요."

남자는 그의 머릿속을 훤히 꿰뚫어 보고 있는 게 분명했다. 제 발로 경찰에 찾아온 게 과연 잘한 일일까 하는 생각이 들었다.

"빈센트 발데르 씨는 이번 수사를 도와주고 있어요."

그때 미나가 말했다.

"경찰은 아니지만 다른 방면의 전문 지식을 제공해 주고 있죠."

다니엘은 이 여자 경찰이 빈센트에 대해 이야기할 때 자신이 미소를 짓는다는 걸 알고 있는지 궁금했다.

미나가 다시 입을 열었다.

"빈센트 씨는 오늘 저기 앉아서 듣기만 할 거예요. 그리고 기억할지 모르겠는데 제 이름은 미나 다비리고요."

그녀가 다니엘에게 손을 내밀었다. 다니엘은 그녀가 내민 손을 받아 악수했다. 그녀의 손은 건조하고 조금 갈라져 있었고, 희미한 살균 소독제 냄새가 났다.

"네. 명함에서 봐서 알고 있어요."

다니엘이 답했다.

"저희랑 이야기를 하고 싶으시다고요."

미나가 그의 맞은편에 앉아 노트북을 열었다.

"재킷 벗으시겠어요?"

다니엘은 이 자리에서 무엇을 말할지, 그리고 무엇보다 그의 말이 그들에게 어떻게 들릴지 사전 연습을 하고 왔다. 너무 연습을 한 것처럼 보이면 솔직해 보이지 않을 테고, 너무 초조하고 긴장된 모습이라면 죄가 있는 사람처럼 보일 테니 이 둘 사이의 적절한 균형점을 찾아야 했다. 충분히 휴지를 두되 너무 자주 두면 안 될 것이고, 무슨 말을 해야 하는지 잘 모르겠는 것처럼 말하다 단어 중간에 간간이 멈추는 게 좋을 것이다. 방정맞고 호들갑스러운 태도는 절대 금물이었다. 그는 해야 할 말을 심혈을 기울여 연습해 왔다. 하지만 저 빈센트라는 남자는 그의 머릿속을 훤히 꿰뚫고 있는 것 같았다. 그 생각을 하니 차마 준비해 온 말을 꺼낼 수가 없었다. 다른 전략을 생각해 내야 했다.

"카페에서 도망간 건 죄송합니다. 갑자기 겁이 나서 그랬어요. 그리고 재킷은 얇은 거라 그냥 입고 있겠습니다."

"왜 겁을 먹었는데요? 저희가 알아야 하는 무슨 일이라도 있었나요?"

"경찰이 찾아왔는데 누군들 겁을 안 먹겠어요."

다니엘이 미소를 지으려 애쓰다 빈센트를 흘끗 쳐다보고는 미소를 지으려던 마음을 접었다.

"지난번에도 전 아무런 잘못을 한 게 없는데 경찰은 절 살인죄로 집어넣으려 했으니까요. 제가 앙네스 세시랑 같이 살았던 건 아실 거고, 그래서 절 찾아오셨을 때…… 그렇게…… 과민하게 반응했던 겁니다."

"그럼 지금은요? 지금은 경찰이 다니엘 씨를 어떤 죄목으로 집어넣으려고 한다고 생각하나요?"

미나는 영리하게도 다니엘이 대답하도록 그에게 마이크를 넘겼다. 미나의 질문에 다니엘은 자연스럽게 보이길 바라며 어깨를 으쓱했다. 그리고 재킷 주머니에 손을 찔러 넣고, 이 옷이 방패가 되어 이들이 그의 몸짓 언어를 쉽게 읽지 못하길 바랐다. 꼭 빈센트의 눈을 통해 자신의 모습을 보는 듯, 그가 하는 모든 행동이 자기 자신에게조차 수상쩍어 보였다. 그렇다고 그가 어떤 행동을 하지 않는 것도 수상쩍어 보이긴 마찬가지였다. 불안이 엄습해 그는 저도 모르게 몇 번이고 눈을 빠르게 깜빡였다. 빌어먹을. 눈을 깜빡거린 건 아마 나쁜 징후로 읽힐 것이다.

"투바는 아직도 실종 상태인가 보네요. 그렇지 않다면 경찰이 저랑 이렇게 대화를 나누고 싶어 할 이유도 없을 테니까요. 어쨌든 사실대로 말씀드리면 저는 이 일에 대해 아는 게 아무것도 없어요. 전 투바를 잘 몰라요. 서로 알고 지냈던 건 앙네스와 투바였죠."

뜻밖의 말에 미나의 몸이 경직되었다. 벽 쪽 의자에 앉았던 빈센트마저 반응을 보이는 것 같았다.

"둘이 서로 아는 사이였다고요? 그건 저희도 몰랐던 사실인데요. 앙네스 지인들이나 투바의 조부모님을 만났을 때 그런 이야기는 듣지 못했거든요. 저희가 아는 건 두 사람이 함께 알고 있던 사람이 다니엘 씨라는 건데, 지금 그 말은 두 피해자가 직접 알고 지낸 사이였다 이거죠?"

다니엘은 초조한 표정이었다. 경찰이 그건 알고 있을 거라고 생각해서 한 말이었는데. 그리고 빈센트라는 이름의 저 남자가 제발 그를 그만 쳐다봤으면 했다.

"흠. 어쩌면 서로 알고 지냈다는 말은 조금 어폐가 있을 것 같네요. 좀 더 정확하게는 둘은 서로의 존재를 알고 있었어요. 투바 전에 앙네스가 저희 카페에서 일을 했거든요. 앙네스 덕분에 저도 이 카페에서 일을 할 수 있었던 거예요. 앙네스가 투바의 전화번호를 제게 알려 줬죠. 전화번호만 받고 나머지는 제가 다 알아서 했지만요."

"피해자 둘은 모두 다니엘 씨를 알고 있었죠."

키보드를 빠르게 두드리던 미나가 고개를 들어 노트북 너머로 그의 눈을 들여다봤다.

"먼저 룸메이트로 지내던 앙네스가 얼굴에 총상을 입어 죽고, 그로부터 한 달도 안 되어서 같이 일하던 동료가…… 실종되었어요. 이게 다니엘 씨한테 얼마나 불리한 상황인지 아실 텐데요. 저희한테 할 말이 있다면 지금 하세요. 상황이 더 안 좋아지기 전에요."

입안이 쩍쩍 마르는 게 느껴졌다. 바로 지금이었다. 여기서 잘못 말하면 경찰은 그를 날로 잡아먹을 것이고, 그의 인생은 그렇게 끝장날 것이다.

"어떻게 보일지 저도 압니다. 정말이에요."

다니엘은 자기 걱정에 매몰된 것이 아니라 이 사건 전체를 염려하는 것처럼 말했다.

"제가 무슨 말을 어떻게 하겠어요? 스톡홀름은 그렇게 큰 도시가 아니에요. 그리고 아까 말씀드린 것처럼 투바와 일할 수 있었던 건 당시 제가 앙네스와 함께 살고 있었기 때문이었고요."

"그게 이 사건에 다니엘 씨가 관여되지 않았다는 걸 어떻게 증명한다는 거죠?"

미나가 다니엘을 뚫어져라 쳐다보며 말하자, 그는 아까보다 더 절망적인 표정으로 답했다.

"그렇게 보시면 안 되고요. 전 앙네스와 투바의 공통분모가 아니에요. 오히려 투바와 저의 공통분모가 앙네스라고요. 앙네스랑 살았던 사람이 제가 아닌 다른 사람이었다면, 투바와 일한 사람도 제가 아니었을 거예요. 제가 지금 여기 앉아 있는 건 순전히 우연이란 이야기예요. 이건 저랑은 아무 상관도 없는 일이에요. 그건 경찰도 알잖아요."

"그럼 투바의 조부모님은 왜 예전에 손녀가 당신에 대해 말하길 꺼렸었다고 했을까요? 당신이 그녀를 해칠 거라고 무서워했다던데요. 그리고 앙네스의 아버지는 왜 당신을 용의자로 지목했을까요?"

예상치 못한 말에 다니엘은 침을 꿀꺽 삼켰다. 이 이야기는 하고 싶지 않았는데. 이 이야기를 꺼낸 걸 알면 에블린은 펄쩍펄쩍 뛸 게 분명했다. 하지만 그에게 선택의 여지는 없었다.

"혹시 모르실까 해서 말씀드리는데 앙네스 아버지는 인종차별주의자예요. 그 사람은 스웨덴인이 아닌 모두를 의심하죠. 그리고 투바는…… 투바가 저에 대한 이야기를 피한 건 우리 둘이 썸을 탔기 때문이에요."

"썸이요?"

"투바랑 잠깐 만났거든요."

다니엘이 자세를 고쳐 앉으며 말을 이었다.

"그런데 저한테는 에블린이라는 여자친구가 있었어요. 투바는 제가 에블린을 떠나 투바한테 가는 일은 없을 거란 걸 알았죠. 제가 그녀를 해칠 거라고 투바가 말한 건 그녀의 감정을 말한 거지, 육체적으로 해칠 거란 뜻은 아니었을 거예요. 절대로 저는……."

그때였다. 이제까지 줄곧 침묵하던 빈센트가 입을 열었다.

"다니엘. 더블 리프트가 뭔지 나한테 설명해 봐요."

"더블…… 뭐요? 설마 그거…… 아, 아니에요. 절대 아니에요. 투바랑 에블린이랑 같이 스리섬을 하거나 그런 적은 절대 없어요. 그게 될 리가 없잖아요."

빈센트는 읽을 수 없는 눈빛으로 다니엘을 응시했다. 다니엘은 무슨 농담이라도 해서 이 분위기를 모면하고 싶었지만, 아무 말도 하지 않는 게 최선임을 곧 깨달았다.

"자, 이제 게임을 하나 해 볼 거예요. 제가 단어를 말하면 생각하지 말고 머릿속에 제일 먼저 떠오르는 걸 말하면 됩니다…… 자, 이제 갑니다. 일루전?"

"음. 해리 포터?"

"패턴?"

"셔츠요."

"폭력?"

"아프다."

"암호?"

다니엘은 얼굴을 붉히며 테이블을 내려다보았다.

"에블린." 그가 말했다.

그러다 빈센트가 놀란 표정으로 쳐다보는 것을 알아챘다.

"죄송해요. 애무라고 하지 않으셨나요?"

빈센트는 쓴웃음을 지었다. 그러고는 미나를 향해 고개를 끄덕였다. 그게 무엇이었든 이제 끝났다는 뜻 같았다. 미나는 이전보다 한결 부드러운 표정으로 의자 등받이에 등을 기댔다.

"그러니까 지금 다니엘 씨는 정황상 범인으로 몰리고 있다, 이건가요? 좋아요. 우선 그렇다고 치죠. 당신이 단순히 잘못된 시간에 잘못된 장소에 있어서 사건에 휘말린 거라는 가능성도 전혀 없는 건 아니니까요. 그럼 앙네스에 대해 이전에 한 진술에 더하고 싶은 내용은 없나요? 앙네스의 목숨을 앗아간 사람이 누구인지 짐작 가는 바라든가?"

"목숨을 앗아 갔다고요?"

다니엘이 당황스러운 표정으로 물었다.

"앙네스를 살해한 사람이요."

미나가 그 뜻을 정확히 짚어 줬다.

다니엘은 아무것도 모른다는 듯 고개를 저었다.

"그럼 투바를 해칠 법한 사람은요? 혹시 떠오르는 사람 있어요? 카페에서 위협적으로 행동한 사람은 없었나요? 주기적으로 카페에 와서 투바에게 말을 걸었던 사람이라든가?"

다니엘은 숨을 크게 내쉬고, 호흡이 너무 가빠지지 않게 속도를 조절했다. 어쩌면 별일 없이 다 괜찮을지도 모른다. 하지만 그럼에도 아드레날린이 그의 몸속에 빠른 속도로 퍼져 나가고 있었다.

"저희 카페에는 언제나 약에 취해 있거나 이상한 사람들이 와요. 물론 그중에는 단골도 있고요. 하지만 대부분의 단골손님들은 카페를 자기 사무실이나 거실 용도로 이용하죠."

"그게 무슨 뜻이죠?"

미나가 물었다.

"언론 쪽 일을 하는 것 같은 사람들은 항상 노트북하고 아이폰을 챙겨 와요. 한 단골손님은 매번 서류철에 그림을 잔뜩 가지고 와서, 그 그림들을 뚫어져라 쳐다보고요. 또 카페에 와서 털실로 스웨터를 짜는 여자애들도 있죠. 매일 저녁 보드게임을 가져와서 게임을 하는 사람들도 있고요. 하지만 특별히 투바 주위에서 이상하게 굴었던 사람은 없었어요. 단골손님 중에도 없었고…… 잘 모르는 손님 중에도 없었고요."

"조금 더 생각해 보세요."

미나가 생각에 잠겨 고개를 끄덕이며 말했다.

"기억나는 게 뭐가 있는지 한번 생각해 봐요. 조금…… 특이하다든가 하는 일은 없었나요? 늘 오던 손님이 갑자기 오지 않는다든가? 앙네스에 대해서도 좀 더 생각해 보고요."

미나는 노트북 화면을 다니엘 쪽으로 돌린 뒤 화면에 떠 있는 문서 양식을 가리키며 말했다.

"그리고 다시 연락할 수 있게 여기 연락처 적어 주세요. 직장 주소나 전화번호 말고 개인 주소와 전화번호도 적어요. 더 궁금한 게 생기면 연락해야 하니까요. 우리한테 준 정보가 다

정확한 건지 확인하고 나서야 여기서 나갈 수 있을 테니까 모두 제대로 적어 주셔야 해요."

다니엘은 몇 초가 지나서야 미나의 말뜻을 이해했다.

"그럼 오늘은 이렇게 끝나는 건가요?"

그가 재빨리 양식을 작성하며 물었다.

마음이 한결 가벼워졌다. 피식 웃음까지 나올 뻔했다. 경찰은 그를 잡아 둘 결정적인 증거는 가지고 있지 않았다. 어쩌면 스웨덴 경찰은 정말 괜찮은지도 모른다.

"거의 끝났어요."

짧게 대답한 미나가 벽 쪽에 앉은 빈센트를 바라보며 물었다.

"빈센트 씨, 뭐 더 하고 싶은 말씀 있으세요?"

그녀의 질문에 빈센트는 목을 긁으며 답했다.

"다니엘. 질문 하나만 더 하죠. 지금 지내는 아파트에 있는 물건 다섯 개만 말해 봐요. 실제로는 없는 물건 하나를 끼워서요."

"네?"

갑자기 참을 수 없는 요의를 느끼며 다니엘이 되물었다.

"그런데 지금 전…… 알겠어요. 음. 블라인드, 주전자, 욕실 거울, 천장에 달린 선풍기, 책상, 이렇게요. 그런데 그건 왜요?"

"그냥 궁금해서요."

그때 미나가 일어나며 입을 열었다.

"오늘은 여기까지 하죠. 이제 가 보셔도 좋아요. 오늘 와 주셔서 고마웠어요. 더 알아낸 게 생기면 연락드릴게요."

둘은 악수를 했고, 다니엘은 빈센트를 향해 고개를 끄덕이며 인사했다.

"저는 여자친구 에블린 집에 있을 거예요. 여자친구 번호도 남겨 뒀어요. 저도 우선 에블린한테 설명할 게 있어서요."

*

"흥미롭네요."

빈센트가 말했다.

다니엘을 신문한 것은 놀라울 정도로 기분 좋은 경험이었다. 신문은 그가 무대에서 관객들을 상대로 수천 번은 했던 공연과 그리 다르지 않았다. 하지만 공연과는 달리 신문은 실제 상황이라는 것이 그의 마음을 들뜨게 했다.

"엘리베이터 타시죠? 층수가 높아 계단으로 가긴 힘들잖아요."

빈센트가 강철로 만든 승강기 문을 가리키며 말했다. 그의 제안에 미나가 주저하는 것이 느껴졌다. 개인적으로 그도 엘리베이터에 타면 갇힌 것 같은 기분을 느꼈고, 그 기분이 너무 싫었다. 꼭 움직이는 무덤에 감금된 기분이랄까. 하지만 폐소 공포증을 극복하기 위해 그 정도 노력은 하려 했다. 그래야 세상이 너무 좁게만은 느껴지지 않지 않겠는가. 미나도 같은 문제를 극복하기 위해 노력하고 있을까. 알 수 없었다. 더 큰 세상을 누릴 자격이 있는 사람이 있다면, 그건 그녀일 텐데.

"그런데 오늘 신문에 제가 어떻게 참여할 수 있었던 거죠?"

박테리아로 가득한 엘리베이터에 대한 불안증이 그녀를 덮치기 전에, 그가 그녀의 주의를 다른 데로 돌리려 물었다.

"지난번 빈센트 씨가 전화상으로 다니엘에 대해 말해 주었던 이야기를 율리아한테 전했거든요. 처음엔 제가 빈센트 씨랑 아직도 연락을 하고 있다는 사실에 놀라는 것 같더라고요. 율리아가 요청했던 프로파일링에 대한 보고가 없어서 빈센트 씨가 아예 이 수사에서 빠졌다고 생각했나 봐요. 하지만 그쪽 분석을 들려주니 흥미를 보였어요. 그리고 참관자로 신문에 참여하는 것도 허락해 주었고요."

미나의 등 뒤로 보이는 전광판 숫자가 그들이 있는 층으로 엘리베이터가 가까이 다가오고 있음을 말해 주었다. 절대 서둘러서는 안 된다. 너무 강하게 밀어붙여도 안 된다. 그녀가 다시 편안함을 느낄 수 있도록 조금씩 그리고 살짝 올바른 방향으로 쿡 찔러 주기만 하면 된다. 이제까지는 잘되어 가고 있었다. 적어도 그녀가 계단으로 몸을 틀지는 않고 있으니 말이다.

"고마워요. 그리고 율리아 씨가 부탁한 프로파일도 작업 중이에요. 아직 원하신다면요. 그런데 얀이라는 사람이 벌써 필요한 정보는 다 준 거 아닌가요?"

엘리베이터 문이 열리자, 빈센트가 짓궂은 표정으로 문 쪽을 턱으로 가리키며 말했다. 미나는 잠시 주저했지만 곧 태연한 척하며 어깨를 으쓱했다.

"알겠어요. 지난번처럼 빈센트 씨가 다른 층으로 갈까 봐 타는 거예요. 그리고 얀에 대해 말하자면, 얀은 분명 우리한테 많은 정보를 줄 거예요. 대부분은 틀린 거겠지만."

그는 엘리베이터에 먼저 들어가 미나를 위해 문을 잡아 줬다. 미나는 정말 내키지 않는다는 표정으로 꾸물거리며 엘리베이터에 탔다. 그리고 불쾌감을 감출 수 없는 표정으로 주변을 둘러보더니 그 무엇에도 몸이 닿지 않도록 정확히 정중앙에 자리를 잡고 섰다.

"신문에 대해 뭐 하나 물어봐도 돼요? 마지막에 했던 그 질문은 뭐였어요?"

"거짓말할 때 보이는 행동 변화를 파악하려고 한 질문이었죠. 관찰한 걸로 봤을 때, 다니엘 집에는 천장에 매달린 선풍기는 없을 거예요."

빈센트가 'B' 버튼을 누르자 문이 닫혔다. 엘리베이터가 아래로 내려가기 시작하자, 그는 이 좁은 공간에 갇혔다는 생각을 이겨 내려고 미나와의 대화에 신경을 집중했다.

"그런 질문이라면 신문이 시작될 때 했어야 하는 거 아닌가요? 그래야 나머지 신문 동안 그 사람이 거짓말을 하는지 아닌지를 알 수 있잖아요."

"질문 시기는 중요한 게 아니에요. 신문 내내 그의 행동을 면밀히 관찰했으니 그 질문을 하기만 하면 결국 거짓말을 언제 했는지 결론을 내릴 수 있거든요. 만약 그 질문을 초반에 했다면 다니엘의 의심을 사서 그가 자기 행동을 더 의식하게 만들었을 수도 있어요. 그러면 그의 자연스러운 행동 패턴을 알아낼 기회를 놓치게 될지도 모르고요."

미나는 더 이상 그의 말을 듣지 않는 것 같았다. 그녀는 손가락 마디가 하얗게 변할 정도로 주먹을 세게 쥐고, 거울의 기름 얼룩을 뚫어져라 쳐다보고 있었다. 누군가 머리카락에 앰플을 바르고 거울에 기대어 서는 바람에 생긴 얼룩처럼 보였다.

"나는……."

그가 말문을 열려는데 갑자기 덜컹하며 엘리베이터가 멈춰 섰다. 그들이 누른 층에는 아직 도착하기 전이었고, 문도 열리지 않았다. 빈센트는 문을 열어 보려 계속해서 '열림' 버튼을 눌렀지만 문은 열리지 않았다. 그는 아무런 반응도 없는 버튼을 지치지도 않고 계속 눌렀다.

"멈췄나 봐요."

미나가 말했지만 빈센트는 미친 듯이 버튼을 눌러 댔다. 어쩌면 접촉 불량이라 문이 열리지 않는 것인지도 모른다. 그래야만 했다. 호흡을 조절하려 해 봤지만 마음대로 되지 않았다. 엘리베이터가 멈춰 서다니, 생각지도 못한 일이었다. 뇌로 가는 산소 양을 늘리기 위해 심호흡을 해 보려 했지만 뜻대로 되지 않았다. 그의 주의를 분산시킬 무언가를 찾으려고 주변을 두리번거렸다. 그러나 아무것도 찾을 수 없었다. 그렇게 그는 갇혀 버렸다.

"저기요, 그게 도움이 될 것 같진 않은데요."

미나가 말했다.

그녀의 목소리가 들렸지만, 그녀가 거기 서 있다는 사실을 의식할 수는 없었다. 문은 열리지 않을 것이다. 그들은 강철로 만들어진 상자에 갇혔고 여기서 빠져나가지 못할 것이다.

사방을 둘러싼 벽이 서서히 그들을 향해 다가오기 시작했다.

목구멍 안이 마르고 숨을 쉴 수 없을 정도로 공기가 무겁게 느껴지기 시작했다. 그는 문 쪽으로 뒷걸음질 쳤다. 시야는 온통 캄캄한 어둠 속 좁은 터널 하나만 보일 정도로 조여들었다. 벽은 점점 더 가깝게 다가오고 있었다. 엘리베이터 밖으로 산소가 빨려 나가는 게 보이는 것 같았다.

공기.

공기가 부족했다.

눈앞으로 별들과 형형색색의 패턴들이 춤을 추기 시작했

다. 미나는 터널 끝에 서 있는 작은 점처럼 보였다. 아주 먼 곳에서 울리는 소리처럼 그녀의 목소리가 들렸지만, 그는 그 소리에 집중할 수 없었다. 그의 위로 벽이 무너져 내릴 것 같은 이 순간에는 그럴 수 없었다.

그때였다. 누군가 그의 어깨 위에 손을 올렸다.

"빈센트 씨. 내 말 들어요."

그 손길에 흥분이 조금은 가라앉았다.

"지금 당신은 공황 발작을 겪고 있어요."

단어들이 천천히, 하지만 분명하게 그의 뇌 속 혼돈을 뚫고 들어오기 시작했다.

"끔찍한 기분이겠지만 그건 실제가 아니에요."

목소리가 말했다.

"호르몬 때문이에요. 아드레날린, 코르티솔이 몸속에 빠르게 돌면서 생기는 반응이에요. 그래서 지금 그런 기분이 드는 거고요."

그는 재차 심호흡을 하려 했지만 잘되진 않았다. 그는 그의 어깨에 올려진 손 위에 자신의 손을 얹고, 다시 숨을 들이마셨다. 아까보단 좀 나았다.

"이렇게 죽진 않을 테니 걱정 마요. 여기엔 위험한 것도 하나 없어요. 그냥 화학적 반응이 뇌를 덮쳤을 뿐이에요. 지금 무슨 생각을 하고 있든 그건 진짜가 아니에요."

대답하려 했지만 대답이 나오지 않았다. 그는 그의 손 아래 느껴지는 미나의 손에 집중했다. 그녀의 피부는 따뜻했다. 그녀도 지금 무척 노력하고 있는 것이다. 그가 그녀를 이렇게 만지리라고는 생각하지 못했을 텐데. 그래도 그녀는 손을 빼지 않았다.

"이제 곧 여기서 나갈 수 있을 거예요. 비상 버튼을 눌렀거든요. 이 엘리베이터는 종종 이렇게 멈춰 서요. 제가 계단을 선호하는 이유 중 하나죠. 하지만 절대 오래 멈추는 법은 없어요. 그러니까 나랑 같이 심호흡해 봐요. 깊고 길게 숨을 내쉬고 또 들이마셔요. 우리 같이 호흡해요. 빈센트 씨…… 숨 쉬어요."

빈센트는 그의 뒤에 선 미나에게 몸을 기대고 그녀가 하라는 대로 했다. 그녀의 몸에서 느껴지는 따뜻함이 잔잔한 파도처럼 그의 몸에 퍼져 나갔다. 벽은 여전히, 당장이라도 그를 덮칠 듯 가까이 있었지만 더 이상 다가오진 않았다. 미나는 그를 덮치려던 벽을 멈추게 만들고 그를 안심하게 만들어 줬다. 누군가에 의해 이런 기분을 느껴 본 건 아주, 아주 오랜만이었다.

그때 엘리베이터가 갑자기 덜컹 흔들렸다. 곧이어 문이 열리고 그의 폐에 그 무엇보다 반가운 신선한 공기가 들어왔다. 어느새 미나는 그의 옆에 서 있었다. 그가 그녀를 향해 돌아서며 말했다.

"미안해요. 형편없는 모습을 보였네요."

미나가 어깨를 으쓱했다.

"다음번에는 그냥 계단으로 가시죠. 경찰서의 이 더러운 엘리베이터가 아니더라도 저를 시험대 삼아 인지 행동 치료를 연습할 수 있잖아요. 어때요?"

빈센트는 심호흡을 한 뒤 애써 미소를 지어 보였다.

"이런, 들켰군요. 알겠어요. 다음부턴 그렇게 하는 걸로 하죠."

*

빈센트는 그의 딸을 쳐다봤다. 언제나 그렇듯, 딸은 아침 식사를 건드리지도 않고 있었다. 저렇게 안 먹으면서 어떻게 사는지 모를 일이었다. 그는 매일 아침이면 허기가 져서 죽을 지경인데 말이다. 그 면에 있어서는 베냐민과 아스톤이 그를 닮았다. 하지만 레베카의 친모인 울리카는 까다로운 사람이었다. 종종 그는 레베카가 식이 장애 성향을 가지고 있는 건 아닐까 생각했다. 물론 울리카는 먹는 건 중요하다고 말했다. 하지만 좋아하는 걸 아무 때나 다 먹을 수는 없다고도 덧붙였다. '운동과 몸매'는 그녀 인생의 주문이었다. 어린 시절 레베카가 조금 지나치게 자주 들었을 주문 말이다.

딸 옆에 놓인 휴대폰은 왓츠앱과 스냅챗 메시지가 왔다는 알림으로 계속해서 번쩍이고 있었다. 레베카와 친하게 지내는 친구들은 24시간 연락을 주고받아야 하는 모양이다. 이렇게 이른 아침 식사 시간마저 말이다. 빈센트는 한숨을 내쉬었다. 혼자 고민하거나 자신만의 생각을 발전시킬 시간은 일부러 피하면서 다른 사람이 지난 10초 사이에 말한 내용을 바탕으로 내 생각을 결정하다니, 그로서는 이해할 수 없는 일이었다. 그도 딸의 나이였을 때는 그랬을지 모른다. 흠, 아니다. 그는 그 나이에도 자기는 그러지 않았다는 걸 꽤 확실하게 기억하고 있었다. 하지만 그는 딸과는 다른 시대와 환경에서 자랐으니, 그래서 그럴 수도 있는 일이다.

"아스톤. 엄마가 욕실에 깨끗한 옷 챙겨 놨잖아."

마리아가 아들에게 말했다.

"양말 신는 거 도와줄까? 필요하면 얘기해."

"엄마. 나 이제 여덟 살이야."

아스톤이 욕실에서 얼굴을 내밀며 말했다.

"옷은 나 혼자서 입을 수 있다고."

오늘 아침, 아스톤은 회색 트레이닝 바지에 베스파 스쿠터를 탄 고양이가 프린트된 티셔츠를 골라 입었다. 마리아가 사준 티셔츠였는데, 보자마자 마음에 들어 하더니 요즘 자주 입고 있었다.

"그런데 너 아직도 맨발이잖아."

마리아의 말에 아스톤은 아무 말 없이 엄마에게 양말을 건네고는 발 한쪽을 쭉 뻗었다.

아스톤은 절대 아빠에게는 그런 부탁을 하지 않았다. 마리아는 아스톤에게 양말을 신겨 준 다음, 직접 발라 먹으라고 빵 두 조각과 버터를 줬다. 몇 주 전 그들은 사과 조각을 가지고 실랑이하지 않기로 하고 아침 메뉴에서 사과를 없앴다.

"옷 이야기가 나와서 말인데, 오늘 이 옷은 좀 덥지 않을까?"

마리아가 레베카의 소매를 잡아당기며 말했다.

"밖에 날씨도 따뜻한데, 아직도 긴소매를 입으면 어떻게 해."

레베카는 곧장 마리아의 손에서 팔을 뺐다.

"제발 좀 내버려둬! 내가 입고 싶은 거 입을 거니까!"

그러고는 짜증을 내며 자리에서 벌떡 일어나더니, 식탁에 놓인 휴대폰을 집어 들고 자기 방으로 들어갔다.

그때 고개를 묻고 요구르트를 먹던 베냐민이 고개를 들어 마리아에게 물었다.

"나도 긴소매 입고 있는데. 나도 입으면 안 되는 거야?"

마리아의 얼굴이 붉어졌다. 빈센트는 마리아가 무슨 생각을 하는지 정확하게 알았다. 베냐민은 사람들과 있을 때 자신감이란 걸 보인 적이 한 번도 없는 아이였다. 모두가 수영복을 입고 뛰어다니고 있을 때 베냐민은 늘 혼자 온몸을 가리는 옷을 입으려 했다. 모두가 해변에서 비치 발리볼을 할 때, 베냐민은 블라인드를 친 어두운 방에 틀어박혀 책을 읽고 싶어 했다. 베냐민은 창백한 피부에 온통 검은색 옷만 입는 청소년의 전형이었다. 하지만 레베카는 달랐다. 오빠와 달리 아이들과 잘 어울렸고, 속해 있는 무리에서 유행을 선도하기도 했다.

"팔을 보여 주고 싶지 않은 이유가 있나 보지."

베냐민이 다 먹은 요구르트 그릇을 식기세척기 속의 어제 마신 와인 잔 사이에 끼워 넣으며 중얼거렸다.

"가끔 대화를 좀 해. 물어도 보고."

빈센트는 머그잔에 커피를 잔뜩 따른 뒤 굳게 닫힌 레베카의 방문 앞으로 갔다.

"아니, 지금 당장 말고! 하여간에 섬세함이라고는 요만큼도 없다니까."

베냐민이 화장실로 들어가며 중얼거렸다.

빈센트는 레베카의 방문에 노크를 한 뒤 문을 열고 들어갔다. 그의 딸은 침대에 앉아 휴대폰을 뚫어져라 쳐다보고 있었다.

"레베카, 네가 도와줄 일이 좀 있는데."

그가 먼저 입을 열었다.

"나한테 뭘 먹이려고 그러는 거라면, 절대 안 먹어."

레베카가 휴대폰 화면에서 눈도 떼지 않고 퉁명스레 말했다.

그는 아니라는 듯 고개를 저은 뒤 레베카 옆에 앉았다. 레베카는 재빨리 보고 있던 휴대폰을 엎어 자기 무릎 위에 놓고 눈썹을 치켜올리며 아빠를 쳐다봤다.

"너도 아빠가 요즘 경찰 수사를 돕고 있다는 거 알지. 어제 경찰서에서 사건의 아주 유력한 용의자를 신문했거든. 그걸 해석하는 데 네 도움이 필요해."

"나? 아빠야말로 사람이 왼쪽 위를 쳐다보면 거짓말을 하고 있다, 그런 거 알아내는 사람 아니야?"

"먼저, 그건 사람들이 근거 없이 그냥 하는 말이야. 거짓말을 하고 있다는 걸 알려 주는 눈동자의 움직임 같은 건 없으니까. 하지만 내가 어제 그 신문을 참관한 건 맞아. 그리고 네가 이걸 봐 줬으면 해."

그가 휴대폰을 꺼내며 말을 이었다.

"넌 아빠보다 더 넓은 인맥을 가지고 있잖아."

그러고는 휴대폰에 저장된 파일을 찾으면서 덧붙였다.

"그리고 대화의 작은 변화를 정확하게 포착할 수 있는 나이이고. 어쨌든 네 나이 대에는 친구들 사이에서 무심코 실수를 했다간 나머지 학기 내내 왕따를 당할 수도 있으니까 예민할 수밖에 없겠지."

레베카는 그를 뚫어져라 쳐다봤다.

"대체 그게 다 무슨 얘기야?"

레베카의 질문에 빈센트는 그의 딸을 쳐다봤다. 한때는 이 아이에 대해 모든 걸 알았던 시절이 있었다. 그런데 지금은 아이가 가장 좋아하는 아이스크림 맛이 무엇인지도 모르고 있었다. 아니, 아이가 아이스크림을 좋아하는지조차 알지 못했다. 하지만 아이가 걱정하고 있다는 표정만큼은 분명히 읽을 수 있었다.

"쉽지 않을 거라는 거 알아. 네가 조금이라도 날 닮았다면 학교에서 사람들 반응을 예상할 수 없어서 불안하고 초조할 거야. 그런지 아닌지 아빠한테 대답할 필요는 없어. 적어도 넌 겉으로 보기엔 사교계의 여왕이니까. 그런데 아빠는 네 나이 때 친구들 사이에서 느꼈던 감정을 아직도 기억하거든. 넌 나보다 낫길 바라는 수밖에. 물론 너도 아빠랑 비슷한 감정을 겪고 있다고 해도 충분히 있을 수 있는 일이고."

레베카는 한참을 침묵했다. 최악의 경우 그는 딸이 그어 놓은 경계선을 심하게 침범한 죄로 곧장 딸의 방에서 쫓겨날 수도 있을 것이다.

"그러니까 신문이랬지."

그때 레베카가 그의 휴대폰을 향해 고개를 끄덕이며 입을 열었다.

"이거 나한테 보여 줘도 되는 거야?"

그는 자신의 무례함을 딸이 용서한 것으로 알고 대화를 이어 나갔다.

"아니, 아마 안 될걸. 사실 나도 그 신문에 날 불러 줘서 깜짝 놀랐거든. 어쨌든 이것 좀 봐 봐. 10분짜리니까 금방 끝나. 보고 나서 이 사람에 대해 어떤 생각이 드는지 말해 줬으면 좋겠어."

빈센트는 재생 버튼을 눌러 레베카에게 전체 신문 영상을 보여 줬다. 그리고 영상이 끝나자 멈춤 버튼을 누르고 파일을 삭제했다.

"너한테 이걸 보여 줬다는 이유로 기소를 당할 수도 있겠지만 그래도 알아야겠어…… 보고 어떤 생각이 들었어?"

레베카는 완전히 집중한 듯, 바닥을 뚫어져라 쳐다보고 있었다.

"겁을 먹은 것 같던데. 초조해하는 것 같고. 친구들이 나중에 문제가 될 만한 거짓말을 할 때 어떻게 들리는지 아는데, 그 사람은 그렇지는 않았어. 무언가를 숨기는 것 같긴 했지만 그 영상에서 말한 내용은 아마 다 사실일 거야."

"나도 같은 생각이야."

빈센트가 고개를 끄덕이며 대꾸하더니 팔꿈치로 레베카를 쿡 찌르며 다시 입을 열었다.

"용의자가 신문 처음부터 끝까지 계속해서 왼쪽 위를 쳐다봤지만, 거짓말이 아닌 거지."

그는 딸에게 어깨동무를 할까 고민하다 그러지는 않기로 했다. 그건 둘 다에게 불편한 행동일 것이다. 자녀에게 애정을 표현하는 방법은 그것 말고도 많았다. 그때 레베카가 그에게 상을 주듯 미소를 지어 보였다.

"그런데 아빠. 신문하던 그 여자 경찰 말이야. 그 여자랑 같이 일하는 거야? 어떤 사람인데?"

"미나 씨?"

"뭐, 이름이 뭐든 하여간 그 여자. 그 여자가 아빠한테 관심 있는 건 알지? 완전 눈에 보이던데. 아빠한테 말할 때 느끼할 정도로 달달한 목소리를 내던데."

빈센트는 그의 볼이 어린 남학생처럼 붉어지는 것을 느꼈다.

"우리는 아무 사이도 아니야."

그가 곧바로 대답했다.

"어. 알아. 아빠는 상대가 '지금 나 당신한테 추파 던지고 있다고요'라고 큰 글씨로 써서 앞에 들이밀어도 모를 사람이니까. 그런데 내 눈에는 확실히 보여. 그래도 마리아 이모한테는 아무 말도 안 할게."

"말할 거리도 없어."

"그러니까. 아, 나 이제 학교 가야 해."

레베카는 침대에 앉은 그를 남겨 두고 잽싸게 방을 나섰다. 그는 거기 앉아 붉어진 얼굴이 가라앉을 때까지 잠시 기다려야 했다.

 바깥은 아직 환했다. 밖에서 창문을 통해 안을 들여다보는 건 겨울철이 더 쉬웠다. 겨울이면 바깥에 서서도 주방과 거실을 다 들여다볼 수 있었고, 컴컴한 저녁에는 남들 눈을 피하기도 더 쉬웠다. 이제 조심만 하면 될 터였다.

 다른 사람 눈에 절대 띄지 않을 거라고 확신하는 건 아니었지만, 그래도 수년 동안 해 온 일이었다. 미나는 예전의 그 사람이 아니었다. 그녀에게는 지금과는 다른 시간, 그리고 다른 삶을 살았던 시절이 있었다.

 인내심을 가지고 기다렸던 소녀가 마침내 창문에 그 모습을 드러냈다. 식탁 위 무엇을 줍는지 허리를 굽히자 어두운색 머리카락이 소녀의 얼굴을 가렸다. 소녀의 뒤에서 환하게 빛나는 조명 덕분에 미나는 4층 창문을 통해 소녀의 모습을 분명히 볼 수 있었다. 소녀는 미나가 볼 때마다 자주 입고 있던 회색 후드 티를 입고 있었다. 제일 좋아하는 옷인 게 분명했다. 미나는 소녀가 후드 티의 조임 끈을 아무 생각 없이 잘근잘근 씹는 것을 지켜봤다. 하지만 너무 멀리 있어 소녀의 표정을 읽을 수는 없었다.

 그때 미나 곁으로 개 한 마리가 요란하게 짖으며 지나갔다. 값비싸 보이는 코트를 입고 구찌 로고가 달린 로퍼를 신은 여자가 성난 치와와에 목줄을 채워 산책시키고 있었다.

"지금 길을 막고 있잖아요!"

여자가 불쑥 옆을 지나가며 짜증 섞인 목소리로 말했다.

미나는 대꾸하고 싶은 충동을 참았다. 스톡홀름에서 가장 부촌인 외스테르말름에서 뭘 기대하겠는가. 그런데 치와와는 주인처럼 미나를 지나치는 대신, 그 자리에 서서 으르렁거리고 시끄럽게 짖어 대며 자기 주인이 주었던 면박을 이어 나갔다. 이어 치와와 주인은 어서 오라며 목줄을 잡아당겼다.

"이리 와, 클로이!"

치와와는 성난 얼굴로 미나를 노려보다 마지못해 주인을 따라갔다.

미나는 다시 아파트를 향해 시선을 돌렸다. 소녀의 모습은 벌써 사라져 있었다. 늘 그렇듯 가슴 한편이 아려 왔다. 갈망, 죄책감, 슬픔, 그 밖에 설명할 수 없는 감정들이 한꺼번에 소용돌이쳤다. 그 감정의 바닥을 본 적은 없었다. 그러고 싶은 생각도 전혀 없었다. 판도라의 상자는 열라고 있는 것이 아니다.

들어가 본 적 없는 아파트 안, 그리고 소녀의 방은 어떤 모습일까 궁금했다. 하지만 지금 저 집의 모습은 모른다 해도, 다른 집은 똑똑히 기억하고 있었다. 지금 방보다 훨씬 작았던 그 방. 바사스탄의 3층 원룸. 건물 1층에는 스톡홀름 최고라고 극찬을 받는 그리스 레스토랑이 있었다. 끝내 그녀는 한 번도 가 보지 못했지만. 때로 기억은 너무 아프다. 실제로 통증이 느껴지는 것 같았다.

갑자기 소녀가 다시 나타났다. 이번에는 거실이다. 손짓을 하고 몸을 앞뒤로 움직이면서 누군가와 이야기를 나누고 있다. 꼭 노를 젓는 것 같은 모습인데 정확한 건 알 수 없었다. 빈센트가 여기 있었다면 소녀의 보디랭귀지를 더 자세히 해석해 줄 텐데. 미나는 어느새 까치발을 하고 있었다. 그렇게 하면 4층의 아파트가 더 잘 보이기라도 할 것처럼. 별 소용이 없을 것은 알지만, 그래도 다시 한번 위로 몸을 쭉 늘려 보았다.

얼마가 지났을까, 창문에 비치던 회색 후드 티가 사라지고 소녀의 모습은 더 이상 보이지 않게 되었다. 미나는 천천히 발뒤꿈치를 내렸다. 그러고는 낙심한 표정으로 차를 향해 걷기 시작했다.

*

4월 말 발푸르기스의 밤 축제까지는 며칠이 더 남아 있지만 날씨는 벌써 한여름이 된 양 착각을 하고 있는 것 같았다. 빈센트는 오늘 상당한 거리를 걸어야 하기에, 때 이른 더위가 싫지만은 않았다. 그는 아무도 엿듣지 않는 곳에서 전화를 하려면 어디서 해야 할까 고민했다. 아무래도 그러기에 가장 좋은 장소는 집이겠지만, 미나와 대화를 할 때마다 마리아에게 설명을 하고 싶지는 않았다.

차 안에 들어가서 전화를 할까도 했지만, 제대로 생각을 하려면 여기저기 움직이며 사람이나 사물을 보고 인상과 느낌을 받아야 했다. 그것도 최대한 많이. 뇌로 혈액과 세로토닌이 많이 몰릴수록 좋으니까 말이다. 결국 그는 쇠데르말름 지구를 걸어 다니며 전화를 하기로 했다. 옆의 행인이 그의 말을 언뜻 들을 수는 있겠지만, 그가 말하는 단어를 조각조각 들을 뿐 대화 전체를 엿들을 수는 없을 것이다.

그는 귀에 이어폰을 꽂고 예트가탄에서 스칸스톨로 이어지는 길 위의 차량 소음을 없애려 노이즈 캔슬링 기능을 켰다. 그리고 경찰서에 전화해 교환원에게 미나와 연결해 달라고 요청했다. 그녀는 전화벨이 두 번 울리고 전화를 받았다. 그가 생각한 대로였다. 그녀는 늘 업무에 충실하니까.

"범인의 심리 프로파일에 대해 생각을 많이 해 봤는데요. 특히 다니엘을 신문한 이후로요. 지금 잠깐 시간 있어요?"

횡단보도에 선 그의 옆에는 60대에 긴 머리를 묶고 염소수염을 기른 남자가 서 있었다. 빈센트를 본 남자의 두 눈이 커지는가 싶더니, 이내 놀란 마음을 진정시키는 것 같았다. 수백 번도 더 본 반응이었다. TV나 무대에서 그를 본 사람들이 그를 알아봤지만, 알아봤다는 걸 티 내고 싶지 않을 때 보이는 반응.

"네. 말씀하세요. 잠깐만요. 괜찮으시면 녹음할게요."

미나가 말하며 컴퓨터를 켰다.

"제가 빈센트 씨를 제대로 알고 있는 게 맞다면, 이제 펜 하나, 아니 다섯 개를 다 써도 전부 받아 적을 수 없을 정도로 많은 정보가 쏟아질 테니까요."

"좋아요. 그럼 잘 따라오세요. 아시겠지만 이제껏 저는 범인이 철저한 계획자이면서 동시에 감정적으로 공격적인 모순된 특징을 보이는 데 혼란을 느꼈습니다. 처음엔 자기애성 성격 장애를 가진 사람이라고 생각했죠. 다른 사람보다 자기가 더 우월하다고 생각하고, 다른 사람은 아무 가치도 없다고 생각하는 사람이요. 그런 사람한테는 다른 사람이 제멋대로 사용해도 좋은 도구가 되거든요."

신호등 불이 초록색으로 바뀌었다. 긴 머리를 묶은 남자는 빈센트를 지나치며, 이렇게 만난 김에 친근하게 인사라도 해야겠다 싶었는지 그를 향해 엄지손가락을 치켜들었다. 빈센트는 남자와 눈을 마주치며 고맙다는 듯 미소를 지었다. 칭찬은 이렇게 쉽다. 그저 엄지손가락 하나만 들어 올리면 되는데 말이다. 하지만 사람들은 이렇게 쉬운 칭찬에 인색하다. 그도 칭찬을 좀 더 연습해야겠다는 생각이 들었다.

"자기애성 성격 장애는 범인이 일루전 소품을 만들고, 피해자를 납치하고, 시신에 번호를 매기고, 손목시계를 박살 내서 시간을 표시하고, 피해자들을 특정 장소에 유기하는 등 완벽하게 살인을 계획한 것을 설명할 수 있어요. 자기애성 성격 장애를 가진 사람한테 피해자는 가치 있는 사람이 아니니까 아무렇지도 않게 살인을 계획할 수 있죠. 자기애성 성격 장애를 가진 사람의 세상에서 사람다운 사람은 자기 자신, 딱 한 명뿐이거든요."

길을 건너 직사광선 아래 놓이자, 빈센트는 선글라스를 꺼내 썼다. 그리고 전동 스케이트보드를 타고 자신을 향해 다가오는 중년 여자를 피해 방향을 틀었다.

그는 예트가탄을 따라 메드보리아르플라첸 지하철역을 향해 걷기 시작했다.

"그게 다예요?"

"공감 결핍 장애도 설명이 될 수 있습니다. 편도체가 쪼그라들거나 피질과 해마 사이의 연결이 손상되는 등 뇌에 생리적 결함이 있으면 폭력적인 행동을 저지르기 쉽거든요. 범인이 살인을 둘러싼 자신만의 현실을 만들어 내는 것도 그걸로 설명할 수 있죠. 도쿄 지하철에 사린 가스를 살포해 십여 명을 죽인 일본의 아사하라 쇼코가 그랬죠. 아사하라 쇼코는 다른 사람의 생명을 빼앗음으로써, 그들의 죄를 사하고 그들을 올바른 길로 인도한다고 믿었어요. 그러니까 그 사람의 세계

관에 따르면 그건 살인이 아니라 사람들을 돕는 선행이었죠. 그렇게 생각하면 사람을 죽이는 게 더 쉬워지거든요."

미나는 한참 동안 침묵하다 이윽고 입을 열었다.

"조금 극단적으로 들리네요."

어느새 메드보리아르플라첸 지하철역에 도착한 빈센트는 단빅스툴 쪽으로 갈까 아니면 슬루센 쪽으로 갈까 고민했다. 모세바케에 있는 레코드 상점에 들러 볼까. 그가 LP판을 또 사 오면 마리아는 볼멘소리를 하겠지만, 집에 늘 틀어져 있는 와자지껄한 라디오 방송 소리와 균형을 맞출 무언가가 그에게도 필요했다. 어쨌든 얼마 전 마리아가 좋아한다는 이유만으로 〈뉴저지의 진짜 주부들〉 같은 프로그램만 주야장천 틀어 주는 TV 채널을 유료 결제했으니, 그도 그가 좋아하는 걸 살 자격이 있었다. 그럼 레코드 상점이 있는 슬루센 쪽으로 걸어야 할 것이다.

"맞아요. 흔한 이야기는 아니죠. 잘 파악했어요."

그의 맞장구는 미나가 한 말이 아니라 그가 한 말에 대한 것이었지만, 칭찬의 힘은 대단해서 그는 수화기 저편에서 미나가 미소 짓고 있는 것을 느낄 수 있었다. 다시 한번 칭찬은 그렇게나 간단했다. 하지만 보행자 도로 위 여섯 살짜리 아이 둘을 데리고 있는 남자는 전혀 웃고 있지 않았다. 한 아이는 걱정에 가득한 표정이었고, 다른 한 아이는 울고 있었다. 빈센트는 지난 몇 분 동안 이들과 나란히 걸으며 통화했다는 것을 깨달았다.

"아빠. 나 지하철 타고 집에 안 갈래."

울던 아이가 소리쳤다.

"지하철에 사틴 가스가 있대!"

남자는 빈센트의 뺨이라도 때릴 것 같은 표정으로 그를 노려봤다. 빈센트는 도망치듯 바로 속도를 높여 저만치 앞으로 걸어갔다.

"하지만 그런 성격도 이 사건의 감정적 요소를 설명하진 못해요."

그가 주변에 어린아이들이 또 있는지 확인하며, 목소리를 낮춰 말했다.

"이게 영화였다면 범인은 아마 이중인격을 가지고 있었을 겁니다. 하지만 현실에서는 이중인격을 거의 찾아볼 수 없죠. 어쨌든 대충 하려던 이야기는 이거였어요."

"알겠어요. 꽤 많은…… 정보였네요. 다니엘이 이 프로파일에 맞는다고 생각하세요?"

빈센트가 보도 위에 멈춰 섰다. 갑자기 멈춰 선 바람에 서점에서 나오던 커플과 부딪힐 뻔했다. 그가 미안한 표정을 짓자, 커플은 미소를 지어 보였다.

"아니요. 전혀 아니에요. 오히려 그 반대죠. 미나 씨도 만나

봤잖아요. 다니엘은 우리가 카페에서 만났을 때, 또 경찰서의 취조실에서 만났을 때도 그런 징후는 전혀 보이질 않았어요. 자기애성 성격 장애의 정도는 행동과 말에서 새어 나오기 마련이거든요. 가령 말을 할 때 쓰는 주어 같은 겁니다. 다니엘은 '우리'라는 주어를 많이 사용했어요. 어쩌면 다니엘도 자아도취에 빠져 있을 수 있겠지만, 아직 20대잖아요. 그 나이에 자아도취에 안 빠진 사람이 어디 있겠어요?"

첫 번째 레코드 상점이 코앞으로 다가왔다. 그의 뇌는 집에 모아 놓은 그의 컬렉션 중 빠진 게 있는지 빠르게 훑기 시작했고, 곧 없는 게 없다는 결론을 내렸다. 오늘은 그냥 이래저래 둘러보다 마음에 드는 LP를 골라 사야겠다. 사실 그게 더 재미있다.

"그런데 공감 결핍 장애라는 말을 하셨잖아요. 그 사람들은 사이코패스처럼 공감하지도 않으면서 공감하는 척 연기할 수 있는 거죠?"

"그래야 하는 상황에서는 감정을 모방할 수 있죠."

빈센트는 미나가 자신을 볼 수 없다는 것도 잊고 고개를 끄덕이며 답했다.

"다니엘은 아주 조심스럽게 말을 가려서 했어요. 우리 질문에 답할 때도 마찬가지였고요. 하지만 여자친구에 대해 말할 때 동공이 확장되는 것까지는 다니엘이 통제할 수 있는 부분이 아니죠. 어쨌든 이제까지 다니엘이 보여 준 행동을 근거로 판단할 때, 그 사람은 저녁에 뭐 먹을까 이상의 복잡한 계획을 세울 만한 사람은 아닙니다."

"그럼 루벤 의견에 동의하지 않으신다는 거죠? 다니엘은 범인이 아니라고요."

"미나 씨도 알고, 다른 팀원들도 아는 것처럼 범죄 프로파일링은 제 전문 분야가 아니에요. 제 생각이 완전히 틀렸을 수도 있겠죠. 하지만 저한테 묻는다면 다니엘이 범인일 가능성은 낮아요."

그는 레코드 상점 입구의 손잡이에 손을 올린 채 잠시 걸음을 멈췄다.

"다니엘은 엄청난 압박감을 느끼고 있어요. 극도로 자신을 통제하면서 경찰과 접촉하는 것도 내켜 하지 않고 있죠. 전 그 이유가 알고 싶어요."

"저도 그래요. 그리고 프로파일 감사해요. 율리아한테 곧바로 보고할게요."

그는 상점 창문을 통해 안에 진열된 LP판들을 쓱 훑어봤다.

"미나 씨. 미나 씨는 무슨 음악 좋아해요?"

"음…… 음악이요? 갑자기 왜요?"

"아, 아무것도 아니에요. 그냥 머릿속으로 생각한다는 게 입 밖으로 나왔네요. 그럼 또 연락하죠."

그는 전화를 끊고 상점 안으로 들어갔다. 레베카가 이 통화의 마지막 부분을 듣지 못해 다행이었다. 들었다면 배꼽이 빠져라 웃었을 것이다.

*

꿈에 오래전 친구가 나왔다. 가끔 그런 꿈을 꾸었다. 친구 이름은 라세였다. 왜 라세가 나오는 꿈을 꾸는 것일까. 그도 이유는 알 수 없었다. 라세는 오래전에 그의 인생에 잠시 등장했다가 퇴장한 사람이었다. 아주 옛날 일이었다. 라세 말고도 그의 인생에 등장했다가 사라진 사람들은 많았는데, 그의 꿈에 등장하는 사람은 라세뿐이었다. 심지어 그의 어머니도 그의 꿈에 나오질 않는데 말이다. 어쩌면 그건 어머니가 그의 현재에 여전히 존재하기 때문인지도 모른다. 집에 가면 여기저기에 어머니 물건들이 아직도 그대로 남아 있고, 벽에 걸린 사진 속 어머니는 그를 내려다보고 있으니 그의 꿈에 어머니 자리는 없을 수밖에.

꿈에서 라세는 그에게 무언가를 말하려 하고 있었다. 그때 갑자기 현실 속에서 누군가의 목소리가 들려왔다. 그는 곧장 의자에 앉은 자세를 바로 하고 졸린 눈을 한 채 주위를 둘러봤다.

"음?"

눈을 떠 보니 루벤이 팔짱을 낀 채 그의 옆에 서서 웃고 있었다.

"낮잠 좀 잤나 봐요?"

"아니, 그게 아니라…… 좀…… 눈을 감고 쉬고 있었어. 이 놈의 CCTV 녹화분을 몇 시간째 들여다보고 있으려니 눈이 빠질 것 같아서."

"좀 자 둬요. 페데르는 출근해서 일과 시간 절반 넘게 잠만 자는데, 뭐……."

루벤은 계속해서 히죽거렸지만, 표정만은 진지했다.

"그건 그렇고, 율리아한테 카페에 누가 왔다 갔는지 보고했어요?"

루벤이 CCTV 영상이 떠 있는 화면을 가리키며 묻자, 크리스테르는 당황한 표정으로 루벤과 화면을 번갈아 쳐다봤다.

"뭘? 누가 왔다 갔는데?"

루벤은 화면 쪽으로 몸을 기울이더니, 마우스를 잡고 재생 바를 조금 뒤로 움직인 뒤 재생 버튼을 눌렀다.

"저기 저 사람 말이에요."

루벤은 화면 속 다리를 저는 사내를 가리켰다. 크리스테르의 심장이 쿵 하고 떨어졌다. 저 남자에게 뭔가가 있다는 사실은 그도 감지했었다. 결국은 그게 뭔지 알아내지 못하고 덮을 수밖에 없었지만.

"못 알아봤다고 죄책감 느낄 건 없고요."

루벤이 크리스테르의 어깨를 두드리며 말을 이었다.

"저 얼굴, 난 똑똑히 기억하고 있거든요. 저 카페에 자주 왔어요?"

"매일, 하루에 몇 시간씩 머물다 갔어."

크리스테르의 뇌가 그 어딘가에 묻혀 있는 답을 찾으려, 미로 속 출구를 찾기 위해 돌아다니는 실험 쥐처럼 미친 듯이 돌기 시작했다. 그리고 잠시 후 쥐는 멈추었고, 그의 뇌도 찾고 있던 답을 알아냈다. 그가 누구인지 이제야 기억이 났다. 크리스테르는 하얗게 질린 얼굴로 루벤을 돌아봤다.

"제기랄."

*

5월

베드란은 추위를 떨치려 두 손을 비볐다. 아직 아침은 춥다는 걸 알고 있었는데 멍청하게도 장갑을 차에 두고 내리는 실수를 했다. 스톡홀름 남쪽에 위치한 오스타 도매 시장의 물결무늬 지붕 위로 새벽 햇빛이 드리우기 시작했다. 손목에 찬

디지털 손목시계가 현재 시각이 4시 45분이라는 것을 알려 주었다. 정확하게 기상청에서 예보한 일출 시간이다. 좋은 하루의 시작이었다.

도매 시장은 새벽 5시에 문을 열지만, 그는 늘 그렇듯 일찍 도착했다. 요드란카 이모는 어려서부터 그에게 시간 약속을 지키는 것이 얼마나 중요한지 가르쳐 주었다. 특히나 베드란처럼 꽃을 업으로 삼는 사람에게 시간 약속을 지키는 것은 그 무엇보다 중요했다. 베드란은 혈액 순환을 위해 제자리에서 뜀박질을 했다. 한낮이 되면 여름처럼 더워지겠지만, 아침은 아직 무척 추웠다. 두껍고 발목이 긴 양말을 신고 나오길 다행이라는 생각이 들었다. 솔직히 말해 하닝에에 위치한 그의 꽃집은 독점에 가까울 정도로 경쟁 상대 없이 성업 중이었지만, 그래도 그는 그의 꽃집에서 꽃을 사는 손님들이 꽃 상태에 만족했으면 했다. 아니, 만족을 뛰어넘어 다시 그의 꽃집을 방문하길 바랐다. 그러기 위해서 그는 가장 품질 좋은 꽃들을 사야 했고, 그런 이유로 이렇게 이른 시간 도매 시장 문 앞에서 오들오들 떨며 문이 열리기만을 기다리고 있는 것이다.

꽃을 업으로 삼은 지도 어언 40년이었다. 그는 이 도매 시장에서 일하는 사람들의 대부분이 태어나기도 전에 이 일을 시작했다. 세르비아의 수도 베오그라드에서 살 때는 츠르베나 즈베즈다 축구팀에 꽃다발을 공급하기도 했다. 막시미르스타디움에서 있었던 폭동 전의 일이다. 그 폭동은 정말 부끄러운 역사의 한 장면이었다. 하지만 그 폭동이 일어났을 때 그는 이미 모니카를 만나 사랑에 빠져 그곳을 떠난 후였다. 사랑에는 국경이 없었고, 그는 사랑하는 여인을 따라 스웨덴으로 이주했다.

조금 있으면 도매 시장 영업이 시작되는데, 아직도 문 앞에서 개장을 기다리는 사람은 그가 유일했다. 베드란은 추위를 떨치려 머리를 흔들었다. 지난 40년 동안 그는 한 번도 늦잠을 자 본 적이 없었다. 늦잠은 게으른 사람들이나 자는 것이다. 그는 혈액 순환을 위해 건물을 따라 조금 걷기로 하고 발걸음을 옮겼다. 시장에 늘 일찍 오는 사람들과는 익숙하게 알고 지내는 사이라, 그들이 조금 있다가 도착한대도 가장 먼저 온 사람은 베드란이라는 것을 잘 알 것이다.

그는 건물 끝에 위치한 주차장까지 걸어갔다. 주차장은 꽤 차 있었다. 그리고 주차장 한가운데에는 검은색 캐비닛이 하나 서 있었다. 벌써 이틀째였다. 주차장에 파이프 공사를 한다고 통제선을 쳐 놨던 날 밤부터 저기 서 있었으니까. 이틀 동안 그 캐비닛의 정체가 뭘까 궁금해하던 차였다. 지난 이틀 간은 주차장 출입을 막아 놓고 인부들이 주차장 땅을 파며 공사에 한창이었지만, 이제는 공사도 다 마무리되고 주차장 시설 이용도 재개되었는데 이상한 일이었다.

베드란은 아스팔트 길을 건너 캐비닛 쪽으로 걸어갔다. 캐비닛 양쪽으로 고인 물기가 새벽 햇살을 받아 반짝이고 있었다. 그는 눈살을 찌푸렸다. 대체 누가 이런 것을 여기에 놓고 간 걸까. 분명 밀레니얼 세대라는 젊은이들이 저걸 끙끙대며 옮기다가, 제일 처음 나타난 사람 없는 공간에 대책 없이 버리고 도망간 것일 테다. 지금까지 그는 가게에 서른 살 이하의 알바생은 절대 고용하지 않았고, 앞으로도 그럴 것이다. 경험상 일하기 싫어하고 오만하며 오른손에 휴대폰을 달고 사는 그런 버릇없는 놈들은 절대 좋은 꽃을 사 오지 못한다.

그는 캐비닛을 둘러싸고 한 바퀴 빙 돌아봤다. 캐비닛은 크기가 그의 체격과 비슷했다. 작은 옷장 크기랄까. 싸구려 합판을 아무렇게나 잘라, 마찬가지로 아무렇게나 검은색 페인트칠을 한 것 같았다. 캐비닛 가장자리에는 금속 프레임이 삐져나와 있었다. 누가 만들었는지는 몰라도 화가 잔뜩 난 상태에서 이 캐비닛을 만든 것 같았다. 나무도 톱질을 했다기보다는 그냥 대충 부러뜨린 것처럼 보였다. 못 몇 개는 반만 박은 상태에서 구부려 놓았다. 세상에는 더 이상 자기 일을 제대로 하는 사람이 남아 있질 않은 것인가. 당혹스러웠다. 스웨덴은 여러 면에서 아주 좋은 나라지만, 이렇게 성의 없는 결과물이 지나치게 많이 허용되었다. 세르비아였다면 이런 캐비닛은 절대 품질 검사를 통과하지 못했을 것이다.

캐비닛 앞으로 조금 더 가까이 걸어가자, 캐비닛 문이 세 개로 나뉘어 있는 것이 눈에 들어왔다. 처음에는 금속 프레임 안에 각각 문이 달린 1단의 캐비닛을 세 개, 그러니까 세 층으로 쌓아 둔 것인 줄 알았다. 하지만 자세히 보니 중간에 있는 캐비닛은 위아래 놓인 캐비닛에 붙여 놓은 레일을 따라 한쪽으로 뺄 수 있게 설계되어 있었다. 혹시나 해서 중간에 놓인 캐비닛을 살짝 밀어 봤지만, 꿈쩍도 하질 않았다.

어쩌면 이 캐비닛을 만든 사람이 그 조악한 만듦새가 저 보기에도 부끄러워 주차장 한복판에 버리고 간 것일 수도 있겠다는 생각이 들었다. 하지만 계속해서 이걸 여기 두었다간 차들이 오가는 길을 막을 테니 치우는 게 낫겠다. 그는 손목에 찬 시계를 흘끗 쳐다봤다. 지금 시간은 4시 50분, 이 캐비닛을 주차장 구석으로 밀 정도의 시간은 있었다. 몸을 움직이는 일을 하는 건 그에게도 좋을 것이다.

단, 괜히 무거운 캐비닛을 옮기려다가 허리라도 삐끗하면 큰일이니 안에 뭐가 많이 들었다 싶으면 그대로 놔둘 생각이었다. 다쳐 가면서까지 오지랖을 부리고 싶지는 않았다. 베드란은 중간에 놓인 캐비닛 가장자리 아래로 손가락을 넣어 잡아당겨 봤다. 합판에서 쩍 하고 갈라지는 소리가 났다. 그는 그게 무슨 소리인지 정확히 알고 있었다. 이걸 페인트칠한 사람은 분명 문을 닫은 채 페인트를 바르고 말렸을 것이다. 아,

대책 없는 밀레니얼 세대들…….

도매 시장 입구 쪽에 아까보다 많은 사람이 모여 있었다. 이제 곧 도매 시장의 문이 열릴 것이다. 하지만 캐비닛 문이 안 열린다고 여기서 포기할 수는 없었다. 베드란은 문의 윤곽을 따라 말라붙은 페인트가 떨어질 때까지 조금 더 힘을 줘서 문을 잡아당겼다. 그러자 어느 순간 벌컥 문이 열렸다. 날카로운 철 냄새와 무언가 썩는 냄새가 코를 찔렀다. 그는 본능적으로 코를 막고 캐비닛에서 한 걸음 물러섰다.

캐비닛 안에 무엇이 들어 있는지 바로 가늠은 되지 않았지만 동물의 사체를 토막 낸 것처럼 보이는 것이 캐비닛 안에 놓여 있었다. 제일 커다란 덩어리는 돼지의 일부처럼 보였다. 아니, 돼지는 아니어도 털이 없는 무언가 말이다. 그보다 작은 두 덩어리는 돼지의 다리처럼 보였지만 그것 역시 추측일 뿐이었다. 그는 꽃 전문이지, 이렇게 토막 난 동물이 어떤 동물인지를 알아맞히는 재주는 없었다. 하지만 한 가지 확실한 건 아까 문이 잘 열리지 않았던 것은 페인트가 아니라 피 때문이었다는 것이다. 잘린 동물의 사체는 물론이거니와 캐비닛 안도 온통 피로 떡칠이 되어 있어 사방이 다 끈적거렸다. 캐비닛 안을 피로 칠하기라도 한 것 같았다. 대체 누가 이런 짓을 저지른 걸까? 그가 아는 한 이 도매 시장은 생선과 채소, 꽃만 취급할 뿐 고기는 팔지 않는데.

이제는 돌아갈 시간이다. 곧 도매 시장의 문이 열릴 것이다. 하지만 그는 귀신에 홀린 듯, 여전히 손으로 코를 막은 채 캐비닛을 향해 한 걸음 더 다가갔다. 동물 사체 옆으로 고인 피 속에 무언가가 놓여 있었다. 처음에는 무엇인지 알아볼 수 없었지만, 자세히 들여다보니 깨진 손목시계였다. 그는 다시 커다란 고깃덩이를 더 가까이 들여다봤다. 뭔가 이상했다. 돼지의 피부가 이렇게 부드럽고 매끄러울 리 없는데. 갑자기 속이 메스꺼워지며 목구멍에서 구토가 올라왔다. 하지만 아직 확실하지 않았다. 장갑이 있었다면 좋았을 텐데. 그는 잠시 망설이다가, 내키지 않는 표정으로 제일 위의 캐비닛 문을 잡아당겼다. 힘을 주어 당기자 아까 전과 마찬가지로 끔찍한 '쩍' 소리와 함께 문이 열렸다.

그는 알아야 했다.

위의 캐비닛에는 중간 캐비닛만큼, 아니 그보다 더 많은 피가 고여 있었다. 하지만 그걸 눈치챌 정신은 없었다. 그가 본 것은 그를 마주 보는 두 눈동자였다. 그건 인간의 눈이라고밖에 할 수 없는, 갈색 눈동자였다.

"요드란카 이모, 살려 줘요."

그는 뒷걸음치며 중얼거렸다.

욕지기가 올라와 제대로 생각을 할 수 없었다.

청년의 머리칼은 피에 엉겨 붙었고, 그의 얼굴도, 상반신도 피에 덮여 있었다. 그의 몸통은 마치 캐비닛 크기에 맞춘 것처럼 젖꼭지를 기준선으로 토막 나 있었다. 그제야 베드란은 중간 캐비닛에서 그가 보았던 것이 상반신 아래쪽과 팔이었다는 것을 깨달았다. 그리고 맨 아래 캐비닛에는 그 나머지 사체가 들어 있을 것이다.

공포가 엄습해 왔다.

베드란은 원망 가득한 청년의 두 눈에서 시선을 거두지 못한 채, 허둥지둥 뒷걸음질 쳤다. 청년의 두 눈은 왜 그래야 했냐고 묻고 있었다. 그 순간 마법이 깨지고, 베드란은 뒤돌아서서 그의 생전 그렇게 빨리 뛰어 본 적이 있을까 싶을 정도로 시장을 향해 전력 질주하기 시작했다. 그리고 시장 건물에 도착하고 나서야, 큰 소리로 비명을 질렀다.

*

벨 소리가 연속으로 네 번 정신없이 울렸다. 저렇게 공격적으로 벨을 누르는 사람은 그가 아는 한, 한 사람뿐이었다. 빈센트가 문을 열자 문밖에는 그가 예상한 대로 울리카가 서 있었다. 그의 전처이자 마리아의 친언니. 그의 인생은 울리카 없이도 충분히 복잡했지만, 오늘은 그녀와 할 이야기가 있었다.

"들어와."

빈센트는 울리카를 안으로 안내했다.

"할 이야기가 뭔데?"

울리카가 선글라스를 벗으며 물었다.

언제나처럼 단도직입적이다. 형식적인 인사를 할 시간 같은 건 그녀 사전에 없다는 듯이. 울리카에게 중요한 것은 오직 결과뿐이다. 그걸 증명이라도 하듯 그녀는 평상시 운동할 때 입는 옷을 입고 있었다. 로펌에서 근무하는 그녀는 회사에서는 항상 고가의 잘 재단된 정장을 입었지만, 지금은 분홍색 톱과 반바지를 입고 허리에는 작은 물병들을 꽂아 넣을 수 있는 벨트를 찬 차림이었다. 신발은 굳이 보지 않아도 필립 플레인의 고급 스니커즈를 신고 있을 것이다. 그녀가 걸친 모든 것이 값비싸 보였고, 또 새것처럼 보였다. 그가 아는 그녀의 모습 그대로다.

"커피 줄까?"

그가 물었다.

울리카는 밝은 금발을 묶고 있던 머리 끈을 풀어 어깨로 머리채를 늘어뜨리며 답했다.

"나 커피 안 마시는 거 알잖아."

"뭐가 좀 달라졌나 해서 물어봤지."

울리카는 그의 말을 못 들은 체하고 부엌으로 들어갔다. 그녀가 허리에 찬 벨트에는 여섯 개의 물병을 꽂을 수 있었지만, 꽂힌 물병은 여섯 개가 아니라 다섯 개였다. 홀수로 그를 심란하게 만들 작정으로 일부러 그런 게 확실했다. 이제 그는 완벽한 짝수 6과 불완전한 홀수 5 사이의 간극 대신 다른 것을 생각해 내려 애써야 한다. 편집증적인 생각인 것은 그도 알고 있었다. 그가 평생 만난 사람 중, 저렇게 파렴치하고 뻔뻔하게 타인을 잘 조종하는 사람은 울리카가 유일했다. 그녀는 그를 어떻게 조종해야 하는지 정확하게 알고 있었다.

"내 동생은 어디 있어?"

울리카가 수도꼭지를 틀어 유리잔에 물을 받으며 물었다.

빈센트는 그녀를 따라 부엌으로 들어가, 그녀가 물을 마시고 나머지 물을 싱크대에 버리는 것을 지켜보며 기다렸다.

"마리아는 지금 집에 없어. 마리아 없이 우리끼리 이야기하는 게 좋을 것 같아서."

울리카는 싱크대에 유리잔을 내려놓고 그의 얼굴을 면밀히 살폈다.

가끔 이렇게 그녀를 만나면, 그들의 관계가 얼마나 유독했었는지 잘 생각이 나지 않았다. 시간이 지나면 한때 무척이나 위험했던 것들이 덜 위험해 보이기 시작한다. 적어도 10년 정도의 세월이 흐른 경우에는 그렇다.

그들의 결혼이 실패로 끝난 원인을 모두 그녀에게 돌리던 때가 있었다. 그녀는 아이들 성적에 만족할 줄 모르고 더 높은 점수를 요구했고, 가정의 재정 상태는 늘 최고로 유지해야 했으며, 언제 손님이 올지 모르니 집을 항상 반짝반짝 깨끗하게 관리해야 한다는 주장을 굽히지 않았다. 그리고 모든 것에 불만을 가지고 잔소리를 퍼부었다. 하지만 이혼의 책임이 모두 그녀의 탓이라고 말하는 건 옳지 않았다. 그저 둘은 서로에게 맞는 상대가 아니었을 뿐이다. 그는 그녀가 원했던 남자가 아니었고, 그녀 또한 그가 원했던 여자가 아니었으니.

그들의 유독했던 결혼 생활은 그가 울리카 대신 마리아를 선택하며 갑작스럽게 끝이 났다. 그 선택은 그를 나쁜 남자로 만들었지만 솔직히 말해 그와 울리카는 이미 수년째 상처뿐인 결혼 생활을 이어 가고 있었고, 그건 둘 다 인정하는 사실이었다.

"당신 딸에 관련된 문제야. 아니, 우리 딸이라고 해야 하겠지. 아무래도 레베카가 자해를 하는 것 같아. 나한테는 이야기를 안 하려고 해서, CAMHS에 데려가 볼 생각이야."

울리카가 무슨 말인지 전혀 이해하지 못하겠다는 표정으로 그를 쳐다보자 그가 설명을 덧붙였다.

"CAMHS, 아동 및 청소년 정신 건강 상담 센터 말이야."

"말도 안 돼."

울리카는 팔짱을 끼며 콧방귀를 뀌었다.

"애한테 사회적인 낙인을 찍을 셈이야?"

울리카가 이렇게 나올 것임을 왜 예상하지 못했을까. 그녀는 매사에 이런 식이었다. 항상 다른 사람의 시선이 가장 중요했다. 아이의 머릿속에서 무슨 일이 일어나고 있는지는 전혀 중요하지 않았다. 울리카에게 겉으로 보이는 모습보다 중요한 것은 없었다. 그리고 그녀는 겉으로 자기를 드러내 보이는 것에 아주 능했다. 아주 오래전부터 그는 그녀에게 약간의 사이코패스 성향이 있는 것은 아닐까 생각해 왔다. 꼭 사이코패스까지 가지는 않더라도 공감 능력 장애 정도는 있는 게 분명했다. 낮은 공감 능력은 로펌 일의 성격상 좋은 자질이어서 이제껏 승승장구해 왔지만, 엄마로서 역할을 다하는 데는 그리 도움이 되질 않았다.

"낙인을 찍고 말고가 어디 있어. 애가 정서적으로 안정될 수 있게 돕자는 거지. 당신이랑 내 능력만으로는 더 이상 애를 도와줄 수 없어. 이런 일을 전문으로 돕는 사람들에게 맡겨야 한다고."

"아동 및 청소년 정신 건강 상담 센터라……."

그녀는 단어를 음미하듯 중얼거렸다.

"그런 곳에 애를 데려가면 다른 사람들이 애를, 또 나를 어떻게 볼지 생각해 봤어? 사람들이 다 알게 될 거라고."

"그래. 당신 딸이 완벽하지 않다는 게 밝혀지는 건 아주 끔찍한 일일 거야."

빈센트는 식탁 의자에 기대어 앉으며 말을 이었다.

"어쩌면 당신, 이 나라에서 추방을 당할지도 모르지."

울리카가 초조해하자, 그 또한 덩달아 심란해졌다. 그녀는 손을 휘이 내저어 그의 말을 일축했다. 최근에 칠한 것 같은 프렌치 매니큐어가 그의 눈에 들어왔다. 레베카는 레드나 블랙 같은 강렬한 색을 즐겨 발랐는데, 울리카는 그러는 법이 없었다.

"이 이야기는 여기서 그만해. 그리고 설마 레베카 이야기나 하자고 날 여기로 부른 건 아닐 것 같은데?"

울리카가 두 팔을 들어 어깨에 늘어뜨렸던 머리칼을 다시 하나로 질끈 묶었다.

어안이 벙벙한 그의 얼굴을 보며 울리카는 말을 이었다.

"왜 이래. 나는 여기에 아무 때나 올 수 있었는데 당신이 날 굳이, 지금 오라고 했잖아. 집에 애들도 마리아도 없는 지금 말이야. 그건 그렇고, 걔는 요즘도 아침으로 스콘에 잼 발라 먹나? 그러면서 건강하게 먹는 척하려고 그 괴상하기 짝이 없는 아보카도 샌드위치를 먹고?"

그녀가 팔을 들자 핑크색 톱 아래 가슴이 확연하게 드러났다. 빈센트는 울리카가 그의 시선을 끌기 위해 일부러 그런 동작을 한 것임을 깨닫고는, 무심결에 그녀의 가슴을 쳐다본 자신을 저주했다.

그가 잠시 당황스러운 표정을 하고 있자 그녀가 덧붙였다.

"내 동생, 그리고 당신의 현 와이프 말이야."

울리카는 만족스러워 견딜 수 없다는 듯, 아주 살짝 입꼬리를 치켜올려 미소를 지었다.

"마리아는 자기 외모를 가꾸는 스타일이 아니지."

그녀가 그를 향해 한 발자국 다가서며 말했다.

"대체 당신은 무슨 생각으로 그런 애를 선택한 건지 아직도 모르겠단 말이야."

"우리는 사랑에 빠졌어."

그가 한 걸음 뒤로 물러나며 말을 이었다.

"그리고 마리아를 선택하기 아주 오래전부터 당신과 나 사이에 사랑 같은 건 없었고."

"그래, 어쩌면 그랬겠지. 하지만 우리 사이에는 그걸 상쇄할 만한 것들이 있었잖아, 빈센트."

그녀는 너무 가까이 서 있었다.

"맙소사. 벌써 10년이나 지난 일이야, 울리카. 대체 언제까지 과거에 매여 있을 거야?"

울리카는 말도 안 되는 소리라는 듯 가뿐히 그의 질문을 무시했다.

"나랑 한번 할래?"

그녀의 숨결에서는 희미하지만 달콤한 에너지 드링크 향

이 났다.

"우리 집에서 해도 좋고. 당신한테 그럴 힘만 있다면."

그는 지뢰밭에 선 것처럼 이러지도 저러지도 못했다. 여기서는 무슨 말을 꺼내든 이상하게 들릴 것이다. 차라리 침묵하는 게 나을 것 같아 입을 꾹 다물었다. 그러자 울리카가 바지 위로 그의 성기를 움켜쥐었다.

"아니면 당신, 너무 늙었나 봐. 이 집에서 당신의 현 와이프랑 계속 잼 샌드위치나 먹으면서 살 건가 보지."

그녀는 그의 성기를 부드럽게 애무했다. 그의 의지와는 상관없이 성기가 딱딱하게 부풀어 오르는 것이 느껴졌다. 이제 정말 한 걸음 뒤로 물러나야 했다. 바로 지금, 당장. 하지만 어떻게 된 일인지 발을 뗄 수가 없었다. 그녀는 그의 손을 잡아다 그녀가 입고 있는 짧은 반바지 아래의 허벅지 안쪽에 갖다 댔다. 그의 손가락이 그녀의 따뜻한 피부를 스쳐 지나가자, 전기 충격이 일어나듯 지금 무슨 일이 일어나고 있는지 깨달음이 그를 덮쳐 왔다. 그는 벌에 쏘이기라도 한 것처럼 곧장 손을 빼서 식탁이 있는 곳까지 뒷걸음쳤다.

"예상했던 그대로네."

울리카는 코웃음을 친 뒤 부엌을 빠져나가며 말을 이었다.

"늙어 빠져 가지곤."

*

미나는 지금 막 포장을 뜯은 새 시트를 깐 침대의 한구석에 앉아 있었다. 접힌 부분 없이 완벽하게 시트를 펴서 침대 위에 까는 데 5분 정도가 걸렸다. 그녀는 무릎 위에 놓인 작은 상자로 시선을 돌렸다. 상자 정면에는 '차세대 성性 혁명'이라고 쓰인 배너 아래 단호한 표정의 젊은 여자가 바이브레이터를 들고 서 있었고, 상자 뒷면에는 '에어 펄스 테크놀로지'라는 문구가 쓰여 있었다.

머릿속에서는 이건 형편없는 아이디어라고 말하는 작은 목소리가 둥둥 떠다녔다. 이건 그저 그녀의 사회성이 얼마나 떨어지는지를 보여 줄 뿐이라고, 배터리로 작동하는 기계로 사람을 대체하는 건 건강한 선택이 아니라고 말이다. 또 다른 목소리는 그건 편견일 뿐이라고 맞섰다. 이제 새로운 시대가 왔으니, 여자도 응당 자신의 성을 즐기고 통제할 줄 알아야 한다고. 물론 그녀도 성을 즐기는 것이 부끄러운 일이 아니라는 것쯤은 알고 있다. 하지만 그녀에게는 그 어떤 남자도 필요하지 않았다. 남자가 필요 없는 건 작은 상자의 포장 속 젊은 여자도 마찬가지인 것 같았다. 실로 혁명이었다.

그녀는 포장을 뜯기 시작했다. 상자 안에는 손에 잡기 좋은 플라스틱 손잡이같이 생긴 금빛 바이브레이터가 USB 충전

기와 함께 담겨 있었다. 깨끗이 살균 소독하기 전에 이 플라스틱이 그녀의 몸 안에 들어갈 일은 없을 것이다. 그녀는 최대한 시트에 주름을 만들지 않게 노력하며, 침대 옆 협탁 위에 놓아둔 살균 소독제 병으로 손을 뻗었다. 그리고 바이브레이터의 부드러운 부분에 살균 소독제를 뿌린 뒤 엄지손가락으로 살살 문지르기 시작했다. 너무 건조한가? 물론 그에 대한 대비도 해 놓았다. 바이브레이터와 함께 여기에 바를 마사지 오일도 이미 주문해 두었다. 그녀는 새로 산 오일을 들어 바이브레이터의 고무 부분에 부드럽게 발라 주었다. 한 방울이면 충분할 것이다. 오일을 너무 많이 바르는 바람에 시트가 엉망이 되면 중간에 멈춰야 할 수 있으니 조금만 바르는 게 좋을 것 같았다.

그녀에게 관심을 갖는 남자가 없는 건 아니었다. 문제는 남자와 몸을 섞고 싶지 않다는 데 있었다. 땀투성이에 냄새나는 남자의 몸과 성기가 그녀의 피부에 닿는다는 생각만으로도 온몸이 떨려 왔다. 그녀는 머릿속에 떠오른 그 그림이 완전히 굳어 버리기 전에 서둘러 그 그림을 지워 버렸다.

아예 원하지 않는 건 괜찮은 걸까? 적어도 이전과 같은 방식을 원하지 않는 건 괜찮겠지? 그녀는 포장 속 여자의 눈에서 그 답을 찾으려 노력하며 다시 여자를 쳐다봤다. 포장 속 여자는 바이브레이터를 들고 흔드느라 정신이 없어 보였지만, 그럼에도 불구하고 미나는 여자가 옳다는 것을 알아챘다. 깨끗하게 살균 소독된, 금빛 손잡이 모양의 이 기구는 언제든 실제 남자보다 더 큰 만족을 선사할 것이다.

아쉬운 게 딱 하나 있다면, 그건 행위 중 상대의 눈을 바라보지 못한다는 것이다. 사람들은 쉽게 그녀를 오해했다. 세균 배양 접시처럼 세균이 드글대는 그들의 손으로 그녀를 만지는 걸 원치 않는다고 해서, 그녀가 친밀함도 원치 않는다고 생각하니까 말이다. 하지만 그 어떤 접촉도 눈 맞춤만큼 친밀한 것은 없었다. 그리고 다행히도, 그녀는 두 눈을 감는 순간 그녀가 원하는 모든 사람과 상상 속에서 눈을 맞출 수 있었다.

곧 그녀는 휴대폰을 진동으로 해 놓고 협탁 위에 올려 두었다. 그리고 바지와 팬티를 벗은 뒤 침대에 누워 금빛 손잡이의 전원 버튼을 찾았다.

에어 펄스 테크놀로지. 아무려면 어떻겠는가. 그녀는 30분이나 그것과 시간을 보냈다. 더 이상 했다간 지각을 할 판이었다.

어쨌든 훌륭한 첫 데이트였다.

*

"여기 계실 줄은 몰랐어요."

"내사를 받는 중에도 일은 계속할 수 있게 해 줘서요."
밀다가 답했다.
"정말 다행이죠. 실수를 저지른 것 자체만으로도 끔찍한 기분인데, 집에 앉아서 그 일만 곱씹었을 생각을 하면……."
밀다는 상상만 해도 끔찍하다는 듯 고개를 저었고, 미나도 가볍게 고개를 끄덕여 동조했다. 밀다가 저지른 실수에 대한 판결이나 그녀가 느꼈을 죄책감에서 그녀를 해방시켜 줄 면죄 판결은 미나의 몫이 아니었다. 그건 내사를 통해 결정할 일이었다. 사람들은 누구나 실수를 한다. 완벽한 사람이 어디 있겠는가. 미나가 혼자 사는 걸 선호하는 이유도 거기 있었다. 여기에 더해 대부분의 사람은 개인적인 위생 면에서 결함들을 가지고 있다는 것도 한몫했지만.

휴대폰을 흘끗 보니 율리아가 부재중 전화를 여러 통 남긴 것이 보였다. 미나는 율리아에게 바로 전화를 해 줘야 하나 잠깐 고민하다, 밀다와 먼저 이야기를 나누기로 하고 휴대폰을 다시 주머니에 넣었다.

"이 아이의 수색 소식은 계속 찾아 듣고 있었어요."
밀다는 로베르트의 두 눈을 감겨 주고, 손에 끼고 있던 일회용 장갑을 벗었다.

그리고 희생자의 토막 시신 일부가 놓여 있던 번쩍번쩍 빛나는 작업대에서 몇 걸음 떨어져 섰다.

"밀다 씨뿐 아니라 전국이 지켜보고 있었죠."

몇 주 동안 신문을 연일 장식하던 그의 얼굴을 여기서 보니 기분이 이상했다.

"매년 스웨덴에서는 수천 명의 사람들이 실종되죠. 하지만 로베르트는 그 많은 실종자 중 하나에 그치지 않았어요. 그의 실종에는 사람들의 관심을 끄는 뭔가가 있었거든요."

"방어 능력이 전혀 없는 사람이었으니까요."

미나가 로베르트의 얼굴 위로 상체를 구부리며 말했다.

눈을 감고 있는 그의 얼굴은 영락없이 잠을 자고 있는 것처럼 보였다. 그의 나머지 온몸은 그가 겪은 그날의 잔인함을 말해 주고 있었지만, 그의 얼굴에서만큼은 그런 흔적을 찾아볼 수 없었다.

"사람들은 언제나 연약하다고 여겨지는 사람들이 겪는 불행에 더 마음 아파하죠. 로베르트의 나이는 스물둘이었지만, 정신 연령은 아동 수준이었어요."

밀다는 부검에 사용하던 도구 하나를 손에 집어 들고 말을 이었다.

"로베르트의 부모님이 상심하는 걸 보니 마음이 찢어지더라고요."

밀다는 새로운 일회용 장갑을 꺼내 손에 꼈다. 그리고 미나가 일회용 장갑 상자를 쳐다보자, 상자를 통째로 그녀에게 건

냈다. 얇은 라텍스가 피부에 닿는 느낌은 늘 소름이 돋을 정도로 좋았다. 할 수만 있다면 미나는 언제 어디서나 이 장갑을 착용하고 싶었다. 하지만 사회적 관습 등의 바보 같은 것들이 그럴 수 없도록 만들었다. 그녀가 일본에서 태어났더라면 언제 어디서든 아무렇지도 않게 마스크와 라텍스 장갑을 착용하고 다녔을 텐데. 하지만 스웨덴에서 그렇게 살았다가는 아주 특이한 사람으로 비칠 것이다. 개인적으로 그녀는 마스크와 라텍스 장갑 착용이야말로 가장 분별 있는 행동 방식이라 생각했지만, 그녀의 직장에서는 절대 허용되지 않는다는 것도 잘 알고 있었다. 사무실에서 그러고 있다간 분명 루벤과 크리스테르에게 비난을 받을 것이다.

"피해자 부모님한테는 알렸나요?"

밀다가 미나에게서 장갑 상자를 돌려받아 카운터의 제자리에 놓으며 물었다.

작업대 위 모든 것은 깔끔하게 줄지어 정돈되어 있었다. 밀다는 모든 것이 살균 소독된 그녀만의 왕국에 군대식 규율을 적용했다.

"네."

미나가 짧고 간결하게 답했다. 피해자가 결국 가족들을 슬픔에 젖게 할 최후를 맞이했다는 것, 그리고 그 소식을 피해자의 가족에게 전해야 한다는 것은 그녀가 해야 하는 일 중 가장 어려운 일이었다.

"저건……?"

미나가 작업대 위의 시신 옆에 놓인 물건 두 가지 중 하나를 가리키며 물었다.

"네. 피해자 뒷주머니에 들어 있었어요. 입고 있던 옷은 맨 아래 캐비닛에서 발견됐고요."

미나가 가리킨 물건은 새총이었다. 새총은 나무로 만든 발사대에 고무줄을 끼워 만들었는데, 크기도 꽤 컸다. 로베르트와 관련해 타블로이드 잡지에 실렸던 기사에는 종종 이 새총이 등장했다. 그는 자주 새총을 들고 다녔고, 낯선 사람들에게 그의 새총 실력을 뽐내길 좋아했다고 했다. 기사에 따르면 로베르트는 10미터 바깥에서도 엽서 한 장을 명중시킬 실력을 가지고 있었다고 했다.

미나는 새총에서 시선을 거뒀다. 새총이 지닌 지극히 개인적인 성격에 마음이 괴로웠다. 그녀는 그 무엇 때문에도, 또 그 누구 때문에도 괴롭고 싶지 않았다. 보통 그녀는 사람들과 그들의 운명 그리고 그들의 개인적인 것들과 거리를 잘 유지하는 편이었다. 하지만 로베르트 베리에르는 좀 특별했다. 그에게는 그녀를 감싸고 있는 단단한 껍데기를 뚫고 들어오는 뭔가가 있었다. 지금도 그랬다. 토막 시신으로 발견되었지만 그의 얼굴은 평화로워 보였다. 심지어 희미한 미소도 띠고 있는 듯했다.

신문과 잡지에 실린 사진 속 로베르트는 늘 진심으로 웃는 모습이었고, 그의 두 눈은 행복과 삶의 환희로 반짝거렸다. 일간지 《아프톤블라데트》에 실린 기사에 따르면 그의 부모는 그를 평소 보반이라고 불렀다. 시신의 생전 애칭을 알고 싶지는 않았다. 그건 감정적으로 너무 가까운 일이니까.

미나는 밀다가 하는 말에 집중하려 애를 썼다. 지금은 경찰 업무에 집중해야 했다. 각종 절차와 규칙, 프로세스와 행동. 냉정함과 정확함에 집중해야 했다.

"보이는 것처럼 피해자는 크게 세 부분으로 토막이 났어요."

밀다가 말했다.

"팔이랑 손을 따로 세면 더 많아지겠지만요. 절단면은 아주 깔끔해요. 아주 날카로운 칼날을 사용했을 거예요."

"신체가 절단되던 순간, 피해자는 살아 있었나요?"

"네."

밀다가 로베르트의 시신 절단면을 가리키며 말을 이었다.

"피를 엄청 흘렸어요. 칼날이 피해자 신체로 들어와 절단을 냈을 때, 피해자의 심장은 아직 뛰고 있었을 거예요. 그리고 여기 이거요. 이것 때문에 오늘 전화를 드렸어요."

밀다는 로베르트의 이마를 덮고 있던 머리카락을 걷어 올렸다. 그의 부드러운 피부 위로 로마 숫자 II가 분명히 새겨져 있었고, 깊게 새겨진 숫자 주위의 피부는 눈에 띌 정도로 부어올라 있었다.

"캐비닛 안에서 손목시계도 발견됐어요."

밀다가 시신 옆에 놓인 또 다른 물건을 가리키며 설명을 이어 갔다.

"보시는 것처럼 시간은 2시에 멈춰 있고요. 시계 본체에서 배터리를 빼 놓았고, 이전 사건들과 마찬가지로 시계 유리는 박살 나 있었어요."

미나의 입에서 헉 하는 소리가 절로 났다.

손목시계, 이마의 로마 숫자 Ⅱ. 빈센트의 말이 다 맞았다. 그건 카운트다운이었다. 이걸 알면 루벤은 발작을 일으키겠지.

"시신이 발견된 장소는 1차 범죄 현장일까요, 아니면 2차 범죄 현장일까요? 어떻게 생각하세요?"

"그건 현장을 감식한 과학수사대가 답할 문제겠죠. 하지만 추측도 괜찮다면, 제 생각엔 2차 범죄 현장일 가능성이 높아 보여요."

"왜죠?"

"로베르트가 흘렸을 엄청난 양의 피 속에 캐비닛이 서 있던 것 같지는 않아서요. 그렇다기엔 캐비닛 아래가 너무 깨끗하거든요. 아마 다른 데서 살해된 뒤 시신이 발견된 장소로 옮겨졌을 거예요."

미나는 숨을 깊이 들이마셨다. 그리고 밀다의 기분이 상하지 않길 바라며 질문했다.

"약물 검사는요?"

"부검하면서 약물 검사도 진행할 거예요. 시신에 남아 있는 혈액 양이 너무 적으면 담즙을 사용해야 할 수도 있을 거고요. 어쨌든 같은 실수는 되풀이하지 않을 거니까 걱정하지 말아요. 그리고 로베르트와 앙네스의 시신은 약물 검사를 조금 더 신속하게 처리해 달라고 부탁해 놓았어요."

"그게 가능해요?"

미나가 아무런 편견이 실리지 않은 말투로 물었다.

"공식적으로는 아니지만, 예전에 그 팀에 내가 도움을 준 적이 몇 번 있거든요. 회수할 빚이 있는 셈이죠. 어쨌든 제 실수를 만회하고 일을 바로잡기 위해 할 수 있는 최소한의 성의라고 생각해 주세요."

"그렇게 되면 결과를 얼마나 더 빨리 알 수 있는 건데요?"

미나가 로베르트의 평온한 얼굴에서 눈을 떼지 못하며 물었다.

"아마 며칠 정도일 거예요. 아주, 아주 운이 좋다면 그보다 더 빨리 알 수도 있고요. 하지만 장담할 수는 없어요. 게다가 로베르트의 부검도 이제 시작이라서요. 시신을 방금 전에 받아서 막 시작한 참이거든요. 계속 여기 계실래요? 원한다면 부검 과정을 지켜봐도 되고요."

밀다는 새로운 장갑을 꺼내 손에 낀 뒤, 시신 옆에 일렬로 놓인 도구들을 체크하기 시작했다. 피해자의 장기 무게를 재는 데 사용할 저울도 준비했다. 심장부터 뇌에 이르는 모든 장기는 물론이고, 심지어 위 속 내용물도 저 저울에 무게를 잴 것이다. 이전에 부검을 지켜본 적이 있어 미나도 알고 있었다.

"아뇨. 오늘은 사양할게요. 대신 캐비닛을 좀 보고 싶은데요."

"물론이죠. 옆방 실험실에 있어요. 이제 곧 국과수에 보낼 거예요."

곧장 율리아와 빈센트에게 연락을 해야겠다.

밀다는 미나 쪽은 쳐다보지도 않고 고개를 끄덕이며 부검 도구를 집어 들어 작업을 시작했다. 미나는 밀다가 조용히 작업할 수 있도록 부검실 문 쪽으로 걸어갔다. 그리고 문 앞에 서서 마지막으로 뒤를 돌아봤을 때, 밀다는 로베르트의 뺨을 부드럽게 어루만지고 있었다. 애정과 슬픔이 함께 어린 손짓이었다.

*

참관인 없이 홀로 부검하는 편을 더 선호했기에, 밀다는 미나가 가겠다고 했을 때 내심 안도했다. 배경 음악으로는 신나는 슐라거* 장르의 음악을 틀고, 그녀의 음성 기록이 묻히지 않을 정도로 적당하게 볼륨을 조절했다. 검시관이 부검을 할 때 특정 장르의 음악, 특히 오페라를 많이 듣는다는 건 아주 흔한 문화적 클리셰였지만, 티끌만큼의 진실도 없다면 그런 클리셰가 생기지는 않았을 것이다. 배경 음악을 틀어 놓으면 마음이 차분해지고 집중도 더 잘되었다. 그리고 그녀 앞의 작업대에 놓인 사람을 더 친절하게 대할 수 있었다. 그녀는 죽음이라는 무거운 존재감을 덜기 위해 슐라거나 컨트리풍의 신나는 음악을 선호했다. 밀다의 음성 기록을 듣고 기록하는 사람들은 음악에 맞춰 그녀가 노래를 부르는 소리에 익숙해진 지 오래였다.

밀다는 아르빈야나의 '엘로이즈'를 따라 부르기 시작했다. 그녀에게 스웨덴의 대표적 음악 경연 프로그램인 멜로디페스티발렌에 나온 노래들은 하나하나 각별한 의미를 가지고 있었다. 그녀는 멜로디페스티발렌을 TV로 시청할 수 있는 나이가 되고부터 모든 회차를 빠짐없이 챙겨 봤을 정도로 애시청자였다.

흥이 나서 노래를 따라 부르며, 그녀는 칼날이 지나간 시신의 절단면을 신중하게 들여다봤다.

---

* Schlager, 유럽의 대중음악 장르

절단면은 아주 예리하고 깨끗했다. 이런 절단면이라면 매우 날카로운 흉기가 사용되었을 것이다. 무디고 뭉툭한 칼을 사용해서는 절대 이런 단면이 나올 수 없다. 하지만 절단면에는 그 이상의 정보가 담겨 있지 않았다. 그녀는 절단면에서 뼛조각을 떼어 내 별도의 스테인리스 작업대로 가지고 갔다. 그리고 물과 주방용 세제, 알코녹스 세척제를 섞어 미리 작업대 위에 올려 둔 용액에 그 뼛조각을 담갔다. 이 용액은 뼛조각에 담긴 DNA 정보를 훼손하지 않을 최선의 방법이었다. 온도계에 표시된 물 온도는 섭씨 55도였다. 완벽했다. 이제 연조직을 분리하고 다음 단계로 진행하면 될 것이다.

그녀는 작업대 위에 놓인 이 청년 때문에 머릿속에 자꾸만 떠오르는 생각을 지우려 노력하며, 그가 누워 있는 작업대로 돌아갔다. 지금 같은 상황이 지속된다면 몇 년 후에는 콘라드가 이 작업대 위에 시신으로 오를지도 모른다. 그녀가 지금의 상황을 바꾸지 못한다면 말이다. 그녀는 조심스레 로베르트의 뺨을 어루만졌다. 지금은 로베르트에게 집중해야 했다. 그것이 그녀의 책임이요, 의무였다.

밀다는 앙네스의 약물 검사를 깜빡하고 하지 않은 것에 대해 여전히 부끄러움을 느끼고 있었다. 이젠 그 어떤 실수도 용납하지 않을 것이다. 실수는 피해자의 가족뿐 아니라 모든 피해자에 대한 배신이었다. 그녀에게는 책임이 있었다. 그 어떤 것도 놓치지 않고 모든 걸 꼼꼼하게 검사하고 명시된 절차를 모두 수행할 책임. 엄마로서는 부족할지 모르겠지만, 이 일은 완벽하게 해낼 수 있었다. 그녀는 다시 한번 작업대 위에 놓인 콘라드의 모습을 머릿속에서 애써 지우며 부검을 계속해 나갔다.

밀다는 잠시 숨을 돌렸다. 이어서 수행해야 할 절차들이 있었지만, 시신이 이렇게 토막 난 경우에는 조금 복잡했다. 그녀가 부검하는 대부분의 시신은 절단 없이 꽤 좋은 상태로 그녀의 작업대 위에 올랐다. 이렇게 여러 토막으로 절단이 난 경우는 흔하지 않았다.

그녀는 계속해서 노래를 따라 부르며 가위를 집어 들었다. 보통 부검 시에는 그녀를 도울 조수를 두는 편이었지만 오늘 이 부검은 홀로 하고 싶었다. 그녀의 부검 전 과정은 동영상으로 빠짐없이 녹화되고 있었고, 부검 과정에서 남기는 음성 기록도 같이 녹음될 것이니 걱정할 것은 없으리라.

가위로 로베르트의 늑연골을 자르자 으드득 소리가 났다. 조심스레 잘린 부분을 들어 올리니 로베르트의 몸 중간 부분이 그 모습을 적나라하게 드러냈다. 검시관 중에는 위쪽 갈비뼈를 절단하는 편을 선호하는 사람도 있었지만, 그녀는 날카로운 뼛조각에 다치고 싶지 않았다. 이미 로베르트의 시신에는 날카롭게 잘려 나간 뼈들이 너무 많았다.

시신에 피는 거의 남아 있지 않았고, 조금 남은 혈액은 응고되어 있었다. 시신에 남은 피의 양이 이렇게 적다는 것은 범인이 아직 로베르트가 살아 있을 때 그의 신체를 절단했다는 그녀의 추측이 맞다는 것을 증명했다. 정말 세상에는 끔찍한 괴물이 많다.

혈액이 거의 다 빠진 시신은 창백한 회색빛을 띠었고, 같은 이유로 시반이 명확히 형성되지 않아 사망 시간을 추정하기가 어려웠다. 눈에서 안액眼液을 채취할 필요도 없어 보였다. 사망 이후 몇 시간 동안 칼륨 농도가 올라가기 때문에 이를 검사하면 사망 시간 추정에 도움이 될 수 있지만, 로베르트의 경우 이미 사망한 지 수일이 지났으므로 의미가 없었다.

밀다는 로베르트의 열린 가슴 안으로 손을 집어넣어 그의 장 상태를 확인한 뒤 기록하고, 사진을 찍었다. 기록은 너무 적게 남기는 것보다 지나치게 많이 남기는 편이 나았다. 심장이 살짝 비대해 보이는 것만 제외하면 나머지는 모두 정상으로 보였다. 심장이 정상인보다 큰 것은 다운 증후군 환자에게서 흔히 볼 수 있는 증상이었다.

그녀는 음악 소리에 맞춰 부드럽게 발로 박자를 맞췄다. 뜻밖으로 들리겠지만, 리듬을 따라 발로 박자를 맞추는 건 손의 흔들림 없이 안정적으로 작업을 하는 데 도움이 되었다. 이제 로베르트의 장기를 하나하나 조심스레 들어내 무게를 재고 크기를 측정해야 했다. 그렇게 적출한 장기들은 부검이 끝난 후에야 제자리로 돌아갈 것이다. 그런 다음 그녀의 능력이 허락하는 한 최대한 깔끔하게 시신을 봉합해 장의사에게 보내게 된다.

밀다는 로베르트의 심장, 신장, 간, 폐의 무게를 쟀다. 역시 심장을 제외한 모든 것이 정상이었다.

위에는 할 일이 조금 더 많았다. 운이 좋다면 위에 남은 로베르트의 마지막 식사 내용물이 그가 그의 생애 마지막 시간을 어디에서 보냈는지 알려 줄 수 있을 것이다.

그녀는 로베르트의 위 속에 담긴 내용물을 아주 조심스럽게 금속 그릇으로 옮겼다. 불쾌한 냄새가 코를 찔렀지만, 그런 건 개의치 않게 된 지 한참이었다. 검시관 중에는 시신에서 나는 각종 냄새 때문에 코 밑에 멘톨 크림을 바르고 부검을 하는 사람도 있었지만 그녀는 아니었다. 냄새를 제대로 맡지 못하면 단서를 놓칠 위험이 너무 컸다. 일례로 청산가리의 경우 위를 절개하면 희미한 아몬드 냄새를 풍기는데, 멘톨 크림 때문에 그 냄새를 놓칠 수도 있었다.

그녀는 조심스럽게 위 속 내용물을 찔러 보았다. 이 내용물은 분석을 위해 린셰핑의 국과수로 보내질 것이다. 국과수 요원들이 위 속 내용물 분석을 그리 반기지 않는다는 것은 그녀도 알고 있었지만 선택의 여지가 없었다. 그녀는 언제나 위

속 내용물을 국과수에 보내기 전에 먼저 자체 조사를 했다. 그런데 그때였다. 밀다가 얼굴을 찡그렸다.

로베르트의 위 속에 어두운색의 무언가가 뭉텅이로 들어 있었다.

그녀는 말문이 막혀 아무 말도 할 수 없었다.

로베르트의 위는 털 뭉치로 가득 차 있었다.

*

그의 예상이 맞았다니, 빈센트는 절망했다. 내심 그의 예상이 틀리길 바랐는데…… 그의 예상이 틀렸더라면 로베르트는 아직 살아 있었을 것이다. 어쩐지 그가 연쇄 살인범이 카운트다운을 하고 있다고 주장하는 바람에 로베르트의 살인이 일어난 것 같았다. 물론 그게 사실이 아니란 것은 그도 알았다. 그건 모든 사람이 나만 주시하고 있는 것 같다고 느끼는 '조명효과'에서 비롯된 느낌일 뿐이리라. 그가 알지도 못하는 사람이 살인을 저지른 이유가 어떻게 그일 수 있겠는가. 하지만 자꾸만 그런 생각이 드는 건 어쩔 수 없었다. 그의 뇌는 그렇게 생각하고 싶어 했고, 그렇게 생각했다. 나 때문에 이렇게 된 것 같다는 오래된 마인드 프로그래밍 앞에서 그는 제대로 힘을 쓰지 못했다. 이런 사고방식은 때로 인류의 생존에 도움이 되었기에 이제까지 전해져 내려온 것이겠지만, 오늘 빈센트는 그러한 생각 때문에 난처했다.

그는 미나와 함께 계단을 올랐다.

계단을 다 올라 미나가 문을 열려고 손잡이로 손을 뻗은 그때, 빈센트가 물었다.

"이번에는 어떤 상자였나요?"

"직접 보시는 게 나을 것 같네요."

로베르트 베리에르의 시신이 발견되었다는 소식에 빈센트는 울적했다.

그는 순수하게 학문적으로, 21번 염색체에 생긴 이상으로 인해 발현되는 다운 증후군에 흥미를 느꼈다*. 염색체가 단 한 개 더 존재해서 사람의 성격이 완전히 달라진다니, 신기했다. 다운 증후군을 가진 사람을 많이 겪어 보지는 못했지만, 그가 만나 본 사람들은 하나같이 유사한 특성을 보였다. 인지 능력이 떨어지고 편도체 기능 이상으로 감정 기복이 심한 대신, 바로 그러한 이유로 보통 사람보다 솔직하고 정직했다. 그들에게 감정은 하나같이 거대했고, 하나같이 중요했다. 그들에게는 진실되고 아름다운 무언가가 있었다. 자신이 그들을 너무 미화하는 건 아닐까 하는 생각이 들긴 했지만, 어쨌

---

* 사람의 염색체는 두 개씩 총 23쌍으로 이루어져 있는데 다운 증후군 환자는 21번 염색체가 세 개다.—편집자 주

든 그랬다.

그런 다운 증후군 환자들과는 정반대로 빈센트는 제 감정을 제대로 표현하질 못했다. 그게 그의 장애라면 장애일 것이다. 잘 표현하지는 못해도 그가 한 가지 확실히 아는 게 있다면 그건 로베르트처럼 누구에게나 열려 있고 다정한 사람은 사랑해 주어야 하지, 망가뜨려선 안 된다는 것이었다. 로베르트에게 그런 참혹한 짓을 저지른 사람은 분명 회생의 희망이 없는 괴물일 것이다.

"이거예요."

미나가 그의 키 높이만 한 캐비닛 앞에 멈춰 서서 입을 열었다.

그는 한눈에 그 정체를 알아봤다.

"맙소사."

빈센트는 곧바로 캐비닛에서 눈을 돌리며 중얼거렸다.

다행히 문은 닫혀 있었지만, 그 안에 무엇이 있었을지는 어렵지 않게 짐작할 수 있었다. 세 개의 문과 두 개의 칼날, 하나의 캐비닛. 3-2-1. 로베르트는 카운트다운 그 자체였다.

"칼날은 저기 다른 상자에 있어요."

미나가 설명을 덧붙였다.

"잠깐만 생각을 정리할 시간을 주시죠. 아, 그리고 이건 지그재그 박스라는 일루전이에요. 지그재그라는 말 그대로······."

그는 잠시 숨을 고른 뒤 휴대폰을 꺼냈다.

"이거 베르얀데르에게 보여 줘야겠어요. 그런데 사진 찍으면 안 되죠?"

미나는 어깨를 으쓱했다.

"원하는 대로 찍으세요. 이제 빈센트 씨도 저희 팀의 정식 일원이니까요. 율리아가 안부 전해 달래요."

"네? 루벤 씨는요?"

"이제껏 루벤이 이렇게 무섭게 수사에 집중하는 건 처음 보는 것 같아요."

그는 곧 휴대폰의 카메라를 켜고 사진을 찍기 시작했다. 이렇게 불쾌한 장면은 화면을 통해 보는 게 차라리 쉬웠다. 그러면 전체 그림 대신 디테일에 더 집중할 수 있었다. 그는 베르얀데르가 봐야 할 것 같은 디테일을 빠짐없이 사진으로 찍었다. 문제가 있다면, 이제 캐비닛 안의 사진도 찍어야 한다는 것이었다.

*

빈센트는 핑크색 플라스틱 서류철을 열고 지금껏 열 번도 더 보았을 그 안의 내용물을 책상 위에 늘어놓았다. 그의 앞에 놓인 것은 어젯밤을 꼴딱 새우며 어떻게 해야 팀원들을 가장 잘 설득할 수 있을지 고민한 결과였다.

지난번 회의의 결과는 그리 좋지 못했다. 하지만 지난번과는 달리 오늘 그는 그가 무엇을 해야 하는지, 어떻게 그들을 설득해야 할지 잘 알았다. 팀원들의 호기심을 불러일으키기 위해 소품도 화려한 색상에 선명한 이미지만을 골라 왔다. 말로 하는 설득은 상대방의 의견에 동의하는 것으로 시작했다가 그걸 지렛대 삼아 그 의견을 바꿔 버리는 마르쿠스 안토니우스의 오래된 전략을 사용할 계획이었다. 그리고 지난번과는 상황이 다르다는 것도 머릿속으로 되뇌었다. 그때는 그의 의견이 전부 말도 안 되는 헛소리로 여겨졌지만, 결국 그가 다 맞았다는 것을 그들도 이제 알고 있으니 말이다.

빈센트는 사진들을 다시 서류철 안에 집어넣었다. 사진 장수를 짝수로 맞추기 위해 가족사진 몇 장을 끼워 넣어야 했다. 이따가 회의에서 가족사진을 꺼내지 않도록 각별히 주의해야 할 것이다. 내내 장염으로 고생했던 지난 라스베이거스 가족 휴가 때 아스톤이 하도 사진 찍자고 난리를 쳐서 찍은 사진을 사람들 앞에서 꺼낸다면 그리 좋은 인상을 주지는 못할 것이다. 라스베이거스. L은 알파벳의 12번째 글자, V는 22번째 글자다. 둘을 조합하면 1222. 12:22는 기독교 수비학數秘學에서 수호천사가 보낸 메시지로 통한다. 그 숫자를 보니 한 시간 전에 깜빡하고 점심을 먹지 않은 게 생각났다. 그는 시간을 다시 확인했다. 뭘 먹을 시간은 안 될 것 같았다. 제시간에 도착하려면 지금 당장 출발해야 했다.

서류철에는 사진 10장이 들어 있었다. 1+0=1, 한 장의 사진. 가장 중요한 건 바로 그 한 장의 사진이었다. 팀원들의 머릿속에 그가 만들어야 할 바로 그 한 장 말이다.

율리아가 경찰서의 로비에서 빈센트를 기다리고 있었다.
"빈센트 씨, 안녕하세요."
그녀는 그를 향해 미소를 지으며 인사를 한 뒤, 곧장 그를 데리고 보안 검색대를 통과해 안으로 들어갔다.

그는 그녀를 따라 3층으로 올라와, 지난번에 왔던 회의실과 똑같이 생긴 회의실로 들어섰다. 어쩌면 같은 회의실일 수도 있을 것이다. 페데르와 크리스테르, 루벤 그리고 미나는 벌써 와 있었다. 빈센트는 그들이 모두 그를 기다리고 있었음을 알아챘다. 루벤은 끝내 그와 시선을 마주치지 않았다.
"죄송합니다. 조금 늦었네요."
빈센트가 말문을 열었다.
"마지막까지 발표를 준비하느라요."
율리아는 처음 보는 남자 옆에 자리를 잡고 앉았다. 금속 안경테, 관자놀이에서 숱이 적어지는 머리카락, 단추를 모두 다 채운 황록색의 니트 조끼, 진지하기 그지없는 표정. 전형적인 심리학자의 모습이라는 게 있다면, 이 남자는 그 모든 기준을 충족하는 사람이었다. 남자는 일전에 미나가 이야기한 적이 있는 프로파일러, 얀일 것이다.

"오늘 회의는 두 부분으로 나눠 진행합니다."

율리아가 진지한 표정으로 말을 이었다.

"빈센트 씨 발표는 마지막에 듣는 걸로 하고, 먼저 크리스테르가 이번 사건과 관련해 지금까지 알아낸 최신 수사 결과를 공유해 줄 거예요."

크리스테르가 대답하기도 전에 긴장을 했는지 침을 꿀꺽 삼키자, 율리아는 격려하는 표정으로 그를 향해 고개를 끄덕였다.

"어. 나는 카페 맞은편에 위치한 은행의 CCTV 녹화분을 분석하는 일을 맡았는데……."

크리스테르가 주저하자, 율리아는 다시 한번 그를 향해 고개를 끄덕여 계속하라고 격려했다. 크리스테르는 특유의 깊은 한숨을 내쉬고서는 발표를 이어 나갔다.

"그러니까 말했다시피 나는 CCTV 녹화분을 훑어봤어. 카페에는 남자, 여자, 소년, 소녀, 젊은 사람, 노인, 개, 아기들 등 온갖 생명체가 다 드나들더군. 긴털족제비를 데리고 다니는 사람도 하나 있었고. 처음에는 아무것도 눈에 띄는 건 없다 싶었는데, 다시 한번 정신을 바짝 차리고 자세히 들여다보니까……."

"돌려 말하지 말고 바로 본론부터 이야기하죠."

율리아가 조바심을 내며 재촉했다.

크리스테르는 다시 한번 깊은 한숨을 내쉬고 그 어느 때보다 괴로운 표정으로 입을 열었다.

"조금 익숙해 보이는 얼굴이 있더라고. 얼굴을 정확히 확인할 수는 없었지만 다리를 저는 남자였는데, 뭔가…… 뭔가 익숙했어."

그때 루벤이 자신의 목 뒤로 두 손을 깍지 끼며 끼어들었다.

"제가 알아봤죠."

"그래, 루벤. 알아. 하지만 크리스테르가 계속해 주었으면 좋겠어."

율리아가 루벤을 노려보며 말했다.

"그러니까 처음에는 그 사람이 누구인지 확실히 알아보지 못했어. 그런데 루벤이 알려 주고 나서 보니 그 사람이 맞더구먼."

루벤은 아주 적극적으로 상체를 앞으로 기울였다. 그리고 더는 크리스테르의 말을 기다리지 못하겠다는 듯 입을 열었다.

"요나스 라스크였어."

"하아, 그게 무슨 소리야? 요나스 라스크? 그 사람 벌써 나왔어?"

페데르가 의자에 앉은 자세를 바로 하며 물었다.

"요나스 라스크가 누군데요?"

빈센트가 미나를 향해 몸을 돌려 묻자, 미나 대신 루벤이 답했다.

"강간 살인범이요. 스코고메 교도소에 20년 동안 수감되어 있다가 작년 9월에 석방되었죠. 듣자 하니, 사회에 복귀해도 좋다는 판정을 받았다고 하고요."

루벤은 문장의 마지막 부분을 말하며 검지와 중지를 까딱하는 손동작을 더해 강조했다.

빈센트는 이해했다는 듯 고개를 끄덕이더니 입을 열었다.

"그렇죠. 스코고메 교도소에서는 수형자들을 대상으로 국가 차원의 치료 모델을 실시하고 있으니까요."

페데르는 빈센트가 외계어를 말하기라도 한 듯, 전혀 이해하지 못하겠다는 표정으로 그를 쳐다봤다.

"국가 차원의 치료 모델, 모르십니까?"

빈센트가 지원을 요청하려 다른 사람들을 둘러보며 말을 이었다.

"정말요? 아무도 모르신다고요? 국가 차원의 치료 모델은 중강도의 국가 치료 모델로, 성범죄를 저지른 수형자들이 자발적으로 선택해 참여하는 프로그램입니다. 그룹으로 참여하기도 하고, 정신과 의사와 일대일로 상담하기도 하고요. 현재는 스웨덴의 다섯 개 교도소에서 제공되고 있는데 스코고메 교도소는 그중 하나죠. 이 프로그램을 이수한 수형자는 재범률도 8~10퍼센트 정도 낮은 것으로 드러났어요. 하지만 통계적으로 유의미한 데이터는 아직……."

황록색의 니트 조끼를 입은 남자가 빈센트의 말을 끊고 나섰다.

"저기, 죄송합니다. 전 얀 베리스비크라고 합니다."

남자는 빈센트에게 악수를 청하며 말을 이었다.

"말을 끊어서 죄송하지만 이건 제 전문 분야라서요. 저는 심리학자로 일하면서, 경찰 수사 협조에 풍부한 경험을 가지고 있습니다. 종종 범죄자 프로파일도 제공했고요. 이번 사건에도 협조 요청을 받았지요. 보아하니 빈센트 씨가 프로파일을 작성하셔야 했던 것 같은데, 그쪽 방면으로는 전혀 진척이 없었더군요. 제가 이해한 게 맞는다면요."

빈센트는 미나를 흘끗 쳐다보고선 얀의 손을 맞잡아 악수했다. 얀의 손은 죽은 물고기같이 아무런 힘도 들어 있지 않았다. 전형적으로 자신이 상대보다 우월하다고 생각해 제대로 인사할 마음조차 없는 악수였다.

"요나스 라스크 사건은 제가 참여했던 사건입니다."

얀이 설명을 이어 갔다.

"그 사건을 모르신다니 놀랍네요. 90년대에 언론에서 한참 많이 다루었던 사건인데요. 요나스는 한 화물 운송 회사의 트럭 운전기사였죠. 트럭을 몰고 스웨덴 전역과 노르웨이를 오갔고요."

빈센트의 머릿속에도 무언가가 스치고 지나갔다.

"아, 히치하이킹을 하던 젊은 여자들을 납치해 강간했던 그 사람인가요? 두 명인가를 살해했었죠?"

"테스 베리스트룀과 니나 리시테르요."

크리스테르가 혼잣말하듯 중얼거렸다.

"요나스는 그들을 강간하고 교살했어요. 그리고 또다시 시신을 강간했죠. 시신은 토막 내서 커다란 쓰레기봉투에 넣어 길가에 유기했고요. 시신 훼손은 그의 트럭에서 이뤄졌습니다. 피를 본 사람은 아무도 없었고요."

얀의 설명이 끝나기 무섭게 루벤이 짜증 실린 표정으로 입을 열었다.

"더 얘기할 게 어디 있어요. 딱 보면 척이죠. 그 빌어먹을 요나스 라스크가 투바가 일했던 카페에 매일같이 갔다잖아요. 그 말인즉슨 그놈이 거기서 앙네스도 알았단 거죠. 이것저것 볼 것도 없어요. 범인은 요나스라고요."

"너무 흥분해서 성급하게 결론 내진 말자고."

율리아가 경고 조로 말했다.

이어 빈센트가 조심스레 손가락 하나를 들어 올리며 입을 열었다.

"요나스 라스크의 범행 방식은 이번 사건에 맞지 않습니다.

이걸 어떻게 설명하면 좋을까요. 그러니까 요나스는 이번 연쇄 살인범의 프로파일에 전혀 맞지 않아요."

황록색 니트 조끼를 입은 얀이 우스갯소리 하는 어린아이를 보듯 빈센트를 향해 피식 웃음을 터트리더니 고개를 저었다.

"죄송하지만 누구시라고요?"

"빈센트는 이번 사건의 수습 고문이에요."

율리아가 대신 대답했다.

빈센트가 여기서 무엇을 하고 있는지에 대해 더 깊게 파고들어 가면서까지 얀과 싸우고 싶지는 않은 모양이었다.

"그러면 제가 사람들, 더 구체적으로 살인자들이 어떻게 생각하는지를 설명해 드려야겠네요."

얀이 안경테 너머로 빈센트를 쳐다보며 다시 입을 열었다.

"모든 가해자는 시간의 흐름에 따라 자신만의 방법을 완성해 나가죠. 하지만 범행의 기본적인 동기와 방식은 시간이 흘러도 변하지 않아요. 요나스 라스크는 1급 살인범입니다. 그리고 지금 우리는 잔혹한 세 건의 살인 사건을 수사 중이고요. 피해자들은 모두 라스크가 이전에 공격했던 여성들과 같은 연령대예요. 게다가 시신을 잔혹하게 훼손한 것도 똑같고요. 그런데 그 요나스 라스크가 피해자가 일했던 카페에 자주 들렀다? 그가 이 사건에 연루되지 않았을 가능성은 거의 없다고 보면 되죠."

"네, 선생님이 전문가이신 건 저도 압니다. 하지만 로베르트는 여자가 아닌 남자였어요. 게다가 세 피해자 중 성폭행을 당한 사람은 아무도 없고요. 성폭행이야말로 라스크가 저지른 범죄의 가장 대표적인 특징 아니었나요? 그리고 사실, 시신을 토막 내 훼손한 건 세 피해자 중 로베르트가 유일하고요. 그건 어떻게 설명하시겠습니까?"

얀은 입을 꾹 다물고 침묵했다. 손으로 조끼의 단추를 아래서부터 위까지 계속해서 만지작거리는 것을 봐서는 불안한 것이 분명했다. 그는 스트레스를 받고 있었다. 빈센트의 질문에 그의 체내에서 스트레스 호르몬이라 불리는 코르티솔이 폭발적으로 분비되고 있는 모양이었다.

"보아하니 라스크는 더 이상 성적 충동을 느끼지 못하는 것 같네요. 교도소에서 보낸 세월이 그에게 무슨 짓을 했는지 누가 알겠어요? 성적 요인이 없어졌다면, 그가 젊은 남자를 살해한 것도 설명이 되죠."

"그러니까 선생님 말씀은 이전에 라스크가 저지른 범행의 동기는 모두 성적인 데 있었다, 이 뜻입니까?"

"물론이죠."

얀은 자신만만한 표정이었다.

"라스크의 경우 폭력에도 성적인 기능이 있었어요. 실제 살인 행위는 부차적이었죠. 살인 행위도 즐겼을 거라고 가정은 해 볼 수 있지만요."

"선생님 말씀대로라면, 성적 동기가 사라진 라스크에게 새로운 동기가 생겼다는 건가요? 아주 복잡한 폭력 행위를 저지르도록 만든 새로운 동기 말이죠. 이쯤 되니, 선생님이 라스크의 심리 상태를 어떻게 생각하시는지 무척 궁금해지는군요. 특히 앞서 선생님이 범죄자의 동기와 방식은 시간이 흘러도 변하지 않는다고 하셨으니 이야기가 어떻게 이어질지 궁금합니다. 물론 이건 제 전문 분야는 아니지만, 그렇다고 해도 앞뒤가 안 맞는 느낌이라서요."

빈센트는 그가 지을 수 있는 최고로 천진한 표정으로 얀을 쳐다봤다. 얀의 눈이 심하게 깜빡거렸다. 미나는 난처한지 노트북 뒤로 숨어 버렸다.

"제 전문 지식을 가치 있게 생각하지 않으시는군요."

얀이 불만 가득한 표정으로 말을 이었다.

"그럼 저는 손을 뗄 테니 혼자 힘으로 수사 진행하시죠. 오늘 있었던 일에 대해서는 상부에도 보고가 들어갈 테니 그리 아시고요."

얀은 계속해서 조끼의 단추를 만지작거리며 자리에서 벌떡 일어났다.

"그리고 다음번에는 고문한테 매너 좀 가르치셔야겠네요."

얀은 그 말을 마지막으로 남기고 회의실을 나갔다.

그가 나가자 회의실 안은 정적에 휩싸였다. 빈센트의 곁눈으로 웃음을 참으려 애쓰는 미나의 모습이 보였다.

얀이 회의실에서 나는 소리를 듣지 못할 만큼 멀어지자 미나가 먼저 입을 뗐다.

"맙소사, 빈센트 씨! 아니, 다 같이 잘해 보자고 마련한 자리인데 이러시면 어떻게 해요!"

"아니. 나는 빈센트 씨 말에 동의해."

루벤이 팔짱을 낀 채 말하자, 빈센트는 저도 모르게 그를 쳐다봤다. 언제부터 루벤이 그의 편이었던가? 이건 새로운 발전이었다.

"빈센트 씨는 라스크가 범인이 아닐 거라고 한 게 아니에요. 그저 라스크가 지금 무슨 생각을 하고 있을지 알려 달라고 물어본 게 다죠. 나도 그게 궁금하고요. 그걸 알면 라스크를 더 쉽게 잡을 수 있을 테니까요."

루벤의 말에 빈센트가 곧장 답했다. "루벤 씨 말 중에 맞는 게 하나 있습니다. 확률로만 계산했을 땐 라스크가 이 사건에 개입했을 가능성이 높아 보인다는 거죠. 이제까지 용의자로 떠올랐던 그 누구보다 라스크를 이 사건의 범인으로 생각할 이유가 많거든요. 하지만 제 눈에는 라스크가 이런 짓을 저지를 하등의 이유가 없어 보입니다."

"최대한 빨리 요나스 라스크의 위치를 파악해서 신문해야겠어요."

율리아가 고개를 끄덕이며 말을 이었다.

"이미 수색은 본격적으로 시작되었으니까 우선 요나스 라스크 이야기는 잠시 접어 두고, 빈센트 씨 발표를 들어 보죠."

율리아는 호기심 가득한 눈빛으로 그의 손에 들린 핑크색 서류철을 쳐다봤다.

빈센트는 율리아를 향해 돌아섰다. 나머지 팀원들의 생각에 영향을 미칠 사람을 보고 말을 하는 게 가장 효과적일 것이다. 그는 루벤의 시선이 그를 쫓다가, 반사적으로 아래로 방향을 틀어 율리아의 뒷모습에서 멈춘 것을 알아챘다. 놀랄 일은 아니었다. 루벤은 모든 여자와 자고 싶어 한다고 일전에 미나가 귀띔도 해 주었으니. 하지만 그래도 때와 장소라는 게 있는 거 아닌가…… 흠. 아니다, 집중해야 한다.

"저것 좀 사용해도 될까요……?"

그는 벽의 화이트보드를 가리키며 말문을 열었다.

"그럼요. 얼마든지요."

율리아가 손짓을 곁들여 답했다.

빈센트는 플라스틱 서류철을 열어 사진 몇 장을 꺼내더니, 지난번 미나가 했던 그대로 화이트보드 구석에 붙어 있는 자석들을 가져다가 보드에 사진을 붙이기 시작했다. 지난번 미나는 사진을 붙여 팀원들이 그걸 보며 각 범죄 행위와 앞으로 해야 할 경찰 수사 사이의 관계도를 그릴 수 있게 했다. 그리고 지금 빈센트도 팀원들이 무의식적으로 머릿속에 그런 관계도를 그리고 이 일이 심각하다는 것을 느낄 수 있게 되길 바라며 미나와 똑같은 방식으로 사진을 붙이고 있었다. 이제 곧 그가 발표할 내용으로 팀원들을 설득하려면, 그리고 팀원들이 그가 그릴 그림을 이해하게 하려면 최대한의 신뢰를 얻어야 했다. 이 발표는 그에게 주어진 마지막 기회였다. 그런데 페데르의 살짝 졸린 눈이 빈센트의 손에 들린 핑크색 서류철에서 떨어질 줄을 몰랐다.

"꼭 솜사탕 같은 색깔이네요."

페데르가 중얼거리며, 손가락에 묻은 설탕을 혀로 핥은 뒤 빵 하나를 더 집어 들었다.

그러자 옆에 있던 크리스테르가 접시를 건네며 목소리를 낮춰 말했다.

"페데르, 뇌가 멈춘 것 같은데. 그건 그렇고 그 빵 반만 줘 봐."

그때 빈센트가 페데르의 시선을 눈치챘는지 서류철을 톡톡 두드리며 입을 열었다.

"아, 이건 아들 겁니다. 이거 말고는 찾을 수가 없어서······ 어쨌든······ 흠흠."

그가 목청을 가다듬고 발표를 시작했다.

"먼저 두 가지를 보여 드리려고 합니다. 우선 이 사진들부터 보시죠. 다들 잘 보이시나요?"

사진 속에는 반짝이는 스팽글이 가득한 의상을 입은 남자들이 미소를 짓고 있었다. 그들 중에는 이집트 사원이나 그 외 '이국적인' 장소를 그린 값비싼 무대 세트 앞에 서 있는 사람도 있었고, 연기가 자욱한 레이저 쇼 극장의 한가운데 서 있는 사람도 있었다. 다양한 모양의 거대한 상자 옆에서 포즈를 취한 사람도 있었다. 그리고 그들 옆에는 하나같이 몸을 거의 다 드러내다시피 헐벗은 여자들이 서 있었다.

제일 먼저 입을 연 사람은 루벤이었다. 그는 그제야 율리아의 뒷모습에서 시선을 거두며 말했다.

"빈센트 씨의 마술사 동료들이군요. 이 사진들이 왜요?"

"맞습니다. 하지만 잘 보세요."

루벤은 눈을 가늘게 뜨고 다시 사진들을 들여다봤다. 페데르는 조금 더 자세히 사진을 보려고 책상 위로 상체를 구부리기까지 했다.

몇 초가 흘렀을까. 루벤이 소리쳤다.

"이게 대체……?"

"네. 맞습니다."

빈센트가 설명을 이어 갔다.

"지금 보신 사진들은 각각 총알 잡기, 칼 꽂기 마술 상자, 지그재그 박스 공연 장면입니다. 스테이지 일루전 중에서도 가장 많이 알려진 세 가지 일루전이죠. 하지만 이건 동시에……."

"……앙네스와 투바, 로베르트가 죽은 방법이기도 하네요."

율리아가 말을 받더니, 자리에서 일어나 화이트보드 앞으로 걸어가 사진을 더 자세히 들여다봤다.

"투바가 죽은 칼 꽂기 마술 상자는 분명 마술 트릭을 모방한 것이었죠. 그건 수사가 시작되자마자 다들 아셨을 겁니다. 앙네스의 살인도 마술 트릭을 모방한 것으로 보이지만, 어쩌면 아닐 가능성도 있었고요. 하지만 로베르트의 경우는 다릅니다. 로베르트의 살인은 의심의 여지 없이 마술을 모방한 거예요. 범인은 클래식 무대 마술을 아주 빠삭하게 알고 있는 사람입니다. 자신만의 일루전을 만들 수 있을 정도로요. 이 프로파일이라면 용의자의 99.9퍼센트는 명단에서 삭제해야 하겠죠."

"그러니까 지금 우리가 찾는 사람은 사람을 죽이는 마술사라는 건가요? 다니엘이나 라스크가 카드 마술을 할 수 있는지 아는 사람 있어요?"

율리아가 물었지만, 빈센트는 대답 대신 발표를 이어 갔다.

"말씀드린 것처럼 이건 제가 오늘 발표할 두 가지 사안 중 첫 번째였습니다. 다들 크게 놀라진 않으셨을 겁니다. 이제 말씀드릴 두 번째는 이겁니다……."

빈센트는 검은색 마커를 들어 화이트보드에 앙네스와 투

바, 로베르트의 이름을 쓰고, 앙네스의 이름 아래에는 숫자 14를, 투바의 이름 아래에는 15를, 로베르트의 이름 아래에는 다시 14를 썼다.

"피해자의 손목시계가 멈춰 있던 시간이네요. 살인이 일어난 시간을 말해 주는 단서죠. 범인을 잡기 위해 아주 중요한 정보라고 제가 누누이 말해 왔고요."

루벤이 말하자 페데르가 대꾸했다.

"그랬나? 루벤한테 들은 말 중에는 다니엘이 앙네스, 투바와 스리섬을 한 게 사건의 열쇠라는 말밖에 기억이 안 나는데."

루벤은 페데르의 말을 못 들은 체하며 스팽글 의상을 입은 마술사들을 찍은 사진으로 시선을 돌렸다.

"그러니까…… 내 말은 이 사람들 너무 호모 같아 보인다는 거야."

루벤의 말에 놀란 페데르와 크리스테르의 입이 떡 벌어졌다. 율리아는 짧은 웃음을 터트리며 대꾸했다.

"맙소사, 루벤. 대체 요즘 누가 호모라는 말을 해? 부끄러운 줄 알아."

빈센트는 무게 중심을 한쪽 발에서 다른 발로 옮겼다. 가장 중요한 내용을 이야기하려는 지금 이 순간, 팀원들의 집중력이 흩어지고 있었다. 그가 고등학생을 대상으로 한 강연을 늘 거절하는 이유도 바로 여기 있었다. 하지만 지금 당장은 그런

고등학생들의 집중력도 경찰관보단 나을 것 같다는 생각이 들었다.

"루벤, 무슨 말을 하려는 건데? 지금 스팽글이 아니라 시계 이야기를 하고 있잖아."

페데르가 손으로 하품을 숨기며 말하자 크리스테르도 말을 보탰다.

"난 저 마술사들이 아주 멋져 보인다고 생각해."

마지막 빵을 한참 전에 다 먹은 페데르가 손가락 끝에 침을 발라 테이블 위에 흩어진 설탕 가루들을 찍기 시작했다. 지난번에 빈센트를 만난 후로 한숨도 못 잔 것 같은 얼굴이었다.

"시간을 확인해 봐."

자신만만한 말투로 루벤이 입을 열었다.

"거의 같은 시간대잖아. 두 번은 우연이라고 해도, 세 번이 우연일 수는 없어. 범인은 분명 일정한 루틴에 따라 움직이는 사람일 거야. 같은 시간대에 같은 일을 하겠지. 피해자도 마찬가지였을 테고. 범인과 피해자, 둘 다 일정한 루틴을 가졌을 가능성이 제일 커. 깨진 손목시계에서 우리는 세 가지 시간을 알고 있어. 이제 피해자들이 보통 오후 2~3시에 무엇을 했는지 조사해 봐야지. 그럼 우리 범인을 찾을 수 있을 거야."

루벤은 자기 혼자 사건을 해결한 것처럼, 승리에 도취되어 머리 뒤로 손깍지를 꼈다.

"방금 전 루벤 씨가 가장 그럴듯한 결론을 말씀해 주셨네요. 이렇게나 신속하게 결론을 도출해 주셔서 감사합니다."

빈센트가 말하자, 루벤은 기지개를 켜며 더욱 자아도취된 표정으로 빈센트를 바라봤다.

"하지만 완전히 잘못된 결론이기도 하죠."

루벤의 자신만만한 미소가 순식간에 딱딱하게 굳었다. 조금 너무했나 싶은 생각도 들었지만, 빈센트도 참을 수 없었다. 게다가 지난번 회의 후 거의 쫓겨나다시피 팀에서 제외된 데 가장 큰 공헌을 한 사람도 루벤이었고 말이다. 그가 한 일이라고는 루벤 옆에 삽을 가져다주고, 그에게 어디에 땅굴을 파면 되는지 보여 준 것뿐이다. 그랬더니 루벤은 알아서 구덩이를 파고 그 안으로 스스로 풀쩍 뛰어내렸다.

"알겠어요. 모든 걸 다 아시는 멘탈리스트 선생님."

루벤이 우거지상을 하고 대꾸했다.

"그럼 이제 더 그럴듯한 이야기를 들려주시죠. 하지만 그냥 그럴듯한 정도가 아니라 겁나 그럴듯한 이야기여야 할 겁니다."

빈센트는 아무 대답 없이 빨간색 마커를 들어 앙네스와 투바의 이름 아래 각각 1/13, 그리고 2/20의 날짜를 쓰고, 로베르트의 이름 아래에는 달과 날짜에 해당하는 물음표 두 개를 그렸다. 그런 다음 아까 검은색 마커로 썼던 시간을 지우고 다시 빨간색 마커로 같은 숫자를 썼다.

"범인은 우리에게 살인의 시간을 알려 주고 싶어서 손목시계를 이용했죠. 하지만 범인은 살인이 일어난 시간뿐 아니라 그 날짜도 우리에게 알려 주고 있습니다. 세 시신은 모두 반드시 발견될 수밖에 없는 장소에 유기되었어요. 범인은 들킬 위험을 감수하고 그곳에 시신을 옮겨 놓았죠. 용케 들키지는 않았지만. 어쨌든 범인에게는 시신이 부패되기 전에 발견되도록 만드는 게 아주 중요했을 겁니다. 그래야 살인이 일어난 날짜를 우리가 정확히 알 수 있을 테니까요."

여기까지 말했을 때 크리스테르가 입을 뗐다.

"잠깐만요. 범인이 우리에게 살인이 일어난 정확한 날짜와 시간을 알려 주려고 한다고요? 왜요? 잡히길 바라기라도 한다는 겁니까?"

크리스테르의 질문에 빈센트가 답했다.

"좋은 질문이에요. 아직 범인의 다음 범행이 언제 일어날지 예상할 수 있게 해 주는 명백한 패턴은 없었어요. 이제까지 일어난 살인 사건 사이의 간격도 모두 다르고요. 그리고 범행이 일어난 시간도 완벽하게 다 똑같진 않아요. 그러니 범인이 우리에게 말해 주려는 메시지가 더 있을 거라는 게 제 생각이에요."

미나도 입을 열었다.

"다른 날짜, 같은 시간대에 일어난 다른 사건은 없는지 좀 알아봤는데 아무것도 나오지 않았어요. 물론 그 날짜와 그 시간에 범인에게 개인적으로 중요한 일들이 일어났었는지도 모르는 일이죠. 하지만 그렇다고 해도 우리가 알 수도 없는 이야기를 왜 하려고 하겠어요?"

"미나 씨 말에 동의합니다. 그래서 저도 다르게 접근해야 한다고 생각하고요."

빈센트는 잠시 숨을 고르며 모든 사람이 집중하고 있는지 확인했다. 지난번 미나가 했던 말이 맞았다. 결국 이건 공연과 하나 다를 바가 없는 일이었다. 그리고 이제 그는 무엇을 어떻게 해야 할지 알았다.

"날짜와 시간은 아마 메시지의 일부일 겁니다."

빈센트가 말하자 페데르가 천천히 대꾸했다.

"일부요? 그럼 이것들을 조합…… 해야 한 메시지를 완성할 수 있단 말인가요? 직소 퍼즐처럼요?"

페데르의 질문에 빈센트는 고개를 끄덕였다.

"그게 누구한테 보내는 메시지인 건데요?"

이번에는 율리아가 물었다.

"저희한테 보내는 메시지죠. 하지만 메시지가 완성되지 않았기 때문에 내용을 아직 알 수는 없습니다. 살인은 카운트다운 형식으로 일어나고 있어요. 그렇죠? 시신에는 로마 숫자가 새겨져 있고요. 살인 사건 4, 3, 2가 일어났고, 앞으로 최소 한 건의 살인이 더 일어날 거예요. 그럼 메시지가 완성되겠죠."

"최소 한 건이요?"

크리스테르가 공포에 질린 표정으로 물었다.

"살인 사건 1이 남았고, 또 0으로 갔을 때 어떤 일이 벌어질지 아직은 모르니까요. 하지만……."

빈센트는 다시 말을 멈추고 팀원들 하나하나와 모두 눈을 마주쳤다. 이제 가장 중요한 이야기를 꺼낼 준비가 된 듯했다.

"다음 살인을 기다릴 필요는 없습니다. 사실 그 메시지가 무엇을 의미하는지 알 필요도 없죠. 범인이 실수를 저질렀거든요."

좌중이 숨죽이고 그의 다음 말을 기다리는 게 느껴졌다. 심지어 루벤조차도 완전히 몰입한 표정이었다. 입으로 향하던 페데르의 손은 허공에 멈춰 있었다. 테이블에 떨어진 설탕을 줍는 것도 까먹었는지, 그의 손가락 끝에 묻었던 설탕들이 도로 테이블로 떨어지고 있었다.

"마지막 피해자 로베르트는 며칠 동안 출입이 금지되었던 장소에 유기됐죠. 로베르트의 시신은 범행이 일어난 날짜를 정확히 말해 주기엔 너무 오랫동안 방치되어 있었어요. 시신은 5월 5일에 발견되었으니, 살인이 4월 말에 일어났는지 5월 초에 일어났는지도 정확히 알 수 없게 됐죠. 아까 페데르 씨가 말한 것처럼 범인이 우리에게 퍼즐을 맞추게 하고 있다면, 이번에는 퍼즐 조각을 제대로 주지 못했어요. 날짜가 빠졌으니까요. 범인이 얼마나 공들여 이 모든 걸 계획했는지를 생각하면, 아마 정확한 정보를 주고 싶어서 안달이 나 있을 겁니다."

빈센트의 말 속에 숨은 뜻을 재빨리 알아챈 율리아의 두 눈이 휘둥그레졌다. 역시 똑똑한 여자다. 거의 미나만큼이나 머리 회전이 빠르니 말이다.

"기자 회견을 열어야 해요. 범인을 유인하는 거죠. 먼저 로베르트의 부모에게 이야기한 뒤 곧장 행동에 나서야 합니다. 여러분에게 경찰 내부의 정치 이야기로 부담 주고 싶지는 않지만, 이 말만 할게요. 우리에게 주어진 시간이 다 되어 가고 있어요. 상부의 인내심이 바닥나고 있거든요. 우리가 조만간 큰 건을 해내지 못하면 우리 팀은 곧 해체될 거고, 저를 포함한 우리 모두는 원래 있던 자리로 돌아가게 될 거예요. 기자 회견을 열면 수확이 있을 수도 있어요. 혹시 아는 정보가 있다면 신고해 달라고 대중에 호소해야 해요."

"하지만 허위 정보도 많이 들어올 거야. 잘 알겠지만. 개똥 같은 정보들 사이를 헤치며 걸어야겠지."

크리스테르가 중얼거리자, 빈센트는 그의 말을 못 들은 체하고 고개를 끄덕이며 입을 열었다.

"언론에 연락하시죠."

사실 크리스테르의 말도 맞았다. 대중에게 신고를 독려하는 건 양날의 검이었다. 하지만 지금 그들이 처한 상황을 생각해 보면 다른 선택의 여지는 없었다.

"언론에 검은색 캐비닛이 언제 오스타 도매 시장으로 옮겨졌는지 정보를 찾고 있다고 말씀하세요. 지금으로서는 아는 게 아무것도 없다고 하고요. TV 드라마에서처럼 연쇄 살인범을 찾고 있다고 말해도 좋아요. 범인의 심리 상태에 대한 저의 분석이 맞는다면, 그런 발언은 범인을 우쭐하게 만들 겁니다. 나르시시스트는 자신이 최고라는 말을 듣고 싶어 하죠. 그 말이야말로 자기 세계관에 부합하는 말이거든요. 그러면 범인이 직소 퍼즐의 세 번째 조각을 들고 직접 연락을 해 올 가능성이 높아질 겁니다. 솔직히 저는 범인이 그 유혹을 절대 견딜 수 없을 거라고 봐요."

그러자 페데르가 혼란스러운 표정으로, 손으로 하품을 감추며 말했다.

"하지만 메시지는 아직 미완성이잖아요. 방금 전에 그렇게 말씀하셨고요. 이 퍼즐을 맞추려면 네 개의 조각이 필요하죠. 메시지를 완성할 퍼즐 조각도 없는데, 범인이 네 번째 살인을 저지르기 전에 그 사람을 어떻게 찾아요?"

페데르의 질문에 이번에는 율리아가 답했다.

"제보 전화를 받아야지. 범인이 뭔가 정보를 가지고 전화를 걸어오길 바라면서. 빈센트 씨가 범인의 목소리를 듣고 뭔가 추가 정보를 얻어 낼 수도 있을 거야. 라스크 목소리와 비교해서 범인이 정말 라스크는 아닌지 확인할 수도 있을 테고.

통화 배경 소리를 분석해서 범인이 어디에 있는지 위치를 파악할 수도 있겠지. 운이 좋다면 전화를 추적할 수도 있어. 휴대폰으로 전화를 건 거라면 GPS 위치를 추적할 수도 있고. 어쨌든 바로 준비 시작하죠."

미나가 빈센트를 향해 고개를 끄덕이며 미소를 지어 보였다. 오늘 그는 그 어느 때보다 훌륭한 퍼포먼스를 해냈다. 율리아는 그에게 다가가 두 손으로 그의 손을 잡으며 말했다.

"감사해요. 아주 귀중한 정보였어요. 아, 참. 기자 회견에서 요나스 라스크에 대한 이야기는 꺼내지 않을 거예요. 적어도 당분간은요. 그리고 빈센트 씨가 수사에 참여하고 있다는 것도 한동안 비밀에 부칠 거고요. 누군가 물어봐도 전 빈센트 발데르를 TV에서만 본 거예요. 알겠죠?"

빈센트는 고개를 끄덕이는 것으로 답을 대신했다. 이건 그가 관객에게서 받는 기립 박수에 맞먹는 반응이었다.

"그리고 이 일을 본격적으로 시작하기 전에 다들 해야 할 일이 있어요."

율리아가 시선을 팀원들에게 돌리며 말했다.

갑작스러운 율리아의 발언에 의자에서 일어나던 페데르는 반은 앉고 반은 일어선 어정쩡한 자세로 섰다. 다시 앉아야 할지, 아니면 아예 일어나야 할지 모르는 것 같았다.

"앉아."

그 모습에 율리아가 한숨을 내쉬며 다시 입을 뗐다.

"로베르트 실종에 대한 보고서를 아직 읽지 않은 사람이 있다면, 당장 그것부터 읽으세요. 거기서 다시 시작해야 해요. 그간 경찰이 로베르트의 부모뿐만 아니라 로베르트가 다니던 보호 시설의 직원들과도 여러 차례 면담을 가졌지만, 우리가 직접 면담을 한 적은 없었어요. 그리고 시신…… 이 발견된 후에도 만난 적은 없고요. 하지만 현 상황에서 해야 할 질문들이 있어요. 내일모레 나랑 크리스테르가 로베르트의 부모를 만나러 갈게요. 기자 회견이 끝난 후에는 최대한 빨리 보호 시설도 방문하고요. 좋아요. 이제 각자 자리로 돌아가서 일 시작하시죠."

크리스테르는 아무 말 없이 고개만 끄덕였고, 나머지 사람들도 자리에서 일어났다. 그때 율리아가 빈센트를 향해 돌아서더니 그에게 작은 플라스틱 조각을 건넸다.

"빈센트 씨, 경찰서 출입 카드예요. 우리 팀에 정식으로 합류한 걸 환영해요."

*

율리아는 문 앞에 서서 벨을 누르기 전 깊게 심호흡했다. 아름다운 계단에 높은 천장, 블랙 앤드 화이트의 체크 타일이 깔린 바닥, 건물 외부에 발라진 오돌토돌한 스투코*.

그녀 뒤로 크리스테르의 우울한 존재가 느껴졌다. 바사스탄에 위치한 이곳에 오는 길 내내, 그는 그녀에게 왜 오늘 동행할 사람으로 자신을 선택했는지 몇 번이나 물어봤다. 어린애처럼. 율리아는 어린애한테 대답하듯 '왜냐하면' 하고 대답하고 싶은 충동을 꾹 참았다. 그녀는 상사이고, 상사로 일하는 데는 의무가 수반되는 법이니까. 그녀는 안에서 누군가가 문을 열어 주기 전에 서둘러 휴대폰을 꺼내 화면을 확인했다. 요나스 라스크에 대한 수색이 한창 진행 중이라, 그의 이전 주소지로 탐문을 나간 대원들로부터 곧 그를 찾았다는 메시지가 올 수도 있었다. 만약 라스크를 찾을 수 있다면, 그리고 그가 범인이라면 기자 회견을 열지 않아도 될 것이다.

안에서 그녀 쪽으로 다가오는 발소리가 들렸다. 곧 우아한 여인이 문을 열어 주었다.

"들어오세요."

여인은 낮은 목소리로 말하며 율리아와 크리스테르가 들어올 수 있게 한쪽으로 비켜섰다. 그들을 기다리고 있었던 듯했다.

둘은 안으로 들어섰다. 율리아는 집 내부에 감탄을 금치 못했다. 언젠가는 이런 집에 살아 보고 싶다는 생각이 절로 들

---

* 소석회나 석고에 골재, 물 등을 섞어 목조 건축물 벽면에 바르는 재료

었다. 아기를 가질 계획이 있던 남편 토르켈과 그녀는 테라스와 정원이 있는 주택을 구입했지만, 지금 이 순간 그녀는 19세기 풍의 복도에 서서 과연 그게 잘한 결정이었을까 생각했다. 스톡홀름 교외에 있는 그녀의 집 뒤뜰은 뛰어놀 사람이 없어 5년째 방치되어 있으니 말이다.

"커피 한잔 드릴까요?"

로베르트의 어머니가 서늘한 목소리로 물어 왔다. 목소리에는 그 어떤 감정도 담겨 있지 않았지만, 붉어진 눈언저리에서 슬픔을 엿볼 수 있었다. 부엌에는 청바지와 흰색 셔츠를 입은, 머리가 하얗게 센 남자가 그들을 기다리고 있었다. 여자보다 몇 살쯤 더 많아 보이는 남자의 눈가에도 퀭하니 다크서클이 내려와 있었지만, 그 또한 여자와 마찬가지로 우아해 보였다. 아름다운 부부였다.

"네. 커피 좋죠. 감사합니다."

율리아와 크리스테르가 고개를 끄덕이며 답했다.

"토마스라고 합니다."

남자가 오른손을 내밀어 악수를 청했다. 율리아와 크리스테르는 차례로 그의 손을 잡고 악수했다.

"저는 예시카라고 해요."

증기를 뿜어내는 커다란 바리스타 스타일의 에스프레소 머신 앞에서 커피를 내리던 여자가 뒤돌아서 말했다.

"죄송해요. 요즘은 기본적인 예절같이 아주 당연했던 것들을 자꾸 잊어버리고 사네요. 예전에는 그렇게 중요해 보였던 것들이 요새는 어찌나 하찮게 느껴지는지……."

토마스는 창가에 놓인 커다란 목제 식탁 앞에 털썩 앉아서 두 사람에게도 앉을 것을 권했다.

그는 꿈을 꾸고 있는 듯 혼란스러운 표정이었다. 대체 무슨 일이 벌어지고 있는 건지 알 수 없다는 듯. 지난 수년 동안 율리아가 사랑하는 가족을 잃은 사람들에게서 수없이 많이 봤던 표정이었다.

"감사합니다."

예시카가 건넨 커피 잔을 받으며 크리스테르가 말했다.

잔 안에는 커피 크레마 위로 나뭇잎 모양의 라테 아트까지 그려져 있었다. 크리스테르가 놀란 표정으로 율리아를 쳐다봤다. 이건 피해자 가족을 방문하면 늘 대접받던, 아침에 내려 하루 종일 보온 주전자에 담아 두는 그런 유의 커피가 아니었다.

"이 건물 1층에 가게를 운영하고 있어요. 아마 저희 집에 오시면서 보셨을 거예요."

예시카가 율리아 몫의 커피를 내리며 말했다.

율리아가 오는 길에 봤다는 듯 고개를 끄덕였다. 그렇지 않아도 오는 길에 진열창 앞에 멈춰 서서 눈으로 실컷 들여다본 참이었다. 창문으로 들여다보이는 가게 안쪽에는 파타 네그라, 프로슈토, 브레사올라 등 커다란 건조 햄들이 걸려 있었고 각종 염소 치즈와 브리, 블루치즈 위로 둥그런 모양의 커다란 파르마산 치즈가 높이 솟아 있었다. 대부분은 이름도 모르는 햄과 치즈였지만, 보는 것만으로도 입안에 군침이 돌았다.

"집안 대대로 내려오는 가업이죠."

토마스가 고개를 절레절레 저으며 답했다. 예시카는 율리아에게 커피를 건네며 왜 그러냐는 눈빛으로 그를 쳐다보았다.

율리아의 커피에는 하트가 그려져 있었다.

"토마스네 집안은 삼대째 치즈 사업을 운영하고 있어요."

예시카가 그들이 앉은 식탁에 앉으며 덧붙였다.

예시카와 토마스는 커피를 마시지 않았다. 둘의 푹 꺼진 뺨을 보니 며칠째 제대로 먹거나 마시지 못한 것 같았다.

"그래서 전 늘 우리 가족 핏줄에는 붉은 피 대신 블루치즈가 흐른다는 농담을 하곤 했죠."

아무도 웃는 사람은 없었다. 그녀의 농담은 허공에 둥둥 떠다니다가 이내 흩어져 사라졌다. 이 집에 웃음은 더 이상 남아 있지 않았다.

"비스코티 좀 드셔 보세요."

토마스가 그릇 하나를 그들 쪽으로 밀어 주며 말했다.

율리아는 아몬드가 박힌 이탈리아식 비스코티를 아주 좋

아했지만 딱딱한 비스코티를 먹으며 이 어려운 대화를 할 수는 없을 것 같아 사양했다. 하지만 크리스테르는 기다렸다는 듯, 한 번에 비스코티 세 개를 집어 들어 요란한 소리를 내며 먹기 시작했다. 율리아가 짜증 섞인 표정으로 그를 노려봤지만, 그는 그저 무심한 표정으로 흘끗 그녀를 쳐다볼 뿐 먹기를 멈추지 않았다.

"그게 정말입니까?"

갑자기 토마스가 떨리는 목소리로, 시선은 식탁에 고정한 채 물어 왔다. 목제 식탁에는 이들 가족의 행복한 기억이 가득했다. 레드 와인과 잔이 남긴 둥근 자국, 인도 카레같이 강황이 들어간 요리가 남겼을 밝은색 얼룩들. 저녁 식사, 가족, 친구들, 웃음.

"무슨 말씀이신지······."

율리아는 다 알고 있으면서도 모르는 척 다시 물었다.

그녀는 마음을 단단히 먹었다. 그리고 지난 몇 주간 스웨덴의 모든 상점과 주유소, 신문 가판대에서 볼 수 있었던, 함박웃음을 지은 소년 말고 다른 것을 생각하려고 노력했다.

"그러니까 우리 애가······ 발견되었을 때······ 온전한 모습이 아니었다는 거 말입니다."

율리아는 그녀의 집 뒤뜰에 막 피기 시작한 꽃들을 애써 떠올렸다. 또 토르켈이 손수 만들었지만 아직 사용할 일이 없었던 아기 침대를, 그녀가 직접 자기 배에 찔러 넣는 주사의 감촉을, 그리고 호르몬 치료로 에스트로겐 수치를 낮출 때마다 어김없이 찾아왔던 우울한 감정을 생각했다.

크리스테르는 여전히 비스코티를 우걱우걱 먹고 있었다. 열어 놓은 창문으로 안뜰의 커다란 나무에서 까악까악 우는 까마귀 소리가 들려왔다. 율리아는 가까스로 입을 열었다.

"네. 사실입니다."

그녀의 말에 예시카가 무너져 내렸다.

"그리고 그 사실을 온 세상에 알리려 하신다고요."

"부모님께서 허락을 해 주신다면요. 하지만 다른 결정을 내리신다면, 그걸 최우선으로 존중……."

"이런 짓을 저지른 정신병자를 잡는 데 도움이 된다면, 뭐든 하셔도 좋아요."

예시카가 단호한 목소리로 율리아의 말을 끊었다.

율리아는 갑작스레 달라진 예시카의 모습에 놀라 잠시 침묵하다, 다시 입을 뗐다.

"로베르트에 대해 말씀해 주실 수 있을까요?"

그 질문에 예시카의 얼굴이 밝아졌다. 그녀는 남편과 시선을 교환했다. 둘 사이에 짧은 미소가 오갔다. 행복한 기억이 담겨 있는 눈빛이었다.

"우리는 어린 나이에 결혼했어요. 그리고 몇 년이 지나서야 로베르트를 가졌죠. 기적 같은 생명이 찾아왔을 땐 제 나이 스물다섯이었어요."

예시카가 남편을 향해 손을 뻗자, 남편은 그녀의 손을 잡아주었다. 율리아는 그가 아플 정도로 그녀의 손을 세게 쥐는 것을 바라봤다. 창밖에서는 까마귀가 다시 울고 있었다.

"보반은 이 지구상에 찾아온 생명체 중 가장 다정하고, 친절하고, 사랑이 넘치는 영혼을 가진 아이였어요."

토마스의 목소리가 갈라져 나왔다. 그는 애써 마음을 가라앉히고 다시 말을 이었다.

"보반은 매일 우리에게 큰 기쁨을 줬어요. 하지만 아이가 어느 정도 큰 후로는, 아이를 어릴 때처럼 돌볼 수가 없었죠. 보반은 24시간 밀착해서 돌봐야 하는 아이였는데 그러기가 너무 힘들었거든요. 아이가 길을 잃고 헤매는 일도 여러 번 있었어요. 그중 몇 번은 한밤중에 애가 사라졌고요. 보반이 이전에도 사라졌던 적이 있었다는 건 아실 겁니다. 그래서 처음에는 저희도 그리 크게 걱정하지는 않았어요. 그런데⋯⋯ 며칠이 지나도⋯⋯."

크리스테르가 식탁으로 손을 뻗어 비스코티를 다시 한 움큼 집자, 율리아는 식탁 밑으로 그의 정강이를 툭 쳤다. 로베르트의 부모는 눈치채지 못한 것 같았다.

"보반을 맡겼던 보호 시설에는 만족하셨나요?"

질문을 한 사람은 크리스테르였다. 율리아는 조금 놀란 표정으로 그를 쳐다봤다. 이제까지 대화 내용보다는 비스코티에 더 집중하고 있는 것 같았는데.

"네. 아주 만족했어요. 보반은 거기 5년…… 아, 아니, 7년을 있었어요. 선생님들과 직원들 모두 아주 훌륭했고요. 저희는 매일 보반을 만나러 갔고, 주말이면 아이가 집에 와서 시간을 보냈죠. 그곳에서 아이는 안전했고, 넘치게 사랑받았……."

예시카가 울음을 터트리자 토마스는 다시 한번 그녀의 손을 세게 쥐었다. 그녀가 손을 움직일 때마다 그녀의 팔목에 찬 가는 은팔찌가 출렁거렸다. 자세히 보니 팔찌에는 로베르트의 이름이 새겨진 장식이 달려 있었다. 율리아의 시선을 눈치챈 예시카가 토마스의 손에서 자기 손을 빼더니 팔을 들어 팔찌를 보여 주었다.

"작년에 로베르트가 어머니의 날 선물로 준 거예요. 용돈을 모아 놨다가, 토마스한테 선물을 사게 가게에 데려다 달라고 했대요."

"아주 예쁘네요."

율리아가 말했다.

갑자기, 어떻게 해도 떨칠 수 없는 생각이 율리아를 엄습했다. 과연 그녀에게도 어머니의 날에 선물을 받는 때가 올까? 그녀는 애써 머릿속에서 그 생각을 몰아냈다. 지금 이 상황에 비하면 그녀의 고민은 아무것도 아닐 것이다.

"로베르트에게 앙심을 품었던 사람은 없나요?"

"전혀 없어요."

토마스가 단호하게 고개를 저으며 답했다.

"사람들 모두 보반을 사랑했어요. 보반도 사람들을 모두 사랑했고요. 보반의 매력에 넘어가지 않은 사람은 하나도 없었죠."

그때 예시카가 미소를 지으며 토마스에게 말했다.

"보반이 새총으로 유리창을 깼던 집의 여자분 기억나요? 우리 뒤뜰 건너편 집이요. 나중에 그 여자분이 보반을 초대해 빵하고 주스까지 대접해 줬잖아요."

"기억나오."

토마스는 미소를 지으며 고개를 끄덕였다. 그리고 고개를 들어 율리아와 눈을 맞췄다.

"로베르트에게 그런 일화는 수도 없이 많습니다. 아이는 우리의 빛이자 기쁨이었죠. 그래요, 아이는 장애를 안고 태어났어요. 아니, 더 정확하게는 세상이 장애라고 부르는 걸 안고 태어났어요. 하지만 세상의 모든 사람이 로베르트만 같았다면 이 세상은 지금보다 훨씬 살기 좋은 곳이었을 겁니다. 보반은 완벽한 아이였어요."

율리아의 시야 한편으로 찬장 위에 놓인 로베르트의 사진이 보였다. 언론에서 봤던 바로 그 사진이었다. 다운 증후군이 있는 아이가 생긴다면 어떻게 할까. 율리아는 생각했다. 이제 그녀의 나이 마흔둘. 다운 증후군이 있는 아이를 임신할 확률은 적지 않았다. 그리고 그 확률은 시간이 흐를수록 계속해서 더 커질 것이다. 토르켈은 뭐라고 할지 궁금했다.

"저희는 로베르트가 있던 보호 시설도 찾아가서 이야기를 나눠 볼 겁니다. 더 하시고 싶은 말씀 있나요?"

크리스테르가 갑자기 침묵에 빠진 율리아를 의아한 눈빛으로 쳐다보며 물었다. 그러자 토마스가 입을 열었다.

"우리 애는 너무 순진했어요. 그래서 상대가 누구든 따라나서서, 어디든 갔을 겁니다."

토마스는 잠시 주저하다가 다시 입을 뗐다.

"용의자는 있나요?"

율리아가 고개를 끄덕였다.

"네. 폭력 전과가 있는 사람이 있어요. 지금 수색 중이고요."

"꼭 잡겠다고⋯⋯ 약속해 주십시오."

토마스가 낮은 목소리로 말했다.

"범인을⋯⋯ 범인을 못 잡으면 저희가 어떻게 살 수 있겠습니까."

율리아는 어떻게 답해야 할지 고민하며 자리에서 일어났다. 지금쯤이면 답이 있어야 했는데 안타깝게도 현실은 그렇지 않았다. 이제까지 피해자 가족의 똑같은 부탁을 얼마나 많이 들었던가. 그들은 경찰이 이 모든 걸 끝내고 그들을 고통에서 구해 주길, 그리고 악행을 저지른 이를 벌주어 정의를 구현해 주길 애원했다. 하지만 지킬 수 없는 약속을 해서는 안 된다는 것도 알고 있었다. 그녀가 커피 잔을 싱크대에 내려놓고 막 입을 열려던 찰나, 크리스테르가 먼저 입을 열었다.

"안타깝지만 범인을 잡을 수 있을지는 장담할 수 없습니다. 하지만 확실히 약속해 드릴 수 있는 것은 저희가 할 수 있는 최선의 최선을 다할 거라는 겁니다. 부모님께 들으니 아주 사랑스러운 아이였네요. 아름다웠던 추억을 기억하며 위안을 찾으십시오. 행복했던 기억이 사라지지 않게 꼭 붙드시고요."

율리아는 놀란 표정으로 크리스테르를 쳐다봤다. 인생은 고통이고 죽음은 자유라 생각하는 크리스테르 아니었던가. 이곳을 나가자마자 그에게서 술 냄새가 나지는 않는지 조심스레 확인해야겠다는 생각이 들었다.

율리아와 크리스테르가 집을 나설 때, 토마스와 예시카는 여전히 식탁에 앉아 있었다. 문을 닫기 전 율리아가 마지막으로 본 것은 손을 잡고 있는 부부의 모습이었다.

1982년 크비빌레

엄마는 잔디와 숲이 이어지는 경계선의 나무 그늘에 앉아 잡초를 뽑고 있었다. 엄마에게 다가간 예인은 숲 바로 옆에 살면서 민들레를 뽑는 게 무슨 의미가 있냐고 묻고 싶었지만 끝내 묻지는 않았다. 결국 아무 결론도 내지 못하고 쓸데없는 이야기만 오갈 게 분명했다.

대신 예인은 엄마 옆에 쪼그려 앉으며 물었다.

"잘돼 가?"

엄마는 정확히 직선을 따라 민들레를 뽑았다.

"크게 달라진 건 없어 보이는데."

예인의 말에 엄마가 우두둑 소리를 내며 등을 쭉 폈다.

"하여간에 뼈를 때린다니까. 그래도 뭔가 할 일이 있는 건 좋은 거잖아. 그건 그렇고 네 동생은 어디 있니? 봤어?"

"걔네 반의 여자애 세 명이랑 자전거 타러 나갔어."

예인이 민들레 잎사귀를 하나 떼며 대꾸했다.

"어디 숨어서 진하게 키스나 하고 있겠지."

"예인!"

엄마가 충격을 받은 표정으로 대꾸했다.

"일곱 살짜리 애들한테 못 하는 말이 없어! 그리고 걔들 이름은 말라, 시칸, 로타야. 네 동생한테는 친구가 있으니 그래도 얼마나 다행이니."

"다행이라기보다는 놀랍지."

예인은 민들레 잎사귀를 자세히 들여다보다 작게 물어뜯었다.

"엄마, 이 민들레 말이야. 먹을 수 있는 거 알지? 뽑아 놓은 거 다 버리기 싫으면 먹어도 된다고."

"민들레를 왜 먹어?"

엄마는 손등으로 눈썹 위에 맺힌 땀을 닦아 내며 대꾸했다. 그러다 눈썹에 흙이 묻었다.

예인은 어깨를 으쓱했다.

"민들레에는 철하고 칼륨, 마그네슘이 많이 들어 있대."

"넌 그걸 어떻게 알아? 숲에 별로 관심도 없잖아."

"아니, 엄마는 왜 그걸 몰라? 적어도 프랑스어로 민들레가 '피살리'라는 건 알고 있는 거지? 피살리는 '침대에 오줌을 싼다'는 뜻이야. 민들레의 이뇨 효능이 탁월해서 붙은 이름이지. 엄마도 이 정도는 당연히 알고 있는 거지?"

"탁월한 이뇨 효능이라니."

엄마는 딸의 젠체하는 목소리를 따라 말했다.

"어떨 때 보면 누구 배에서 나왔나 싶다니까. 이런 시골에서 살기에 넌 너무 똑똑해."

드디어 예인이 기다리고 기다리던 대화의 물꼬가 트였다.

엄마는 금속 도구를 들어 뽑아 놓은 민들레 잎사귀가 쌓여 있는 옆의 땅을 파기 시작했다. 예인은 심호흡을 했다. 때는 지금이다. 지금 말해야 한다.

"이 시골구석과 내 이야기가 나와서 말인데. 엄마도 8일 뒤에 내가 떠나는 거 기억하지?"

"알지."

엄마는 민들레와 그 뿌리를 뽑으며 대꾸했다.

"달라르나에 있는 일바네 집에 갈 거라며. 그 얘긴 지난번에 했잖아. 일바 엄마도 사람 참 좋아 보이더라. 그래서 걱정은 별로 안 돼. 2주 동안 다녀온다며."

"그게 다가 아니야."

예인이 말했다.

지금이야. 지금 말해. 지금 말해야 해.

"2주 뒤에 집에 오는 건 짐을 싸러 잠깐 들르는 거야."

예인이 숨을 참으며 말했다.

예인의 말에 엄마는 하던 일을 멈추고 잔디에 고정되어 있던 시선을 들어 예인을 바라봤다.

예인은 용기가 났을 때 하던 말을 마저 끝내야 한다는 생각에 다시 입을 뗐다.

"나 떠나. 이 농장에서 더는 못 살아. 나한테도 하고 싶은 일들이 있어. 도시에서 살면서 새로운 친구도 사귀고, 공부도

하고 싶어. 더 이상은 이 시골에 틀어박혀서 참기만 하며 살 수는 없어. 여기 있다간 미쳐 버리고 말 거야."

엄마는 아무 말 없이 예인을 쳐다봤다. 예인은 눈물을 참으려고 눈을 깜빡거렸다. 절대 울지는 않을 것이다. 절대. 그녀가 울면 그건 엄마가 이기는 것이다. 그녀는 고개를 들어 파란 하늘을 쳐다보며 몇 번 더 눈을 깜빡였다. 하늘은 구름도, 비행기도, 그 무엇도 없이 텅 비어 있었다. 예인은 텅 빈 게 싫었다. 그 반대를 원했다. 하지만 여기, 이 농장에서 그런 일은 절대 일어나지 않을 것이다.

"걱정 마. 나 벌써 열여섯 살이고. 나 괜찮을 거야. 어디서 살지도 다 정해 놨어."

그러자 엄마가 낮은 목소리로 대꾸했다.

"걱정되는 건 네가 아니라, 나야. 우리 집에서 강한 사람은 늘 너였잖아. 똑똑한 사람도 너였고. 넌 민들레에 이뇨 작용이 있다는 것도 알고, 어떻게 문제를 해결해야 할지도 알고…… 또…… 또…… 나는 네가 없으면 식탁에 상을 차리는 것도 못 하잖아…… 네 동생은 네 동생대로 특이한 구석이 있고…… 너 없이 나 혼자는 못 버틸 거야."

엄마는 다시 잔디로 시선을 떨궜다.

"네가 가면 엄마는 그냥 콱 죽어 버릴 거야."

누군가 그녀의 가슴을 주먹으로 세게 내려친 것처럼 폐에서 공기가 싹 빠져나갔다. 예인은 자기가 떠나겠다고 하면 엄마가 화를 내고, 어딜 가냐며 아무 데도 못 가게 하고, 울음을 터트리고, 다시 우울해할 줄로만 알았다. 엄마가 보일 수 있는 온갖 반응을 상상해 봤지만, 이건 시나리오에 없었다. 갑자기 화가 치밀어 올랐다.

"씨발, 꺼져. 그러고도 엄마가 엄마야? 이건 협박이야. 엄마 인생을 엄마 대신 살아 주는 거, 나 이제 더는 못 해. 나도 내 인생을 살고 싶어. 언제까지 이렇게 엄마 인생을 대신 살아 줘야 해? 그리고 내가 떠나도 엄마는 혼자가 아니야. 엄마 막내아들, 엄마가 생각하는 것만큼 그렇게 약하지 않아. 정 혼자는 안 되겠으면 엄마랑 여기서 같이 살 다른 사람을 찾아봐. 나는 더 이상 못 하겠으니까."

예인은 자리에서 벌떡 일어나 엄마를 쳐다봤다. 엄마는 여전히 잡초를 뽑아 깨끗하게 정리된 잔디만 내려다보고 있었다. 위에서 내려다본 엄마는 무척이나 작아 보였다. 용기라고는 전혀 없는. 오늘 말한 건 잘한 일이라는 생각이 들었다. 여기서 도망쳐야 한다. 여기에 계속 남았다가는 가라앉고 말 것이다. 엄마처럼.

*

페데르는 화장실 문밖에서 걱정스러운 표정으로 아내가 나오길 기다리고 있었다. 소리만 들어서는 화장실 안쪽에서 아내가 죽어 가는 것 같았다.

"자기야, 좀 어때?"

그는 화장실 문에 귀를 바짝 가져다 대고 소리를 높여 물었다.

곧 아내가 고통스러운 신음으로 대답했다. 잠시 후, 아네트가 백지장처럼 창백한 얼굴로 문을 열고 나왔다.

"뒤로 가."

아네트가 너무 가까이 오지 말라며 손을 휘휘 내저었다.

"겨울에 유행하는 노로바이러스에 걸렸나 봐. 아니면 여름에 유행하는 노로바이러스든지. 어쨌든 당신이랑 세쌍둥이는 절대 내 근처에 올 생각도 하지 마."

페데르는 화장실에서 풍겨 나오는 냄새에 재빨리 아네트 등 뒤의 화장실 문을 닫았다.

"괜찮아. 자기를 랩으로 꽁꽁 싸매면 괜찮을 거야. 모유 수유할 때도 쌍둥이들 맘마가 랩으로 잘 포장되어 있으면 좋지 않을까?"

아네트는 어이없다는 듯 눈을 굴리더니 화장실 문을 열고 안에서 손 소독제를 들고 나왔다. 페데르는 속으로 다시는 아내가 화장실 문을 열지 않았으면 하고 바라면서 재빨리 숨을 참았다. 아내는 손 소독제를 칙칙 뿌려 손을 닦고, 문 양쪽으로 손잡이도 소독했다.

"나 장난하는 거 아니야. 이제 이 화장실은 접근 금지야. 이 화장실은 당분간 내 전용으로 쓸게. 자기도 나한테 옮아서 위아래로 쏟아 내지 않는 한, 여기는 절대 쓰지 마. 알겠지?"

페테르는 아내의 말에 충격을 받은 척 능글맞게 연기하며 대꾸했다.

"위아래로 뭘 쏟아? 우리 집 식구 중 그런 사람이 있다고? 우리 세쌍둥이는 똥도 오줌도 안 싸는데……."

페테르는 아내를 자기 쪽으로 끌어다 산발이 된 아내의 머리를 쓰다듬었다. 아네트는 저항할 힘도 없는지 가만히 있었다. 페테르는 아네트를 침실로 데려가며 말했다.

"침실에 혼자 들어가 있어. 내가 아이패드 가져다줄 테니까 컨디션 나아지기 전까지, 아니 넷플릭스에 올라온 영화 다 보기 전까진 절대 나오지 말고. 둘 중 하나라도 충족되어야 방에서 나오기야. 세쌍둥이는 내가 거실에 데리고 있을게. 비밀 아지트라도 만들지 뭐. 그리고 애들이 엄마가 보고 싶다고 징징대면 엄마는 집 나갔다고 말해 줄게."

아네트가 보일 듯 말 듯 옅은 미소를 지었다.

"나중에 땡큐 섹스로 보답할게."

아네트가 당장이라도 눕고 싶다는 듯 침대를 쳐다보며 말을 이었다.

"한 1, 2년쯤 걸릴 거야."

"나도 스케줄 확인해 보고 시간 빼 둘게."

페데르가 여분의 베개를 가져다주며 말했다.

"며칠 동안 쌍둥이들 돌보느라 휴가 내야 할 것 같다고 전화부터 걸어야겠네."

아네트가 침대 가장자리에 조심스럽게 앉는 동안, 페데르는 주머니에서 휴대폰을 꺼냈다. 아내는 정말로 아파 보였다. 미나에게 손 소독제 좀 나눠 달라고 부탁을 해야 하나 싶었다. 아내처럼 아프기는 그도 정말 싫었다.

"페데르. 내가 최대한 수유를 하려고 하긴 할 텐데, 음식은 어떻게 할 거야?"

페데르는 혀를 깨물었다. 그리고 아네트가 절대 용서하지 않을 걸 알면서도, 그녀를 골려 주려 말했다.

"기름 뚝뚝 떨어지는 햄버거나 사다가 애들하고 나눠 먹지 뭐."

페데르는 한 글자 한 글자를 천천히 강조하며 말했다.

"기름이 번들번들하는 그런 버거 말이야. 아니면 거위 내장을 넣고 끓인 수프나. 알잖아, 핏빛 수프에 소금 쳐서 먹는 거. 내장 덩어리 좀 둥둥 떠 있고."

아네트는 어이없다는 눈빛으로 그를 쳐다보더니 이내 침실을 뛰쳐나가 화장실로 직행했다.

*

"방금 전 페데르 전화를 받았어요."

율리아가 회의실에 있는 나머지 팀원들에게 알렸다.

"페데르는 제보 전화 업무에 참여하지 못하게 됐어요. 아네트가 갑자기 아파서 아기들을 돌봐야 한대요."

루벤은 놀라지 않았다. 전혀. 페데르가 그 살인적인 스케줄을 무한대로 견딜 수 없으리라는 건 꼭 천재가 아니더라도 알 수 있는 일이다. '아네트가 아프다'니 퍽이나 그렇겠지. 페데르는 아마 휴식이 필요했을 것이다. 지금쯤 스톡홀름 시내의 레스토랑 리체에서 이른 점심을 즐기고 있을지도 모른다. 맞다. 거기라면 각종 핑계로 점심 식사 후에 사무실로 곧장 돌아가지 않고 오후 2시에 까바 스파클링 와인을 즐기는 여자들도 꽤 있을 것이다. 그런 여자들은 페데르가 경찰이란 사실에 엄청나게 끌릴 것이다. 루벤이 몸소 겪은 일이니 확실하다. 경찰 제복은 자석처럼 여자들을 끌어당긴다. 밤에 놀러 나갈 때는 제복이 좀 덜 먹히지만. 그때는 사복 차림이 낫다. 대신 재킷 아래로 살짝 수갑이 보이게 하고 있어야 한다. 그럼 여자들이 환장을 한다. 손에 결혼반지를 끼고 있어도 여자들이 달려들 것이다. 그는 페데르를 비난하지 않았다. 오히려 그 반대였다. 세쌍둥이를 출산한 후 아네트가 잠자리를 해 주지 않을 것은 불 보듯 뻔한 일이었다.

"애기 셋을 혼자 봐야 된다고?"

크리스테르는 고개를 절레절레 흔들며 말했다.

"불쌍하네. 돌아올 때쯤엔 영혼이 다 털려 있겠어. 아, 벌써 영혼은 털려 있으니까, 털린 영혼이 한 번 더 털린다고 해야 하나······."

그가 뒤로 기대어 앉자 의자에서 삐걱거리는 소리가 났다. 그는 깊은 한숨을 내쉬며 다시 중얼거리듯 말했다.

"누구라도 가서 좀 도와줘야 할 것 같은데."

루벤은 콧방귀를 뀌었다. 그렇게 애가 좋으면 크리스테르가 직접 가서 도우면 될 일이다. 루벤은 절대 싫었다. 그가 그의 인생에 원치 않는 일 1순위는 바로 기저귀 가는 일이니까.

"어쨌든 손이 하나 줄었어요."

율리아가 말을 이었다.

율리아는 재킷, 그리고 통이 넓은 정장 바지를 입고 있었다. 그렇게 입으면 좀 더 상사처럼 보이긴 하지. 루벤은 생각했다. 하지만 개인적으로 그는 율리아가 치마를 입고 있는 게 더 좋았다. 딱 달라붙는 청바지나. 하지만 뭐, 다 내 마음 같을 수는 없다.

"루벤. 이번에는 빈센트 씨와 한 조로 일해 줘."

율리아의 말에 루벤은 곧장 코웃음을 쳤다.

"나랑 그 마술사랑? 하늘이 맺어 준 인연이네."

그러자 미나가 입을 뗐다.

"마술사라니. 빈센트 씨가 문밖에서 그 말을 들으면 당장 뒤돌아서 가 버릴걸."

"정말?"

루벤은 한껏 과장된 표정과 말투로 말을 이었다.

"세상에나, 꼭 기억해야겠다."

미나는 그를 쳐다보지도 않았다. 하여간 장난 한번 쳐 보기도 어려운 여자다.

"좋아. 그럼……."

율리아가 서류를 정리하며 다시 입을 열었다.

"아직 요나스 라스크를 찾지 못했으니 두 시간 후에 기자 회견을 열 거예요. 빈센트 씨가 이번 수사에 참여하고 있다는 이야기나 요나스 라스크를 수색 중이라는 이야기는 하지 않을 거고요. 어쨌든 지금으로선 요나스가 범인이라는 증거도 없고, 모든 건 정황상 추측일 뿐이니까 공식적으로나 비공식적으로나 그 이야기는 아무에게도 하지 않아 줬으면 해요. 기자 회견은 경찰의 모든 소셜 미디어 채널을 통해 생중계될 거고, 여러 방송 매체를 통해서도 방송될 거예요. 그 이후에는 시간이 얼마가 걸리든 전화기 옆에서 제보 전화를 기다려야겠죠. 루벤이랑 빈센트 씨 조가 제일 먼저 투입될 거예요."

루벤이 뭔가를 말하려 입을 열자 율리아는 손가락을 들어 그를 제지했다.

"아까 루벤이 본인 입으로 말한 것처럼 두 사람은 하늘이 맺어 준 인연이야. 그리고 내가 일전에 말한 것처럼 빈센트 씨도 이제 우리 팀원이고."

*

둘은 피엘가탄 언덕의 높은 돌벽 옆에 섰다. 그곳에 서니 스톡홀름의 구시가지와 스홀멘 지구, 유르고르덴의 일부가 훤히 내려다보였다. 멀찍감치 서서 도시를 바라보니 먼지와 오염, 더럽고 지저분한 사람들은 아예 존재하지 않는 것처럼 보였다. 멀리서 바라본 도시는 반짝반짝 빛이 났다. 투바의 시신이 발견되었던 그뢰나 룬드 놀이공원도 잘 보였다. 미나는 놀이공원은 놀이공원일 뿐이라며, 머릿속에서 시신 생각을 애써 밀어 냈다.

다른 팀원들 없이 둘이 함께 걸으며 사건 이야기를 하자고 한 건 빈센트의 제안이었다. 둘은 벌써 한 시간째 사건에 대해 그들이 알고 있는, 혹은 그들이 안다고 생각하는 모든 것을 하나하나 꺼내 이야기하고 있었다.

"여름휴가 계획은 있어요?"

갑자기 빈센트가 도시 전경을 내려다보며 묻자, 미나가 그를 쳐다봤다.

"여름휴가 계획이요? 지금 우리, 수사 중이라는 건 알고 하는 얘기죠?"

"그럼요. 그래도 이제 곧 여름이고 하니까……."

빈센트는 헛기침을 해 목청을 가다듬고 무슨 말을 해야 할지 알 수 없다는 표정으로 입을 다물었다.

"빈센트 씨, 지금 저랑 일상적인 대화를 하려고 시도했던 건가요?"

미나는 웃음을 참으며 물었다.

"어쩌면요. 수사 이야기는 벌써 많이 한 것 같아서요."

"어쨌든 연습하는 건 보기 좋네요."

미나는 빈센트를 향했던 시선을 거두고 다시 도시 전경을 바라봤다. 그리고 슈퍼마켓에서 받은 비닐봉투를 벽과 그녀의 등 사이에 대고 돌벽에 기댔다. 햇살에 얼굴이 따뜻해졌다. 새로 산 선글라스도 아주 유용했다.

그때 그녀가 아는 누군가를 본 것 같은 느낌이 들었다. 미나가 그쪽을 흘끗 쳐다보자, 그 사람은 그들과는 반대 방향으로 휙 돌아 걸어갔다. 아마 잘못 본 것일 테다.

"다시 수사 이야기인데요. 빈센트 씨가 기자 회견장에 가는 게 좋은 생각인지 잘 모르겠어요. 기자들이 알아보기라도 하면요? 그리고 빈센트 씨가 왜 여기 있는 거냐고 질문 세례를 퍼부으면요? 이목이 거기에 쏠리면 우리가 전달하려는 메시지가 퇴색될 수 있어요. 율리아도 빈센트 씨가 수사를 돕고 있다는 사실은 말하지 않겠다는 걸 분명히 했고요."

"현실 속 기자 회견은 어떤지 궁금해서 가 보고 싶어요."

빈센트의 말에 미나는 선글라스 속 두 눈을 감았다.

"사건 정보는 일부만 공개할 거예요. 범인만 아는 구체적인 정보는 밝히지 않을 거고요. 그래야 허위 제보와 진짜 제보를 구분할 수 있거든요. 사람들이 전화를 걸어와서 자기가 하지도 않은 일을 했다고 말하는 경우가 생각보다 많아요. 자기가 올로프 팔메 전 총리를 죽였다고 자백한 사람이 60명도 넘으니, 말 다 했죠."

미나는 선글라스를 벗고 햇볕을 쬐었다. 추운 날씨는 모든 게 깨끗하게 느껴져 좋았지만 따뜻한 날씨는…… 살아 있는 기분을 느끼게 해 줬다. 땀이 나지 않을 정도라면 말이다. 지금 기온은 딱 좋았다. 얼굴을 스치는 서늘한 바람도 마음에 들었다.

둘은 다시 걷기 시작했다.

"그거에 대해서라면 그냥 모르는 척하는 게 좋을 거예요. 페데르 씨 표현을 빌리자면, 그 '퍼즐 조각' 말이에요. 살인 날짜와 시간은 분명 암호일 겁니다. 암호가 아닌 다른 건 상상할 수도 없을 만큼 분명하죠. 하지만 우리가 그걸 알고 있다는 걸 사람들한테 알릴 필요는 없어요."

"그렇죠."

미나는 잠시 침묵했다가 그를 흘끗 곁눈질하며 다시 입을 뗐다.

"라스크는요? 그 사람에 대해서는 어떻게 생각하세요?"

"뻔한 거 아닌가요?"

빈센트가 바닥의 돌을 차서 그들 앞으로 난 길 너머로 날리며 말을 이었다.

"솔직히 좀 짜증 나요. 라스크는 절대 아닐 거 같거든요. 라스크는 성적 동기를 가진 가해자예요. 하지만 개인적으로 이 사건들의 피해자들에게서는 그 어떤 성적 동기도 느껴지지 않아요."

"느껴지지 않는다고 해서 없는 건 아니죠. 섹스는 노골적인 성행위만을 가리키는 말이 아니에요. 이제까지 저랑 섹스했던 남자들은 폭력과 권력, 지배, 고통, 두려움, 공포에 열광했어요."

"같은 남자로서, 남자들은 세상에 우리가 무슨 짓을 하고 있는지 돌아보고 부끄러워해야 한다고 생각해요."

"여자들도 불행과 고통을 가져오긴 마찬가지죠. 저도 한몫했고요. 하지만 남자들은 여자와는 완전히 다른 스케일로 폭력을 영속시키죠. 그러니까 제 말은 이번 살인에 성적 요소가 없다고 단정할 수는 없다는 거예요."

빈센트도 고개를 끄덕였다.

"맞아요. 전적으로 동의해요. 저도 성적인 요소를 완전히 배제하겠다는 건 아니에요. 그럴 수는 없죠. 하지만 요나스 라스크는 충분히…… 뭐라고 해야 할까, 정교하지 못해요. 그 외에도 몇 가지 이유 때문에 우리의 수사 중점을 그자에게 두는 것이 맞는가 하는 의심이 들어요."

미나는 아무 대답도 하지 않았다. 방금 전 나눴던 섹스에 대한 대화 덕분에 그녀가 이제껏 생각하지 않으려 억눌러 왔던 생각들이 수면 위로 떠올라 머릿속이 복잡했다. 지배를 위한 섹스, 그리고 권력으로서의 섹스. 그녀는 개인적으로 그것들을 너무나 많이 경험해 왔다. 하지만 절대 다시는, 다시는 겪고 싶지 않았다. 그들에 비하면 새로 들인 바이브레이터는 이제껏 그녀가 가졌던 관계 중 최고의 파트너였다.

빈센트와 미나는 잠시 침묵 속에서 걸었다. 놀라울 정도로 편안한 침묵이었다. 그때 빈센트가 햇살에 눈을 가늘게 뜬 채, 손을 들어 어딘가를 가리키며 말했다.

"저기예요. 마리아랑 저기서 결혼을 했죠."

그녀는 돌아서서 빈센트가 가리키는 방향을 쳐다봤다.

"그러나 룬드에서 결혼을 했다고요?"

"아니요. 그 옆에 조그만 섬 보여요? 카스텔홀멘이라는 섬이에요. 신부 측 가족은 전부 오기를 거절한 결혼식이었죠.

그 이후의 결혼 생활이 얼마나 롤러코스터 같았는지를 생각하면, 카스텔홀멘보다는 그뢰나 룬드에서 결혼하는 게 더 맞았겠다 싶지만요."

빈센트가 웃으며 말했다.

그들의 발밑으로 펼쳐진 작은 섬에 붉은빛을 띤 직사각형 건물이 보였다. 빈센트가 가리킨 건물은 바로 저것이었을 테다. 무척 아름다운 건물이었다. 하지만 빈센트 말이 맞았다. 확실히 재미는 그뢰나 룬드 쪽이 더 있어 보였다.

"빈센트 씨. 일상적인 대화 연습하는 거 말인데요."

그녀가 그를 향해 조금 더 가까이 다가와 말을 이었다.

"이미 아주 잘 하고 있어요."

"모든 사람하고 그런 건 아니에요."

미나는 미소를 지으며 다시 도시의 전경을 바라봤다. 저 아래 어딘가에서 살인자가 다음 기회를 기다리고 있었다. 그자를 앞질러야 한다는 것 외에 그들에게 선택의 여지는 없었다.

*

빈센트는 벽에 기대어 다리를 꼬고 팔짱을 꼈다. 미나에게 뒤쪽에 숨어 있겠다고 했으니 약속은 지켜야 했다.

"하이에나투성이네요."

기자 회견실의 맨 뒤쪽, 그의 옆에 앉은 루벤이 말했다.

"저 사람들은 자기들이 해야 할 일을 하는 거죠."

빈센트가 무미건조하게 대꾸했다.

루벤은 이제 빈센트도 팀의 일원이라는 사실을 받아들인 듯했다. 적어도 당분간은.

"말은 쉽죠. 하지만 우리한테는 엄청 짜증 나는 사람들이라고요. 그리고 저 제보 전화로는 절대 우리가 원하는 정보를 얻을 수 없을 겁니다. 절대요."

"왜 그렇게 말씀하시는지는 알겠어요. 하지만 언론은 정부와 의회 간의 균형을 잡아 주는 데 필요한 존재죠. 언론이 없으면 우리는 결국 경찰국가가 되고 말 거……."

"스웨덴이 빌어먹을 바나나 공화국은 아니잖아요."

루벤이 짜증이 잔뜩 난 표정으로 빈센트를 노려보며 말했다.

"그건 아니죠."

빈센트가 앞의 단상에 시선을 고정한 채 말을 이었다.

"바나나 공화국이라는 용어는 온두라스에서 유래된 말이에요. 온두라스는 나라 경제의 전반을 바나나 수출에 의존한 국가였기 때문에 미국의 유나이티드 프루트 컴퍼니 같은 외국 자본이 들어와 온두라스의 정치에 감 놔라, 배 놔라 간섭하게 됐죠. 이후 바나나 공화국은 라틴 아메리카 내 한정된 수출 상품에 의지해 외국 정부와 기업의 간섭을 받으며 부패

한 정부나 군부가 정권을 장악하고 있는 국가를 가리키는 말로 쓰이게 됐고요. 그래서……."

정면만 바라보며 말하던 빈센트가 루벤 쪽으로 몸을 틀었지만 루벤은 이미 사라지고 난 후였다. 빈센트는 어깨를 으쓱했다. 세상에는 배우고 싶은 생각이 전혀 없는 사람들이 있다.

기자 회견실 안은 웅성거리는 소리로 가득했다. 이제 곧 시작될 기자 회견에 온갖 언론 매체가 와 있었다. 유명 타블로이드지와 유력 일간지, TT 통신의 로고가 두루 보였고, 지역 리포터들과 그도 모르는 신생 언론 매체들도 많이 와 있었다. 마이크와 카메라, 녹음기, 휴대폰은 물론이고 구식으로 노트와 펜을 든 사람들도 보였다.

곧 경찰 제복을 차려입은 율리아가 기자 회견장에 들어와 단상에 섰다. 제복을 입은 율리아는 처음이었다. 그녀는 제복이 썩 잘 어울렸다. 차가운 피부 톤과 근엄해 보이는 경찰 제복의 조화가 좋았고, 파란 제복 위의 윤기 흐르는 머리카락도 아름다웠다. 늘 그렇듯 빈센트는 그녀의 보디랭귀지에는 어딘지 슬픈 데가 있다고 느꼈다. 그녀는 슬픔의 아우라에 둘러싸여 있었다.

율리아가 목청을 가다듬자, 장내의 웅성거리던 소리가 단번에 멎었다. 빈센트는 기자 회견장 오른쪽, 잘 보이지 않는 곳에 미나가 서 있는 것을 발견했다. 그녀를 지금에야 발견하다니 의외였다. 보통은 한 공간에 있는 그 누구보다 빨리 그녀를 포착하는데 말이다. 그만큼 미나가 미동 없이 가만히 서 있는 데 뛰어난 것일 테다.

"기자 회견장에 오신 여러분을 환영합니다. 오늘 기자 회견에서는 최근 일어났던 일련의 살인 사건에 대한 이야기를 하려고 합니다. 저희 경찰은 그 사건들이 한 가해자가 저지른 연쇄 살인이라고 보고 있습니다."

율리아가 말문을 열었다.

"먼저 여러분께 규칙을 지켜 달라는 당부를 드립니다. 우선 제 발표가 끝날 때까지 경청해 주시고, 본인의 질문 차례가 돌아오기 전까지 질문은 삼가 주십시오."

장내는 침묵에 휩싸였다. 율리아는 그녀 앞 탁자에 놓인 서류 뭉치를 흘끗 쳐다본 후 발표를 이어 갔다.

"저희 경찰은 투바 벵트손, 앙네스 세시, 로베르트 베리에르가 같은 사람에 의해 살해되었다고 추정하고 있습니다."

여기저기서 사람들이 웅성거리자 율리아의 한쪽 눈썹이 치켜올라갔다. 그녀는 다시 장내가 조용해지길 기다렸다가 수군대는 소리가 잦아들자 입을 뗐다.

"범인을 찾는 데 시민 여러분의 도움이 필요합니다. 알고 있는 정보가 있다면 제보해 주세요. 특별히 피해자들 사이의 관계를 알고 계신 분이 있다면 꼭 연락해 주십시오. 저희는 타당한 이유를 근거로 범인이 또 다른 살인을 저지를 거라고 예상하고 있습니다."

다시 웅성거리는 소리가 일어났다. 카메라 플래시가 터지고, 기자들이 저마다 손을 들며 질문을 외치기 시작했다. 빈센트의 눈에 미나가 성난 표정으로 기자들을 노려보는 게 보였다. 그녀에게 잘 어울리는 단호함이었다.

"조용히 해 주세요!"

율리아가 소리치자 다시 장내의 소란은 사그라들었고, 그제야 그녀는 발표를 이어 갔다.

"현재로서는 공개할 수 없는 정보들이 있습니다. 하지만 지금 말씀드릴 수 있는 건 이 살인들이 일부러 잘못 연출된 마술 일루전의 한 장면으로 꾸며졌다는 겁니다. 또 피해자들은 시신이 발견된 곳에서 살해된 것이 아니라, 다른 현장에서 살해된 뒤 그곳으로 옮겨진 것으로 보입니다. 범인이 이용한 차량은 일반 승용차보다 화물 적재에 용이한 화물차 등 대형 차량일 확률이 높습니다. 하지만 이 또한 아직은 추측일 뿐입니다. 또한 세 번째 살인, 즉 로베르트 베리에르가 살해된 시간을 추정하는 데 시민 여러분의 도움이 필요합니다. 로베르트는 5월 5일, 스톡홀름 오스타의 도매 시장 주차장에서 발견되었습니다. 안타깝게도 시신이 발견되기 전 며칠 동안 주차장에 방치되어 있었기 때문에 정확한 사망 시간을 추정할 수 없는 상황입니다. 이와 관련해 무언가를 보신 분이나 이에 대한 정보가 있으신 분들의 제보를 기다립니다. 제보 전화는 지금 스크린에 떠 있는 이 번호로 주시면 됩니다."

율리아는 깊은 한숨을 내쉰 후, 기자와 사진 기자들로 가득한 장내를 둘러봤다. 그리고 마침내 《엑스프레센》의 로고가 달린 마이크를 든 40대 남자를 향해 고개를 끄덕였다.

"범인이 다시 살인을 저지를 거라고 생각하시는 이유가 무엇입니까? 지금 이 세 살인 사건이 연쇄 살인범의 소행이라고 말씀하시는 겁니까? 혹시 용의자는 과거 전력 때문에 세상에 알려진 사람입니까?"

율리아는 곧장 대답하는 대신 신중하게 단어를 선택했다.

겉으로 보기에 그녀는 완벽하게 침착해 보였다. 하지만 빈센트는 그녀에게서 놓치고 지나갈 법한 스트레스의 징후들을 쉽게 찾아냈다. 곧장 이 기자 회견장을 나가기라도 할 듯 오른발 바깥쪽에 무게를 싣고 있는 것, 눈 깜빡임은 거의 멈추다시피 했고 눈가가 파르르 떨리고 있는 것, 겉에서 보기에는 여유롭게 손깍지를 끼고 있는 것 같지만 양손의 엄지손가락을 조심스레 계속해서 문지르는 것은 몸속 코르티솔의 폭발적 분비를 멈추기 위한 노력의 일환이었다.

"그 또한 이 자리에서는 자세히 말씀드릴 수 없습니다. 하지만 그럴 가능성도 다분하다는 근거는 있습니다. 제가 말씀드릴 수 있는 건 이게 전부입니다."

 더 많은 기자가 손을 들었다. 율리아는 TT 통신에서 나온 젊은 기자를 향해 고개를 끄덕였다.

 "어떤 마술 트릭이 사용되었나요? 그뢰나 룬드에서 발견된 시신이 담겨 있던 상자에 대한 이야기가 있었는데요."

 "그것도 지금은 자세히 말씀드릴 수 없습니다."

 TT 통신의 기자는 이에 그치지 않고 한 가지 질문을 더 했다.

 "이 사건들이 마술과 직접적인 연관이 있는 사람의 소행이라고 생각하시나요?"

 "마술사 조 라베로의 알리바이는 확실한지 확인해 보셨습니까?"

 누군가 소리치자 좌중에서 웃음이 터져 나왔다.

 "브뤼놀프와 융 콤비의 알리바이는요?"

 또 다른 누군가가 농담을 던졌다.

 율리아의 미간 주름이 더 깊어졌다. 미나도 화가 나 보였다. 빈센트는 다시 한번 그녀가 얼마나 아름다운지를 깨달았다. 그가 할 수 있는 일이라고는 그녀에게서 간신히 눈을 떼는 것뿐이었다.

 "현재로서는 용의자에 대한 그 어떤 말씀도 드릴 수 없습니다. 하지만 범인에 대한 프로파일은 작성 중에 있습니다. 안타깝게도 조 라베로, 브뤼놀프와 융은 그 프로파일에 부합하지는 않는 것 같군요."

거친 기자들의 유머는 그녀에게 전혀 통하지 않은 듯했다.

"어쩌면 스웨덴 버전의 후디니를 찾고 있는 거겠군요! 후디니 킬러요!"

젊은 GP 신문 기자가 외치자 여기저기서 웃음을 참는 소리가 들렸다.

몇몇 기자가 농담을 던지던 그때, 대부분의 기자는 정신없이 이름들을 받아 적고 있었다. 이름은 아주 중요한 역할을 할 것이다. 언론은 연쇄 살인범이 나타날 때마다 위트 있는 별명을 붙이려 안달이었다. 율리아는 계속 미소 짓고 있었지만 그 미소는 점점 더 딱딱해졌다.

빈센트는 율리아를 이해할 수 있었다. 언론과 좋은 관계를 유지하는 건 중요한 일이다. 기자들의 농담이 얼마나 천박하게 느껴지든, 지금 율리아는 언론을 그녀의 편으로 만들어야 했다. 언론에 보도될 내용을 통제하려면 그 방법뿐이었다. 언론이 그녀에게 맞서면, 뭐든 저들이 쓰고 싶은 내용을 다 써서 대중에게 공개할 테니 말이다.

"더 이상 질문은 받지 않겠습니다. 시민 여러분의 도움이 절실합니다. 스크린에 떠 있는 번호로 제보해 주세요. 경찰 홈페이지와 인스타그램, 페이스북 페이지에서도 제보하실 수 있습니다."

율리아의 말이 끝나자마자 장내에 웅성거리는 소리가 가득해졌다. 기자들이 다시 손을 들어 질문을 쏟아냈지만 율리아는 그대로 기자들을 등지고 미나 쪽으로 돌아섰고 둘은 곧 단상 오른편으로 사라졌다. 빈센트는 조금이라도 더 오래 미나를 보고 싶어 목을 길게 빼고 그쪽을 바라봤다. 그리고 미나의 모습이 그의 시야에서 완전히 사라졌을 때, 그도 조심스레 문을 빠져나왔다. 거기 계속 남아 있다간 기자들에게 들킬 위험이 너무 컸다. 율리아가 그에 대한 질문에까지 시달리게 만들 수는 없었다.

*

"이게 뭐가 어떻게 되는 거라고요?"

빈센트가 그의 앞에 놓인 컴퓨터 화면을 이해하려 애쓰며 물었다.

그와 루벤이 들어온 방에는 그 용도를 추측할 수밖에 없는 각종 장비가 가득했지만 그들 앞에 놓인 화면에는 그런 최첨단 장비들보다는 훨씬 구식으로 보이는, MS 엑셀을 닮은 프로그램 하나만 떠 있었다.

"이 프로그램으로 통화를 추적하는 거라고요?"

이 상황에 어린애같이 들뜨는 자신의 마음을 숨기려 노력하며, 빈센트가 다시 물었다.

영화에서 보는 것처럼 방 한쪽 벽면 가득히 대형 모니터가 주르륵 달려 있어 감시용 드론이 촬영한 이미지와 알 수 없는 숫자들을 표시하고 있었더라면 좋았겠지만, 사람이 원하는 걸 다 가질 수는 없는 법이다.

"이건 전화 교환기라는 거예요."

루벤이 답했다.

"모든 제보 전화는 자동 녹음되고, 빈센트 씨와 저는 실시간으로 제보를 들을 수 있습니다. 물론 한꺼번에 너무 많은 사람이 전화를 걸어오면 안 되겠지만, 보통 그렇게 통화가 몰리는 일은 없어요. 조금이라도 의심스러운 내용이 포착되면, 그러니까 예를 들어 전화를 건 사람이 라스크 같다거나 하면 그 통화는 요주의로 표시를 할 거예요. 이렇게요. 지금으로서는 그것만 하면 돼요."

루벤이 화면의 한 행을 클릭하자, 곧 그 행 전체가 붉게 표시되었다. 전화 교환기라니, 영화에서 본 거랑 달라도 너무 다른 거 아닌가. 빈센트는 가까스로 실망을 감추었다.

"그럼 추적은요?"

"그거야말로 진짜 뭣 같은 부분이죠."

루벤이 커피 스탠드 쪽으로 걸어가며 대꾸했다.

루벤은 자기 머그잔에만 커피를 따르고 빈센트에게는 마

시겠냐고 묻지도 않았다. 커피 냄새만 맡아도 빈센트가 마시고 싶지 않아 할 것임을 짐작할 수 있었다. 대체 이 커피에는 무슨 일이 있었던 걸까.

"통화 추적 결정은 법원이 내려요."

루벤이 테이블에 살짝 흘린 커피를 닦으며 설명을 이어 갔다.

"하지만 통화 추적의 문제는 우리가 '누구'를 추적하려 하는지를 명시해야 한다는 거예요. 우리는 그게 누구인지 모르잖아요. 그걸 모르니까, 그걸 알아보려고 여기 나와 있는 거 아니겠어요? 물론 용의자와 통화가 연결되자마자 검찰한테 전화를 걸어서 임시 결정을 요청해 곧바로 추적할 수도 있겠지만, 전화 통화가 끝나기 전에 그럴 시간은 거의 없다고 보면 되죠. 엄밀히 말해 우리는 통화를 추적할 수는 있지만, 추적이 허용된 건 아니라는 겁니다."

"그럼 우린 오늘 여기 왜 온 건데요?"

빈센트의 질문에 루벤은 그의 옆에 있는 의자에 털썩 주저앉으며 답했다.

"제기랄, 되게 뜨겁네."

그가 커피를 후후 불며 다시 말을 이었다.

"왜냐하면 이따가 모든 네트워크에 휴대전화 트래픽 데이터를 요청해야 하거든요. 하지만 역시 그걸 하려면 먼저 법원의 허가가 필요하고요. 기록을 입수하는 데는 몇 주 정도가 소요되는데, 어쨌든 그걸 입수하면 누가 전화를 한 건지 알 수 있죠. 그것도 통신사가 기록을 지우기 전에 입수해야 가능한 이야기예요. 그리고 통신사는 보통 두 달 정도 기록을 보유하다가 폐기하고요. 내가 우리 좆됐다고 말했던가요?"

"그럼 트래픽 데이터를 받으면 어느 전봇대를 거쳐 제보 전화가 걸려 온 건지 알 수 있다는 건가요?"

"전봇대가 아니라 기지국이라고 하죠. 하지만 맞아요, 멘탈리스트 님. 그것도 알 수 있죠. 그런데 그 기록 자체도 우리가 알아볼 수 있는 건 아니라 분석 팀이 맡아서 처리할 거예요. 우리 중에서는 아마 페데르가 사본 하나를 받아서 엄청 열심히 들여다보겠지만요."

트래픽 데이터 기록이라. 그걸 얻어다가 베냐민에게 줄 수 있다면 베냐민이 엄청 좋아할 것이다. 하지만 분석 팀이 그렇게 쉽게 그 데이터를 자신에게 줄 리 없다. 확신하건대 분석 팀의 비위를 맞추는 건 루벤의 비위를 맞추기보다 더 어려울 거다. 어쩌면 페데르에게 부탁을 해야 할지도 모르겠다는 생각이 들었다. 아니면 페데르가 조는 사이 몰래 복사를 뜨거나. 하지만…… 하지만……아니다. 기록에 대해서는 나중에 고민해도 된다.

"그러니까 지금은 기록을 입수했을 때를 대비해, 어떤 통화가 추적할 가치가 있는지를 표시해야 된다는 거군요."

빈센트가 말했다.

"만세! 드디어 뭔가를 좀 배우고 있네요! 맞아요. 그걸 위해서 통화 내용을 들으려고 온 거예요. 하지만 빈센트 씨가 여기 있으니, 그냥 전화한 사람들 마음을 줄줄줄 읽어 버리면 되겠네요. 율리아도 그걸 원하는 것 같던데."

루벤은 거짓 웃음을 지으며 말했다. 루벤이 대답을 듣고자 한 말이 아닌 건 알았지만, 그래도 빈센트는 대답을 할 생각이었다. 이제 루벤도 그들이 같은 편이라는 걸 알아야 한다.

"전 다른 사람들 마음은 못 읽습니다. 하지만 이야기를 듣고 무언가를 포착할 수는 있죠. 어떤 사람이 쓰는 단어를 가지고 그 사람이 사이코패스인지 아닌지를 파악할 수 있는 것처럼요. 사이코패스들은 표정이나 보디랭귀지를 이용해 감정을 표현하는 척하는 데 능숙하지만, 말로는 그 능숙도가 현저히 떨어지거든요. 그 사람들은 중성적인 단어와 감정적인 단어에 동등한 가중치를 두죠. 말하자면 오늘 아침에 뭘 먹었는지 같은 사소한 이야기와 자신이 저지른 끔찍한 범죄 이야기를 숨소리 하나 안 바꾸고 똑같은 톤으로 말할 수 있다는 겁니다. 그리고 자기 자신이 아닌 다른 사람 이야기를 하는 법이 거의 없죠. 자신과 거리를 두기 위해 과거형 시제를 주로 사용하고요. 또……."

루벤이 손을 들어 빈센트의 말을 끊었다.

"아마 별일은 없을 겁니다."

루벤이 시간을 확인하더니 다시 입을 뗐다.

"지금쯤이면 모든 뉴스 사이트에 기자 회견 소식이 떴겠군요. 짧은 동영상 버전도 제보 전화번호랑 같이 소셜 미디어에 게시되었고요. 이제 기다리시죠."

"얼마나 기다려야 될까요?"

"전화가 걸려 올 때까지 계속이요."

처음 걸려 온 열 통의 전화는 관심을 원하는 관종들, 그리고 도움은 주고 싶지만 도울 거리가 하나도 없는 사람들이 걸어온 것이었다. 조금 더 면밀히 분석하고 싶은 전화는 하나도 없었다. 말도 안 되는 헛소리를 한참이나 들은 후 빈센트도 더는 어쩔 수 없는 듯 커피메이커에서 커피를 한 잔 받아왔다.

맛없는 커피를 세 잔이나 마신 뒤, 빈센트는 이제껏 살며 그가 한 일 중에 제보 전화 모니터링이 제일 재미없는 일이라는 결론을 내렸다. 루벤도 별말 없기는 마찬가지였다. 둘은 침묵 속에서 계속해서 전화를 기다렸다. 이윽고 루벤이 끙 신음 소리를 내며 기지개를 켜더니 입을 열었다.

"전 나가서 좀 뛰고 올게요. 별 진전이 있을 것 같지 않네요."

"뛴다고요? 어디서요?"

루벤이 어깨를 으쓱했다.

"여기 빼고 그 어디든요. 패들테니스나 한판 뛰고 와도 좋고요. 지금 이 시간대에 패들테니스 클럽에 가면 보통 스물다섯 살짜리 여자애들이 딱 달라붙는 요가 팬츠를 입고 플레이하고 있거든요."

루벤이 자리에서 일어나더니 의자에 걸어 뒀던 코트를 낚아챘다.

"혼자도 잘하실 수 있을 겁니다. 전 한 시간쯤 나갔다 올게요. 무슨 일 생기면 전화 주시고요."

예상치 못한 루벤의 말에 빈센트는 너무 놀라 대답도 제대로 하지 못했다. 루벤이 그를 혼자 남겨 두고 방을 나선 후에도 정신은 제대로 돌아오지 않았다. 이런 민감한 장비들이 잔뜩 놓인 방에 그 혼자 있으려면 분명 허가가 필요할 테다. 미나더러 와 달라고 연락을 해야겠다. 그리고 루벤보다는 미나와 함께 있는 편이 훨씬 좋았다.

그가 휴대폰을 꺼내 미나에게 막 메시지를 보내려는데, 갑자기 컴퓨터 화면에 수신 전화 버튼 색깔이 빨간색에서 초록색으로 바뀌었다. 발신자가 경찰 제보 전화 라인에 접속했다는 녹음 메시지가 종료된 후, 곧 전화가 연결되었다.

"당신들의 무능에 아주, 아주 실망했습니다."

짜증이 가득 실린 남자의 목소리가 들려왔다.

"너무 성의 없는 거죠."

또 하나의 불만 가득한 머저리였다. 앞서 걸려 온 전화의 절반 이상도 얼마나 경찰이 무능한지에 대한 불만을 토로하는 내용이었다. 빈센트는 다시 휴대폰 화면으로 시선을 돌려 즐겨찾기 메뉴에서 미나 이름을 찾았다.

"로베르트는 5월 3일에 죽었습니다."

남자의 목소리가 이어졌다.

"누가 봐도 분명하잖아요. 5월 3일이요."

빈센트는 계속 엄지손가락으로 화면을 넘겼다. 지금 저 남자가 뭐라고 한 거지? 이제껏 걸려 온 전화 중 구체적인 정보를 주거나 정확한 날짜를 말한 통화는 한 통도 없었다. 빈센트는 책상으로 몸을 기울여 스피커 볼륨을 높였다.

"이 사건을 처리하는 경찰의 무능 때문에 머리가 다 아파요."

남자의 목소리에 짜증이 더 실렸다.

남자는 무척이나 흥분한 상태였지만, 정확성이 생명이라는 듯 음절 하나하나를 아주 또박또박, 분명히 발음했다. 선택한 단어에서도 그가 상대를 얕잡아 보고 자신을 상대보다 우위라고 생각한다는 것을 알 수 있었다. 자기애성 성격 장애에 부합하는 특징이었다. 제보 전화를 걸어온 사람 중 다수가 자신이 그 살인을 저지른 척했지만, 빈센트는 쉽게 그 진위를 판별할 수 있었다. 하지만 이번에는 달랐다. 그의 뇌는 어떤 위험 신호를 포착했는지도 모른 채, 무조건적으로 머릿속의 모든 경보 버튼을 눌러 대고 있었다. 빈센트는 이 전화를 걸어온 자가 범인이라는 것을 확신했다. 그들이 찾아 헤매고 있는 범인이, 그 숨소리가 들릴 정도로 가까이 있었다. 하지만 이자가 라스크인지는 알 수 없었다.

"그 저능아한테는 시간이 좀 더 걸렸을 겁니다."

남자가 갑자기 말투를 바꿔 말했다.

"하지만 그놈이 언제 죽었는지 당신은 알잖아요. 깨진 손목시계의 시간이 뭘 의미하는지 아직도 모르는 겁니까?"

수화기 저편의 남자에게 묻고 싶은 게 너무 많았다. 카운트다운은 뭘 의미하는지, 대체 이게 다 누구를 위한 일인지, 하고 많은 것 중에 왜 하필 일루전인지. 하지만 그 어떤 것도 물을 수는 없었다. 그저 들을 수만 있을 뿐.

"앞으로는 더 잘해야 될 겁니다."

그 말을 끝으로 남자는 전화를 끊었다.

빈센트는 멍하니 화면을 바라봤다.

그리고 극도의 주의를 기울여 커서를 스프레드시트 끝으로 옮긴 뒤, 이 통화를 붉게 표시했다. 그제야 루벤이 그에게 전화번호도 남기지 않았다는 게 생각났다.

*

"그러니까 내가 생각했던 것처럼 날짜가 중요하다는 거예요."

빈센트가 생각에 잠겨 말했다.

미나와 빈센트는 회의실에 앉아, 수사 과정에서 둘이 이해한 모든 것을 정리한 화이트보드를 바라보고 있었다.

"맞아요."

미나가 손 소독제를 손에 덜어 바르며 대답했다.

"누군가 우리에게 정확한 범행 날짜와 시간을 알려 주고 싶어서 안달이 난 것 같네요."

미나의 손은 다 터 있었다. 수시로 바르는 알코올이 피부를 지나치게 건조하게 만들어 피부가 갈라졌다. 하지만 미나는 이런 피부 트러블 정도는 그녀가 마땅히 지불해야 할 대가라고 생각했다. 자신의 손을 다 세정한 미나가 손 소독제 통을 빈센트에게 건넸다. 빈센트는 처음에는 거절할 것 같은 표정이더니 이내 어깨를 으쓱하고선 미나가 그의 손바닥에 손 소독제를 짜 줄 수 있게 손을 내밀었다.

"왜 로베르트가 피해자가 되었는지 이해가 안 됩니다."

빈센트가 손 소독제를 손에 비비며 다시 입을 뗐다.

날카로운 알코올 향이 작은 회의실 곳곳으로 퍼져 나갔다. 천국 같은 냄새였다.

"저도 마찬가지예요. 투바와 앙네스, 두 피해자 사이에는 자연스러운 연결 고리가 있잖아요. 하지만 로베르트는 아니에요. 로베르트 가족과 심층 면담도 해 봤지만 아무것도 알아낸 것이 없었고요. 정말 아무것도요. 율리아가 로베르트가 지냈던 보호 시설 직원들과도 이야기해 봤는데, 거기서도 아무 수확은 없었어요. 물론 율리아와 크리스테르가 직접 보호 시설을 방문해서 다시 한번 확인할 계획이지만, 어쨌든 빈센트 씨 말이 맞아요. 로베르트는 패턴에 맞지 않아요."

"흠……."

빈센트는 그의 얼굴이 다시 화이트보드를 정면으로 향하도록 회전의자를 돌렸다.

"이 사건은 말이 안 돼요. 모순되는 것들이 너무 많거든요. 연쇄 살인범은 특정 범주에 속하는 피해자들을 골라서 살해한다는 건 나도 아는 상식인데…… 사실 그건 경찰이 아니더라도, 그냥 구글에서 검색만 해 보면 알 수 있는 이야기죠. 어쨌든 투바와 앙네스는 공통점이 많습니다. 둘 다 나이 어린 여자였고…… 하지만 로베르트는…… 로베르트는 그 범주에 속하질 않아요. 로베르트는 나머지 두 피해자랑 달라도 너무 달라요. 게다가 로베르트는 인간관계가 아주 제한적이었어요. 가족과 보호 시설에서 만나는 사람들을 제외하고는 사회생활이랄 게 없었죠. 하지만 투바는 일 때문에 모르는 사람을 매일 많이 만났고요."

"요나스 라스크의 소재에 대한 제보가 있었어요. 그의 전처 중 한 명이 그가 스톡홀름에서 멀지 않은 곳에서 캠핑카 생활을 하고 있다고 알려 줬거든요. 아직 찾지는 못했지만 그 부근의 캠핑지들을 살펴보고 있으니까 아마 곧 찾을 수 있을 거예요. 요나스를 찾아서 소환하면, 그때 빈센트 씨가 직접 물어보세요."

미나의 말에 빈센트가 화이트보드에서 그녀에게로 시선을 돌리며 답했다.

"지난번에도 말했지만, 정황상으로는 요나스가 이 사건에 연루됐을 확률이 높아 보여도 전 요나스는 아닌 것 같습니다. 제가 생각하기엔 경찰하고 일을 많이 했다는 범죄심리학자 얀 베리스비크가 완전 잘못 짚은 것 같거든요. 아무리 생각해도 말이 안 돼요."

빈센트가 연한 파란색 눈동자로 그녀를 꿰뚫어 보듯 쳐다보자, 미나는 시선을 아래로 떨궜다.

"사람들은 우리가 이해할 수 없는 이상한 일을 하니까요. 하지만 경찰 일은 가장 단순한 답이 정답일 때가 많아요. 과거에 두 여자를 강간하고 살해한 범죄자가 투바가 일했던 카페 근처에 자주 출몰한 게 정말로 우연일까요?"

"이번 사건에선 아무도 강간당하지 않았어요."

빈센트가 반박했다.

"맞아요. 하지만 라스크는 교도소에 20년이나 수감되어 있었어요. 어쩌면 그 안에 있는 동안 성욕을 다 잃었는지도 모를 일이죠. 그리고 살인과 시신 훼손의 행위가 심리적으로 성욕 대신 만족감을 주었을지도 모르고요."

빈센트는 놀란 표정으로 미나를 바라봤다.

"나도 아는 게 한두 가지는 있거든요."

미나가 윙크하며 대꾸했다.

"음……."

빈센트는 더 이상 반박하지 않았지만, 미나는 그가 여전히 그녀의 의견에 동의하지 않는다는 것을 알 수 있었다.

"꼭 안하고 이야기하는 것 같네요."

빈센트의 말에 미나가 그의 다리를 찼다.

"제보 전화를 걸어와 날짜를 말해 준 그 남자가 어쩌면 요나스 라스크일 수도 있어요."

미나는 말하면서도 자신이 말한 단어 하나하나가 모두 잘못되었다는 느낌을 지울 수 없었다. 결국은 자신이 빠질 수렁을 계속해서 파고 있는 기분이었다.

"맞아요. 그럴 수도 있겠죠. 그럼 이 제보 전화에 대한 다음 수사 절차는 어떻게 되나요?"

그때 과일이 담겨 있던 접시 위로 초파리가 날아왔다. 미나는 빈센트의 질문에 답하기 전, 단물이 올라오는 트림을 삼켰다. 그녀는 곧장 손 소독제를 꺼내 손바닥에 꽤 많은 양을 짰다. 그리고 이 손으로 초파리를 잡을까 잠시 고민했다. 하지만 성공할 가능성은 너무 낮아 보였다. 그때였다. 빈센트가 자리에서 벌떡 일어나 과일 접시를 들고 회의실을 나가더니, 금세 빈손으로 돌아와 아무 일도 없었다는 듯 자리에 앉았다. 미나의 두 눈에 눈물이 차올라 눈이 따끔거렸다. 그녀는 필사적으로 눈물을 참고 목청을 가다듬었다.

"언제 가야 돼요?"

빈센트는 손목시계를 확인했다.

"말뫼로 떠나는 비행기가 두 시간 후에 출발이니까 이제 곧 나서야겠네요."

아직 그를 보내 주고 싶지 않았다. 기자 회견 직전에 가졌던 만남 이후, 둘은 제대로 같이 시간을 보낸 적이 없었다. 하지만 이런 그녀의 마음을 무슨 말로 표현할 수 있겠는가? 아무리 머릿속으로 문장을 이렇게 저렇게 만들어 봐도, 그녀가 원하는 것보다 많은 정보가 담길 게 분명했다.

미나는 최대한 덤덤한 표정을 유지하며 입을 열었다.

"그럼 이제 움직이는 게 좋겠네요."

1982년 크비빌레

"이제 들어가도 돼? 엄마 궁금해서 죽겠어."

엄마가 웃으며 말했다.

분명 엄마는 헛간 문밖에 서 있었는데, 목소리는 꼭 헛간 안에 들어와 있는 것처럼 선명하게 들렸다.

"잠깐만. 이제 다 됐어!"

소년은 셔츠의 옷매무새를 고치고 얼굴을 찡그렸다. 자신이 제대로 이 모든 걸 계획했길, 그리고 계획대로 모든 게 술술 풀리길 바랐다. 누나가 떠난 후로 엄마는 매일같이 슬픔에 잠겨 있었다. 아침에 그에게 샌드위치를 만들어 그걸 세모 모양으로 잘라 주면서 매번 그게 얼마나 중요한 일인지 설명해 준 것을 제외하면, 하루 종일 그에게 말 한 마디 걸지 않았다. 그리고 하루의 시간 대부분을 잡초를 뽑는 데 썼다. 냉장고에는 잡초를 어떻게 뽑을지 계획도 세워 붙여 놓았다. 전화번호부 한 장을 찢어 연필로 스케치를 한 것에 불과했지만, 그래도…… 그건 도면이었다.

말라와 시칸, 로타는 그걸 보고 자기들이 태어나 본 것 중 제일 이상하다고 했다. 걔들 부모님은 아무도 그런 도면을 그리지 않는 모양이었다. 하지만 소년은 일을 철저하게 하는 게 얼마나 중요한지를 이해했다. 그리고 그 자신도 오늘의 이 이벤트를 철저하게 준비했길 바랐다. 지금 엄마에게 필요한 게 딱

하나 있다면 그건 다시 행복해지는 것이었다. 오늘 이것도 도움이 안 된다면, 대체 엄마에게 뭘 해 줘야 할지 알 수 없었다.

소년은 목을 가다듬고 위풍당당하게 문을 열었다. 문간을 넘어 소년의 미술 작업장으로 들어온 엄마의 두 눈이 기대감으로 반짝였다. 엄마는 몇 걸음 안으로 걸어 들어오더니 그가 만든 것을 보고 우뚝 멈춰 섰다.

"와, 이건, 이건…… 정말…… 대단한데!"

소년이 이제껏 만든 상자 중에 가장 거대한 상자였다. 높이는 엄마의 허리까지 왔고, 바퀴도 달려 있어 상자를 사방으로 돌리며 여러 각도에서 볼 수 있었다.

소년은 바퀴 하나의 브레이크를 풀고 요란한 동작으로 상자를 회전시켰다. 짙은 파란색 페인트는 아직 덜 말라 있었다.

엄마는 감탄해서 손으로 입을 막았다. 소년은 숨을 내쉬었다. 걱정할 필요는 없었던 것 같다. 게다가 소년에게는 한 가지 서프라이즈가 더 남아 있었다. 엄마와 함께 칠할 수 있도록, 상자의 한 면은 페인트를 칠하지 않고 남겨 두었다. 마지막 면에는 페인트를 칠하는 대신 '라스베이거스를 그려 주세요'라고 쓰인 종이를 붙여 놓았다.

"엄마가 전생에 좋은 일을 무지 많이 했나 봐."

엄마가 손등으로 눈물을 훔치며 말을 이었다.

"안 그랬으면 어떻게 너 같은 아들을 얻었겠어."

*

"그래서 이건 뭘 하는 데 쓰는 건데?"

엄마가 마지막 면에 그림을 다 그린 뒤 물었다.

"엄마한테 얘기해 줄 거야? 아님 비밀?"

이번에도 엄마는 별을 그려 넣었다.

"엄마를 내 조수로 삼으려면, 엄마한테는 얘기를 해 줘야 돼."

소년이 상자를 열며 말을 이었다.

"엄마가 아직도 같은 생각이라면."

"당연하지. 지금 엄마가 제일 하고 싶은 일이 네 조수가 되는 건데. 생각해 봐. 엄마가 마술을 하다니!"

페인트에서 나오는 냄새에 소년은 어질어질했다. 문을 열어 놓는 건데 그랬나. 하지만 이건 엄마와 소년 둘만의 비밀이었다. 다른 누구도 봐서는 안 되는. 그렇다고 이 집에 손님이 찾아온 적이 있느냐 하면 그것도 아니지만, 그래도 어쨌든 말이다.

"먼저 엄마가 이 상자 안에 들어가야 돼. 실제 무대에서는 수갑을 차고 커다란 자루 안에도 들어가지만, 나한테는 자루도 수갑도 없으니까."

"엄마한테는 완전 다행이네."

엄마가 웃음을 터트렸다.

"그런 다음 내가 이 상자 밖에다가 자물쇠를 잠그고 상자

위로 올라갈 거야. 그러는 동안 엄마는 상자 뒤쪽에 있는 비밀 문으로 나와서 그 뒤에 숨어 있어야 돼."

"비밀 문이 어디 있어? 엄마 눈에는 안 보이는데."

엄마가 걱정스러운 표정으로 말했다.

"거기에 바로 이 마술의 비밀이 있는 거야."

소년이 웃으며 말을 이었다.

"상자에 그려 놓은 무늬 속에 비밀 문이 숨겨져 있거든."

소년은 상자 뒤쪽으로 난 문을 엄마에게 보여 줬다. 문은 소년이 색칠한 체크무늬 패턴에 가려 잘 보이지 않았다.

"그러면 나는 상자 위로 올라가서 이 훌라후프에 커다란 천을 걸 거야. 그리고 훌라후프를 내 머리 위로 들어서 그 안에 완전히 숨을 거고. 엄마는 여기 이 천의 뒤로 난 틈새로 들어와서 내 옆에 선 다음에, 훌라후프를 나 대신 들고 있어야 해. 그러면 나는 천에 난 구멍으로 빠져나가서 다시 상자의 비밀 문으로 들어가는 거지. 그런 다음 엄마가 훌라후프를 놓으면 엄마는 상자 위에 있고 나는 상자 안에 있는 거야. 관객이 볼 땐 우리가 마법으로 자리를 바꾼 것처럼 보이는 거지. 아니면 나는 엄마가 되고, 엄마는 일곱 살짜리 나로 모습을 바꾼 걸로 보이거나."

엄마가 상자의 비밀 문을 어루만졌다.

"아주 튼튼하게 만들었구나."

"정확한 도안을 구했거든. 그런데 이걸 잘 해내려면 연습을 많이 해야 돼. 이 마술의 비결은 완전 빨리 움직이는 데 있거든. 우리가 연습을 많이 하면 누나는 절대 눈치채지 못할 거야."

엄마의 두 눈에 그늘이 스치고 지나갔다. 소년은 입술을 지그시 깨물었다. 누나 얘기는 꺼내지 않는 건데. 멍청하긴. 멍청한 꼬맹이. 엄마는 누나가 달라르나에 있는 친구 집으로 떠난 후로 계속 슬픔에 빠져 있었다. 누나가 떠난 지 이틀밖에 되지 않았는데, 이틀이 꼭 영원처럼 느껴졌다. 소년은 엄마가 다른 것에 정신이 팔려 슬픔을 잊길 바랐다. 소년과 함께 마술을 연습하는 것도 좋은 방법일 것이다.

"상자 안이 좁아 보이는데, 엄마가 들어갈 수 있는 거 확실해?"

엄마는 소년의 생각을 읽기라도 한 듯 말했다.

"그것도 일루전의 일부야. 사실 이 상자는 보기보다 크거든."

소년은 엄마에게 이 일루전의 도안을 보여 주며, 속으로 철자를 세어 보았다. ㄴ, ㅜ, ㄴ, ㅏ. '누나'에 들어간 자음과 모음의 수는 모두 합쳐 4개였다. 그리고 누나는 14일 있다가 집에 돌아올 거다. 4 더하기 14는 18. 엄마랑 이 마술을 18번 연습하면 누나는 집에 올 거고, 엄마는 다시 행복해질 거다.

"엄마, 상자에서 30초 이상 있으면 안 돼. 30초 안에 비밀문으로 나와서 나랑 자리를 바꿔야 돼."

"30초라고?"

"응. 최대 30초."

*

빈센트는 분장실 소파에 앉아 있었다. 제보 전화에서 들은 목소리가 그의 머릿속에서 반복적으로 재생됐다. 그 전화를 받은 이후로 그 목소리는 빈센트의 머릿속을 떠난 적이 없었다.

오늘 저녁 공연은 말뫼 라이브라는 공연장의 콘서트홀에서 열렸다.

콘서트장에서 공연을 하는 건 늘 조금 까다로운 데가 있었다. 뒤쪽 좌석이 무대에서 너무 멀리 떨어져 있으면 그 구역의 좌석을 폐쇄해야 했기 때문이다. 하지만 어쩔 수 없었다. 그는 관객들이 그를 제대로 볼 수 있길, 그리고 그 또한 관객들을 제대로 볼 수 있길 바랐다. 오늘은 뒤쪽 좌석을 빼고 나서도 600명의 관객이 공연을 봤다. 사실 공연 타이밍을 생각하면 꽤 괜찮은 흥행 성적이었다. 날씨가 따뜻해지면 야외 펍으로 사람들이 몰려 공연을 보러 오는 관객 수는 줄기 마련이니까.

아니지, 정확히는 600명이 아니라 586명이지. 그는 머릿속으로 숫자를 정정했다. 그의 뇌가 즉각적으로 내달리는 동안 그는 커피 테이블 위에 놓인 탄산수의 라벨이 같은 방향을 향하도록 줄을 맞춰 세웠다. 이걸 사진으로 찍어서 그냥 수돗물이면 된다고 움베르토에게 포토 메시지를 보낼까 하다가 그만뒀다.

5+8+6=19. 1+9=10. 1+0=1.

500 하고도 86.

'586'은 영국 밴드 뉴 오더의 두 번째 앨범에 있는 트랙으로, 뉴 오더가 만든 노래 중 유일하게 들을 만한 곡인 '블루 먼데이'의 비트를 변형한 곡이다. 먼데이, 그러니까 월요일은 일주일의 첫 번째 날이니까 다시 1로 돌아온다.

수비학에서 1은 창의력과 창조를 의미한다. 자기 자랑을 하자면, 1은 그의 공연에 썩 잘 어울리는 숫자일 테다. 하지만 숫자 1은 남성적인 숫자로도 여겨진다. 아마도 곧게 선 남근 형태 때문에 그런 의미를 갖게 되었을 것이다. 또한 이는 수비학을 만든 사람이 아마도 남자일 것임을 보여 주는 증거이기도 하다. 사실 꼿꼿한 1보다 남자를 더 정확하게 나타내는 숫자는 축 늘어져 있는 9일 텐데 말이다.

그렇게 1과 9를 함께 놓으면 19가 된다. 다시 5, 8, 6의 합이다.

500 하고도 86.

그러나 1은 외로움, 그리고 혼자를 의미하기도 한다. 말뫼의 싸구려 블랙 소파 위에 혼자 앉은 그처럼. 미나가 보고 싶었다.

미나?

마리아가 아니고?

물론, 아이들과 가족도 보고 싶었다. 하지만 지금 가장 보고 싶은 사람은 가족이 아닌 그 이상한 경찰관이라는 것을 부인할 수 없었다. 그것도 아주 많이. 생각해 보니 미나에게 아직 루빅큐브를 다 맞추었냐고도 묻지 않았다. 그는 종일 수화기를 통해 범인이 내 준 수수께끼를 푸느라 씨름 중이었다.

하지만 그놈이 언제 죽었는지 당신은 알잖아요. 깨진 손목시계의 시간이 뭘 의미하는지 아직도 모르는 겁니까?

깨진 손목시계의 시간은 분명 피해자가 사망한 시간을 나타내는 것일 테다. 그러나 범인이 그 시간에 그 이상의 의미를 담았을 거란 생각을 떨칠 수가 없었다. 세 개의 시계, 세 명의 피해자, 두 명의 여자, 한 명의 남자. 3321. 그는 피식 웃음을 터트렸다. 그가 제대로 기억하는 게 맞다면 3321은 노르디아 은행의 은행 지정 식별 번호였다. 범인이 그걸 염두에 두고 그런 숫자를 만들지는 않았을 것이다. 하지만 적어도 전화기를 통해 들었던 목소리와 말투, 그리고 사용한 단어를 근거로 그 사람을 분석할 수는 있었다. 율리아에게는 스톡홀름에 돌아가는 대로 전 팀원을 불러 브리핑을 하겠노라 약속해 두었다. 그가 아직 그 팀의 일원인 것은 팀원들이 그를 받아 주었기 때문이라는 걸 그도 잘 알고 있었다. 가능하다면, 팀원들이 적어도 한 번은 더 그의 이야기를 들어 주길 바랐다.

그는 자리에서 일어나 세면대로 걸어가서 가장 차가운 온도로 수돗물을 틀었다. 그리고 정신이 번쩍 들게 세수를 했다. 오늘 밤 그의 주의력을 분산시키는 생각은 그걸로 충분했다. 오늘은 저녁 공연에 정신을 집중하는 것이 유달리 힘들었다. 객석의 한 여자가 그를 덤블도어라고 불러서 한바탕 웃음이 터졌었다. 하지만 덤블도어라는 말에, 그는 마술이라는 단어에 즉각적으로 '해리 포터'를 이야기했던 다니엘을 떠올렸다. 라스크에 비하면 다니엘은 전혀 살인범 같아 보이지 않았다. 하지만 신문 중에 다니엘이 했던 어떠한 말이, 정확하게 기억나지도 않고 당시에는 그 의미를 놓쳤던 그 말이, 그날 이후 찜찜하게 그의 머릿속 한구석에 남아 있었다.

빈센트는 수건으로 얼굴을 닦고 자신의 눈과 머릿속을 들여다보기 위해 거울 속 자신의 모습을 뚫어지게 쳐다봤다. 분명 머릿속 어딘가에 그 중요한 문장이 남아 있는데, 도저히 생각이 나질 않았다. 그게 뭔지 찾아야 했다. 그리고 경찰은 다니엘 바가브리엘을 다시 한번 신문해야 할 것이다.

다니엘은 에블린이 사는 아파트의 1층 공동 현관 바깥에 서서 건물을 바라봤다. 밤늦은 시각, 거리는 어두웠지만 2층으로 난 에블린의 부엌 창문에는 불이 환하게 켜져 있었다. 19세기 말에 지어진 노란 건물에 홀로 빛나는 창문을 보고 있으려니, 꼭 엽서로 만들 법한 장면이라는 생각이 들었다. 다니엘은 자기가 모든 걸 완전히 망쳤다는 걸 알았다. 하지만 그로서는 경찰의 손아귀에서 먼저 벗어나야 했다. 경찰에 잡혔다가는 상황이 더 나빠질 게 뻔했다. 그들처럼 하얀 백인이 아니라면, 범인으로 지명될 위험이 너무 컸다. 사미르에게 물어보면 알 것이다. 실제로 그가 범죄를 저질렀는지 아닌지는 그리 중요하지 않았다.

그가 선 각도에서는 창문 안이 다 들여다보이지 않았지만, 그는 에블린이 저 창문의 반대편으로 난 다른 창을 향해 앉아 그를 기다리고 있다는 것을 알았다. 그녀 곁을 떠난 지도 이제는 너무 오래되었다. 그는 그의 능력으로 경찰의 용의자 명단에서 빠질 수 있을 거라고 생각했다. 하지만 빈센트, 그 사람이 모든 걸 다 꿰뚫어 봤다. 용의자 명단에서 빠지기는커녕, 아마 지금쯤 그는 더 큰 의심을 받고 있을 것이다. 이 모든 건 그가 문제에 휘말리지 않길 원한 데서 비롯됐다. 완전히 궤도를 이탈하기 전에 에블린의 도움이 필요했다. 그가 지은 죄가 있다면 그저 공포에 사로잡힌 것뿐이었다. 그걸로 그를 비난할 수 있는 사람은 아무도 없다. 사미르에게 물어보면 알 것이다.

하지만 다니엘은 에블린의 도움을 원치 않았다. 그가 원하는 것은 그녀였다. 그녀가 너무도 그리웠다. 보통 둘은 그녀의 부엌에서 와인이나 맥주를 한잔하며 이런저런 이야기를 나누는 걸로 저녁 시간을 보냈다. 에블린은 평소에는 담배를 피우지 않았지만 와인을 두 잔 이상 마시면 부엌 창문을 열고 담배 피우는 것을 즐겼다. 흘러내린 어깨 끈 사이로 맨어깨가 드러나던 스트라이프 톱을 입고 말이다.

특히 봄에 그러고 있노라면, 에블린은 자신이 꼭 파리나 로마에 와 있는 것 같은 기분이 든다고 말했다. 이 빌어먹을 스톡홀름이 아니라. 그러면서 스톡홀름만 아니라면 자기는 어디든 좋다고 했다.

사실 다니엘은 그런 그녀의 말을 한 번도 진심으로 이해한 적이 없었다. 그의 눈에 스톡홀름의 봄은 아름답기만 했다. 하지만 파리와 로마에는 가 본 적이 없으니 그녀 말이 맞을 수도 있을 것이다. 그렇게 대화가 끝나면 에블린은 몽롱한 눈을 하고 그를 침실로 이끌었다. 때로는 부엌에서부터 시작할 때도 있었다. 그녀에게서는 담배 연기와 와인, 봄, 그리고 열망의 맛이 났다. 예상 가능한 루틴이었지만 좋았다. 그러는 게 맞는 것 같았고, 로맨틱했다.

초여름 저녁은 따뜻했다. 파리에 가면 어떨까 하는 생각이 들었다. 못 갈 게 어디 있겠는가? 카페에서 도망쳤을 때 그는 이미 돌이킬 수 없는 강을 건넜다. 그런 짓도 했는데 잠깐 이곳을 떠나 파리로 가지 못할 이유가 어디 있다는 말인가. 통장을 탈탈 턴다면 둘이서 주말 파리 여행을 다녀올 정도의 돈은 마련할 수 있을 것이다. 이미 오래전에 했어야 할 일이었다. 에블린이 정말 기뻐할 것이다.

하지만 여행을 떠나기 전에 설명해야 할 일들이 있었다. 그가 왜 갑자기 사라졌었는지, 왜 그녀의 메시지에 이제껏 답을 하지 못했는지. 투바가 실종되었다는 것도 설명해야 했다. 그는 자신이 이렇게 오래 잠수를 탔던 것을 그녀가 용서해 주길, 그리고 경찰이 찾아오는 바람에 그가 잔뜩 겁을 먹었던 걸 이해해 주길 바랐다. 정말이지, 그녀가 아직도 그를 사랑하고 있길 바랐다.

바라는 게 정말 많았다.

그녀는 아마 걱정에 얼굴을 찌푸리고, 입술을 오므릴 것이다. 하지만 그가 그녀의 입가에 키스를 하면, 아, 그녀의 얼굴을 다시 두 손으로 감싸 줄 수 있다면 얼마나 좋을까! 그는 심호흡을 하고, 문 앞으로 걸어가서 키패드에 비밀번호를 입력하기 시작했다. 그런데 그때, 뒤에서 낯선 목소리가 들려왔다.

"다니엘?"

그의 뒤에는 짙은 색 머리카락에 파란 양복 차림을 한 낯선 30대 남자가 서 있었다.

"다니엘, 너 맞지?"

남자가 말을 이었다.

"앙네스랑 같이 살았던 다니엘, 맞잖아?"

다니엘은 대답하지 않았다. 지금 그가 가장 기억하기 싫은 게 있다면 그건 바로 앙네스일 것이다.

"나, 세바스티안이야."

남자가 미소 띤 얼굴로 손을 내밀었다.

"앙네스 친구고. 아니, 친구였다고 말해야 하나. 생전에. 뭐, 너도 알잖아. 우리 전에 파티에서 만난 적 있는 것 같은데."

"아, 아마 그랬던 것 같네."

다니엘은 주저하는 표정으로 답했다.

그러나 속으로는 분명 단 한 번도 만난 적 없는 사람이라는 확신이 들었다.

"요즘은 여기 사나 보지?"

남자가 건물을 올려다보며 물었다.

"아니. 내 여자친구가 여기 살아."

자칭 세바스티안이라는 남자가 큰 소리로 웃었다.

"진짜 빠르네! 앙네스가 죽은 지, 뭐 4개월, 아니지 5개월쯤 됐나? 그사이 다른 여자로 갈아탄 거야? 새로운 여자친구 집이 어딘데? 어느 창문이야?"

"새로운 여자친구 아니고, 나는 앙네스랑 사귄 적이 없어. 그냥 앙네스 집에 세 들어 살았을 뿐이야."

"그래, 그랬겠지."

세바스티안이 윙크하며 대꾸했다.

다니엘은 얼굴을 찡그렸다. 짜증이 났다. 이 남자에게 그 자신을 변호할 필요는 없었다. 그리고 사실이 아닌 일로 비난을 받는 것도 신물이 났다. 이 남자는 그냥 가던 길이나 갈 것이지, 왜 자꾸 말을 시킨단 말인가? 에블린은 바로 저 위의 주방에 있다. 아마 벌써 그를 위해 와인 한 잔을 따라 놓고, 담배에 불을 붙였을지도 모른다. 그리고 파리에 대해 생각하고 있겠지. 어쩌면 그를 위해 죽이게 섹시해 보이는 그 스트라이프 톱을 입고 있을지도 모른다. 그런데 그런 그녀를 지척에 두고 아직도 길바닥에 서 있다니.

"미안. 내가 좀 늦어서."

다니엘은 짧게 말을 끝맺고, 키패드에 다시 비밀번호를 입력하기 시작했다.

그러자 세바스티안이 그의 팔을 다니엘의 어깨에 둘렀다. 그리고 힘을 주어 억지로 그를 옆으로 질질 끌고 갔다.

"어쩌면 앙네스한테 그런 일이 일어난 건, 결국 잘된 일인지도 모르지."

세바스티안이 침착하게 말했다.

다니엘의 온몸이 뻣뻣하게 굳었다.

빈센트는 분장실 소파에 기대어 앉아 두 눈을 감았다. 그리고 다니엘을 신문했던 그날을 회상했다. 다니엘은 마술에 대해서는 정말 아무것도 모르고 있었다. 그것만은 확실했다. 카드 두 장을 한 장처럼 들어 올리는 더블 리프트 기술을 그룹 섹스의 일종이라고 알고 있었으니. 웃음을 참느라 얼마나 힘들었는지 모른다.

또 다니엘은 앙네스와 투바 그리고 그의 관계에 대해 말하며, 그의 말을 믿지 않는 것 같은 경찰을 향해 불안하고 초조한 기색을 내비쳤다. 물론 다니엘이 그 둘을 정말 우연히 알고 있었을 확률은 아주 낮아 보였고, 그가 말한 것 이상의 무언가가 있을 거라고 의심하기 쉬운 상황이긴 했다. 하지만 순수하게 통계적으로만 봤을 때도, 수사 중 가능한 변수들이 우연히 겹치는 상황은 분명 생긴다. 사람들이 놓치는 부분이 이거다. 몇 년 만에 처음으로 머릿속에 떠올린 지인을 길거리에서 우연히 마주치면 사람들은 여기에 우연 그 이상의 '무언가가 있을 거라고' 생각하지만, 실은 그냥 우연일 뿐이다.

빈센트는 한숨을 내쉬었다. 한 사람이 평생 동안 얼마나 많은 사람을 만나는지 그리고 그 사람이 하루에 얼마나 많은 생각을 하는지를 연결시켜 생각하면, 그중 두 가지 변수가 한 지점에서 겹치지 않는 게 오히려 불가능한 일인데 말이다. 모든 사람이 그런 건 아니지만, 꽤나 많은 사람이 그걸 '놀라운 우연'이라 여긴다. 사실은 그 반대로 매우 있음 직한 일인데도 말이다.

게다가 다니엘의 몸짓 언어에서는 무언의 신호를 찾을 수 없었다. 얼굴의 근조직에도 투바와 앙네스에 대해 거짓말을 하고 있다는 걸 보여 주는 징후는 없었다.

빈센트는 감았던 눈을 떴다. 이렇게 해서는 깊숙이 숨어 버린 기억을 꺼내지 못할 게 분명했다. 지금은 무의식 속의 기억까지 샅샅이 뒤져야 했다. 그가 가지고 있는지도 모르는 기억까지. 그걸 찾는 방법은 딱 하나, 자기 최면을 거는 것뿐이었다.

그는 자리에서 일어나 문을 잠갔다. 혹시나 청소부들이 벌컥 문을 열고 들어왔다가 놀라는 일은 없어야 할 것이다. 움베르토에 대한 배려이기도 했다. 그는 바닥에 누워 천장을 응시했다. 보통 자기 최면은 잠자리에 들기 전 침대 옆 마리아가 불필요하게 밝은 독서용 램프를 켜고 책을 읽을 때 잠에 들기 위해 사용하지만, 이번에는 잠에 빠져들어선 안 됐다. 대신 그의 무의식 속으로 들어가 신나게 방방 뛰어다녀야 했다. 빈센트는 주위를 둘러보고 이 분장실의 눈에 띄는 점을 기억했다.

"금속 다리의 빨간 의자."

그가 중얼거리기 시작했다.

"못생긴 꽃무늬 옷장. MDF 합판으로 만든 파란 벤치. 환풍

구에서 나는 웅웅 소리. 내 밑에 깔려 있는 부드러운 카펫, 단단하고 따뜻한 바닥."

그는 중얼거리며 두 눈을 감았다.

세바스티안이라고 자기를 소개한 남자가 다시 크게 웃음을 터트렸다. 다정한 웃음이었지만 다니엘의 어깨를 감싼 그의 팔은 다른 이야기를 하고 있었다.

"사실 앙네스가 백인 가족을 지켜 나가야 한다고 생각하는 사람은 아니었지."

세바스티안이 말을 이었다.

"그게 너한테는 유리하게 작용했을 거고. 그런 불순분자는 차라리 없는 편이 낫긴 해. 넌 왜 앙네스가 널 거뒀다고 생각해? 네 시리아산 좆에 정신을 못 차렸나?"

세바스티안은 놀리듯, 다니엘의 다리 사이에 있는 물건을 바지 밖에서 툭 건드렸다. 다니엘은 그의 손아귀에서 빠져나오려 몸부림쳐 봤지만, 아무 소용 없었다. 입안이 바싹 말라 대답을 하고 싶어도 말이 나오지 않았다. 일어나선 안 되는 일이 일어나고 있었다.

"그 시리아산 좆으로 이제는 다른 스웨덴 여자를 더럽히고 있다 이거지?"

세바스티안이 말을 이었다.

"그러면 안 되지, 다니엘. 시리아 말로 좆을 뭐라고 하든 간에, 그걸 스웨덴 여자한테 또 휘두르면 안 된다고."

세바스티안은 다니엘이 문에서 멀어지도록 다른 쪽으로 그를 질질 끌고 갔다. 그렇게 그는 에블린에게서, 안전과 빛으로부터 멀어졌다. 끌려가며 넘어질 뻔도 했지만 다니엘은 재빨리 몸의 균형을 다시 잡았다. 여기서 넘어지면 끝이다. 저 바로 위에서 에블린의 부엌 창문이 어서 오라는 듯 환하게 빛나고 있었다. 그는 마음속으로 외쳤다. *에블린, 제발 창문 밖을 봐. 날 봐.*

거리 건너편의 어둠 속에서 갑자기 보머 재킷을 입은 남자 네 명이 나타났다. 오른팔에는 SF라는 글자가 번개처럼 빛나고 있었다. 가족 SF 영화관에서 나온 사람들 같지는 않았다. 남자들의 오른팔에서 빛나는 SF는 '스웨덴의 미래Sweden's Future' 당의 앞 글자를 딴 것이었다.

지금까지는 별로 무섭지 않았다면, 이제는 정말 무서웠다. 다니엘은 단번에 그들의 정체를 알아봤다. 스웨덴의 미래는 정당인 척하지만, 사실은 로고를 가진 폭력 단체에 지나지 않았다. 요세프의 사촌도 그들에게 당했다고 했다. 뒤에서 공격을 당한 탓에 요세프의 사촌은 평생 인공 항문 봉투를 달고 살게 됐다. 그의 나이 열다섯에 일어난 일이라고 했다. 그리고 그건 이 인종 차별주의자들이 저지른 악행 중 하나에 불과

했다. 이제 상대편은 다섯 명이 되었다.

거리에는 개미 새끼 한 마리도 보이지 않았다. 그래도 소리를 질러 도움을 청해 볼 수는 있을 것이다. 어쩌면 닫힌 창문으로 에블린이 그의 목소리를 들을 수 있을지도 모른다.

"에블린!"

그가 외쳤다.

"경찰에 신고해!"

그의 말이 끝나기도 전에 세바스티안이 머리로 그의 코를 들이받았다. 다니엘은 끔찍한 고통에 비명을 질렀다. 눈앞에는 여러 색이 뒤섞여 어지러운 패턴이 둥둥 떠다녔고, 눈에는 눈물이 차올랐다. 아무것도 보이지 않았다. 귀에서는 윙윙거리는 소리만 들릴 뿐, 아무것도 들리지 않았다. 느껴지는 거라곤 통증뿐이었다. 누군가에게 망치로 얻어맞은 것같이 숨을 쉴 수 없었다. 박살 난 코에서 흘러나온 피가 입에 한가득 흘러들어 와 그의 목구멍을 타고 내려갔다.

다니엘은 비틀거렸다. 전혀 무게감이 느껴지질 않았다. 넘어지면 안 돼. 무슨 일이 있어도 넘어지면 안 돼. 다니엘은 눈을 깜빡여 눈물을 없앴다. 그러자 남자들이 다시 그에게로 다가오는 게 보였다. 두 남자의 손에는 쇠파이프가 들려 있었다.

"경찰이 널 풀어 줬다며?"

세바스티안이 다니엘의 얼굴에 흐르는 피를 손수건으로

닦아 주며 말했다.

"뭐, 괜찮아. 경찰 대신 우리가 나쁜 놈들을 혼내 주는 일도 자주 있으니까."

빈센트는 그의 기억 깊숙한 곳에서 헤엄을 치고 있었다. 그는 다시 그날의 취조실에 들어와 있었다. 그가 헤엄치는 곳은 뇌가 온갖 종류의 장면을 분류하고 우선순위를 매기는 곳이었다. 이곳에서는 모든 것이 똑같이 중요하게 취급되었다. 그는 셀 수 없이 많은 색깔과 단어, 동작에 압도되었다. 너무 많은 장면의 쓰나미가 몰려와 그 안에 빠져 죽을 것 같았다. 중요한 정보를 찾으려면 필터링이 필요했다.

다니엘이 한 말.

그는 다니엘이 한 말에 집중했다. 특히 당시에는 딱히 주의를 기울이지 않았던 부분에.

"서로 알고 지냈던 건 앙네스와 투바였죠."

아니, 이건 아니다.

"앙네스 아버지는 인종 차별주의자예요."

아니다. 이건 그가 무의식까지 갈 것도 없이 기억하고 있던 문장이었다. 지금은 기억 속 텅 빈 틈을 찾아야 했다.

"카페에는 언제나 약에 취해 있거나 이상한 사람들이 와요…… 물론 그중에는 단골도 있고요……."

그래, 그 언저리 어딘가다. 다니엘이 그다음에 무슨 말인가를 더 했다.

"하지만 대부분의 단골손님들은 카페를 자기 사무실이나 거실 용도로 이용하죠…… 언론 쪽 일을 하는 것 같은 사람들은 항상 노트북…… 을 챙겨 와요……."

이제 거의 다 왔다.

"한 단골손님은 매번 서류철에 그림을 잔뜩 가지고 와서, 그 그림들을 뚫어져라 쳐다보고요."

이거다. 보통 그림은 서류철에 넣어 가지고 다니지 않는다. 그러기엔 너무 크니까. 하지만 얼마 전, 빈센트는 서류철에 넣어 둔 그림을 잔뜩 본 적이 있었다. 바로 베르얀데르의 집에서 말이다.

빈센트는 최면에서 부드럽게 빠져나오려는 시도도 하지 않고 곧바로 두 눈을 번쩍 떴다. 그의 뇌가 그가 원하는 속도에 맞춰 돌아가려 애쓰고 있는 게 느껴졌다.

다니엘은 단골손님 하나가 매일같이 그림을 가져와 들여다보는 걸 봤다고 했다.

그 그림들이 일루전의 도안이라는 데 빈센트는 그의 손목을 걸 수 있었다. 지금 와서 생각하니 확실했다. 루벤은 적어도 하나는 맞혔다. 범인은 투바를 지켜보기 위해 카페를 주기적으로 찾아와 그녀의 행동 패턴을 파악했고, 그런 다음에야 그녀를 덮쳤다.

다니엘은 그 범인의 얼굴을 알고 있다. 어쩌면 범인의 이름도 알지 모른다. 빈센트는 코트에서 휴대폰을 꺼내 잠시 헤매다 즐겨찾기로 가는 단축키를 찾아 미나의 번호를 눌렀다. 공연 때문에 이 중요한 걸 이제야 알아내다니, 그의 직업이 저주스러웠다. 최대한 빨리 다니엘을 만나야 한다.

남자 중 하나가 쇠파이프를 다니엘에게 휘둘렀다. 다니엘은 반사적으로 팔을 들어 머리를 감쌌다. 악몽 같았다. 묵직한 한 방이 머리를 감싸고 있는 그의 팔을 내려쳐 뼈를 두 동강 냈다. 그는 비명을 지르며 앞으로 쓰러졌다.

에블린. 지금쯤이면 경찰에 신고를 했겠지. 지금 무슨 일이 벌어지고 있는지 보고 있는 걸까? 창문을 열기엔 너무 무서워서, 닫힌 창문을 통해 이 모든 걸 지켜보고 있는 걸까?

"이제 됐잖아요. 충분히 알아들었어요. 그만해요."

다니엘이 훌쩍였다.

하지만 공격은 멈추지 않았다. 한 남자가 이번에는 그의 옆구리를 가격했다. 적어도 하나, 아니 그 이상의 갈비뼈가 부러졌다. 더 이상은 소리도 지를 수 없었다. 숨도 쉴 수 없을 만큼 거센 통증이 몰려왔다. 뼛조각이 그의 폐를 찔러 구멍을 냈다.

남자들에게서 도망치려고도 해 봤지만, 그의 몸은 뛸 수 있는 상태가 전혀 아니었다. 남자들은 재미있다는 표정을 짓고 곧 이전보다 더 빠른 속도로 그를 구타하기 시작했다. 하지만 그의 신경 말단에 통증 신호가 너무 몰린 탓일까, 그의 뇌는 더 이상 통증 신호를 받아들이지도, 처리하지도 못했다. 그저 온몸이 불에 타는 것 같은 느낌만 들 뿐이었다.

이제 그만 끝나야 했다.

그와 에블린은 파리에 갈 거니까.

그리고 잠시 공격이 멈췄다. 어쩌면 남자들도 이만하면 됐다, 그들의 메시지는 충분히 전달됐다고 생각하는지 모른다.

하지만 그때였다.

"하나, 둘, 셋!"

남자 둘이서 숫자를 세더니 파이프로 그의 무릎을 내리쳤다. 그는 힘없이 앞으로 고꾸라졌다. 비명을 지르고 싶었지만 입에서는 우렁찬 비명 대신 미약한 신음 소리만 흘러나왔다. 팔로 땅을 짚었지만 팔도 부러져 있던지라, 고꾸라지며 그대로 머리부터 아스팔트 바닥에 떨어졌다. 엄청난 고압에 감전된 듯 머릿속이 찌르르했고, 눈앞에는 하얀빛이 번쩍거렸다.

에블린이 한 손에 담배를 든 채, 두 팔로 그의 목을 감싸고 그의 입에 담배 연기를 불어 넣으며 키스했다.

남자들은 정적 속에 쓰러진 그를 계속해서 공격했다. 그의 온몸은 불에 타는 듯한 고통에 휩싸였다. 남자들이 부츠를 신은 발로 그를 차는 둔탁한 소리가 들렸다. 고통이 너무 높이 쌓여 언제라도 무너질 것 같았다.

저기 바로 위에 에블린의 창문이 환하게 빛나고 있었다. 손을 뻗으면 닿을 듯했다. 소리를 치고 싶었지만 그의 입에서 새어 나오는 것이라곤 씩씩대는 숨소리뿐이었다. 에블린이 담배에 불을 붙이고 창밖을 내다봐 주면 얼마나 좋을까. 하지만 그는 그녀가 항상 그를 기다렸다가 그가 온 후에야 담배를 피운다는 걸 알았다.

그녀가 입은 스트라이프 톱이 흘러내려 맨어깨가 드러난다. 맨어깨에서 그들이 함께 보낼 긴 밤을 알 수 있다.

나 여기 있어. 에블린, 날 봐. 경찰에 신고해 줘.

파리에 가자, 에블린. 우리 같이 파리에 가자.

남자 중 하나가 그의 배를 세게 걷어찼다. 다니엘은 반사적으로 몸을 웅크렸다. 그의 발길질에 부러진 갈비뼈가 그의 폐를 더 깊숙이 찔렀다. 목구멍으로 신맛이 나는 담즙이 올라와 입 밖으로 줄줄 흘렀다.

"뭐야, 지금 내 신발에 토하는 거야? 이 새끼가."

부츠 신은 남자가 말하며 그의 으스러진 무릎을 다시 찼다.

부러진 무릎 뼛조각들이 그 안에서 어지럽게 흔들리자, 그 고통에 그는 의식을 잃을 뻔했다. 눈앞에서 컴컴한 어둠이 춤을 쳤다. 뚝뚝 끊기는 의식의 흐름 속에서, 그는 산소가 부족하다고 생각했다.

경찰은 왜 안 오는 걸까?

갑자기 구타가 멈추고 분위기가 바뀌었다. 다니엘은 이제 곧 일어날 일을 직감했다. 정말로 일어나서는 안 될 일이 일어나려 하고 있었다.

"이제 네 차례야, 세바스티안."

남자 중 누군가가 말했다.

"이제 끝내자고."

다니엘은 두 눈을 감고 에블린을 떠올렸다.

그녀는 집게손가락과 가운뎃손가락 사이에 맥주병 주둥이를 끼우고 흔들고 있다.

형언할 수 없는 고통 속에서, 그는 그녀가 고개를 갸웃하며 자신을 향해 미소 짓던 모습을 생각했다.

벌거벗은 채 아침에 깨어났을 때 그녀가 어떤 모습이었는지.

그녀와 키스할 때 그녀에게서 어떤 냄새가 났는지.

담배 연기와 와인.

파리.

이 인종 차별주의자 개새끼들은 절대로 그에게서 그녀를 빼앗아 갈 수 없을 것이다.

다니엘은 그의 머릿속에서 에블린의 모습이 사라지지 않

게 꼭 붙잡았다.

그때 세바스티안이 공중으로 날아올랐다. 그리고 바닥에 널브러진 다니엘의 머리를 짓뭉개며 착지했다.

6월

"어서 오세요."

30대로 보이는 개성 넘치는 남자가 유리문을 열어 줬다. 크리스테르는 안으로 들어서서 주위를 둘러봤다. 밝고, 깨끗하고, 안락한 느낌의 시설은 아주 쾌적해 보였다. 그가 일 때문에 종종 방문하는 정신과 병동과는 완전히 달랐다. 가장 기본적인 시설만 갖춘 데다, 그마저도 지저분하고, 걷다 보면 어디선가 울부짖는 소리가 들리는 그런 곳과는 차원이 다르다고 해야 할까. 하지만 어떻게 생각하면 당연한 일이었다. 오는 길에 차에서 율리아가 정정해 준 것처럼 이곳은 정신 질환자만을 받는 정신과 병동이 아니라 일종의 생활 시설이니 말이다.

사실은 그도 알고 있는 사실이었다. 하지만 가끔씩 모르는 척해서 율리아를 놀려 주는 게 좋았다. 그녀가 주근깨 난 코를 찡그리는 걸 보는 게 좋았다. 율리아는 좋은 상사였다. 아마 그녀는 모르고 있겠지만, 그는 그녀가 좋았다. 티 나지 않게 잘 숨기고 있지만 말이다. 어쨌든 율리아는 늘 딱딱하게 경직되어 있으니, 가끔은 좀 편하게 풀어 주는 것도 필요하기에 장난을 좀 친 것뿐이다.

남자는 그들을 작은 사무실로 안내했다. 책상 위는 깨끗하게 정리 정돈되어 있었고, 책장에는 책들이 보기 좋게 나란히

꽂혀 있었다. 각종 전문 서적들이었다. 성소수자를 상징하는 무지개 깃발, 화분 옆 창틀 위에는 그들 앞의 남자가 또 다른 개성 강한 남자와 함께 어깨동무를 하고 찍은 사진이 놓여 있었다. 역시나군. 게이를 알아보는 크리스테르의 레이더는 역시 틀리지 않았다. 아까 남자가 문을 열어 줄 때부터 그는 남자가 게이일지도 모른다고 추측했었다. 남자의 이름은 함푸스 놀리안이라고 했다.

개인적으로 그는 남자들의 동성애를 이해할 수 없었다. 그에게 동성애는 모든 형태의 논리적인 생물학에 위배되는 것이었다. 수나사 두 개, 그리고 수나사 한 개와 암나사 한 개. 둘 중 뭐가 맞겠는가? 답은 말할 것도 없이 당연했다. 그저 사람마다 행복해지는 방식이 다른가 보다, 짐작할 뿐이었다. 그러니 게이 퍼레이드에서 어린애들 보는 앞에서 딜도를 흔들어 대지 않고, 조용히 자기 성적 취향을 즐긴다면 그가 비난할 일은 아니라고 생각했다. 라세가 그랬던 것처럼 말이다.

라세.

맙소사, 그게 대체 언제 적 이야기더라? 지금부터 거의 40년도 더 된 이야기였다. 라세는 그의 10대 시절 그와 가장 친했던 친구였다. 성인이 된 다음에는 한동안 같이 살기도 했다. 몇 년 동안 그들은 일상의 거의 모든 것을 나누며 가깝게 지냈다. 그래서 라세가 게이라는 것을 알았을 때 그 누구보다도 깜짝 놀란 사람은 크리스테르였다. 그 말을 듣고 나니 그와 라세가 자주 포옹을 했던 게 기억났다. 그럴 정도로 친해서였고, 라세가 원체 다정한 친구라 그런 것도 있었다. 둘의 관계는 결코 그런 종류의 것이 아니었다. 하지만 라세가 게이라는 것을 알고 나니 예전처럼 지내기가 점점 더 어려워졌고 결국에는 연락마저 끊기고 말았다.

"상심이 크시겠어요."

율리아가 함푸스의 책상 맞은편에 놓인 의자에 앉으며 입을 열었다.

크리스테르도 그녀 옆에 놓인 나머지 의자에 앉았다. 함푸스는 고개를 끄덕이며 책상 뒤에 놓인 그의 의자에 앉았다.

"무사히 돌아오길 끝까지 바랐는데……"

함푸스가 목이 메는지 말을 잇지 못하더니 다시 입을 뗐다.

"마지막까지 희망을 가지고 있었어요. 최악의 상황을 떠올리기도 했지만, 뉴스를 보니 저희가 생각했던 건 정말 아무것도 아닐 정도로 처참하더군요……"

함푸스의 목소리가 갈라졌다. 그는 고개를 돌려 얼른 눈물을 닦았다.

"죄송합니다. 조사 중인 내용에 대해서는 아무런 말씀도 해드릴 수 없어서요."

율리아가 부드러운 목소리로 답했다.

침묵이 감돌았다. 커다란 파리 한 마리가 구석의 유리창을 넘어 밖으로 나가고 싶은지 윙윙 소리를 내며 창 주위를 맴돌았다. 파리는 코앞의 자유를 무언가가 가로막고 있는 게 이해가 되지 않을 것이다.

"로베르트는 여기서 얼마나 생활했지요?"

크리스테르가 침묵을 깨고, 앞으로 몸을 기울이며 질문했다. 의자가 너무 불편해서 엉덩이와 등이 벌써부터 아파 왔다.

"로베르트는 열다섯 살 때부터 저희 돌봄 서비스와 숙소를 이용했어요."

"네, 로베르트의 부모님도 만나 봤어요. 이 시설을 아주 높게 평가하시더군요."

함푸스는 고개를 끄덕였다.

"네. 저희는 아주 좋은 파트너였죠. 보반도 아주 사랑스러운 아이였고요. 차분하고, 폭력성이라고는 조금도 없었어요. 저희 시설에는 공격적인 행동으로 문제를 일으켜서 가정과 분리되어 온 아이들도 있거든요. 하지만 보반은 전혀 그렇지 않았어요. 가끔 시설에서 이탈하는 게 문제였죠. 보반의 부모님이 집에서 아이를 돌보지 못한 이유도 거기 있었고요. 사업도 운영하면서 아이를 24시간 밀착해서 돌본다는 게 장기적으로는 힘든 일이니까요. 그래서 저희가 보반의 부모님께 보반을 함께 맡아 돌보는 서비스를 제공해 드린 거예요. 공동

양육권을 행사했다고 할 수 있겠죠."

함푸스는 수염 속으로 미소를 지었다. 그를 보며 크리스테르는 저도 모르게 뺨을 긁었다. 그는 언제나 깨끗이 면도하는 것을 철칙으로 알고 살아왔다. 아주 어렸을 때부터 어머니는 '수염을 기른 남자를 믿는 사람은 아무도 없다'고 그를 가르쳤다. 게다가 더운 여름이면 피부가 얼마나 간지럽겠는가. 저렇게 무성한 수염이면 음식이 그 안에 끼는 일도 허다할 것이다. 크리스테르는 생각만으로도 끔찍해 함푸스의 수염에서 시선을 떼어 창가에서 윙윙 요란한 소리를 내며 날고 있는 파리를 쳐다봤다.

"로베르트, 아니 보반에 대해서 조금 더 말씀해 주시겠어요?"

율리아가 파리의 윙윙 소리는 전혀 신경 쓰지 않는 듯한 표정으로 질문했다.

"네. 보반은…… 아주 특별한 아이였죠."

함푸스가 두 눈을 반짝이며 말을 이었다.

"아주 유쾌한 아이였고요. 우리는 같이 〈잭애스〉 시리즈의 옛날 에피소드를 보곤 했어요. 보반은 그게 재미있다고 생각했죠. 아, 그리고 보반은 음식을 엄청 좋아했어요. 먹는 걸 너무 좋아해서 섭취량을 조금 조절해 줘야 했죠. 가만히 두면 앉은 자리에서 그게 뭐든 엄청난 양을 먹어 치웠거든요. 그렇게 먹기를 좋아하는 사람은 처음 볼 정도였죠."

"아, 먹는 이야기가 나와서 말인데, 로베르트 부모님께 들자 하니 아이에게는 음식이 아닌 것도 입에 넣는 습관이 있었다고 하던데요."

크리스테르가 저도 모르게 함푸스와 그의 애인으로 보이는 남자가 함께 찍은 사진을 흘끗 쳐다보며 물었다. 함푸스가 '음식이 아닌 것도 입에 넣는 습관이 있었다'는 말을 오해하지 않는 한, 그도 동성애자에 대한 편견 없이 그를 대할 것이다.

"네. 좀 이상한 습관이었죠. 보반이 아무거나 입에 넣었다가 목에 걸려 질식하지는 않을지 모두 걱정했었거든요. 보반은 뭐든 입에 넣었어요. 식물, 흙, 조약돌, 작은 자갈, 큰 자갈 등등 뭐든요."

함푸스가 예로 든 것들은 별 도움이 되지 않았다. 크리스테르가 어떻게 해 보기도 전에 그의 머릿속에는 함푸스가 다른 남자의 성기를 입에 물고 있는 장면이 떠올랐다. 그는 그 생각을 떨치려 머리를 저었다.

"시설을 이탈한 적은요?"

율리아가 물었다.

방 안은 따뜻한 걸 넘어서 갑갑했다. 크리스테르는 등 뒤로 땀이 줄줄 흘러 셔츠가 등에 달라붙고 있었는데, 율리아는 더위 따위에는 전혀 영향을 받지 않는다는 듯 아무렇지도 않아 보였다. 파리는 다시 한번 창문을 뚫고 지나가려는 시도를 하며 더 요란한 소리를 냈다.

"네, 시설을 자꾸 이탈하는 건 보반의 큰 문제였죠. 보반은 혼자 밖에 나가는 걸 좋아했어요. 사람을 너무 잘 믿어서, 저희가 아무리 낯선 사람을 따라가면 위험하다고 말해도 아랑곳 않고 모르는 사람 차에 올라타거나 모르는 사람을 따라서 여기저기 돌아다녔죠. 그래서 직원들끼리 돌아가며 보반을 감시하는 저희 나름의 시스템을 만들었는데, 보반은 그래도 어떻게든 혼자 시설을 빠져나가곤 했어요. 밖에 나갈 때는 언제나 새총을 들고 나갔고요. 보반이 어딜 가든 새총은 항상 그 애와 함께였죠. 보반이 얼마나 새총을 잘 쐈는지, 아마 상상도 못 하실 거예요. 보반이 새총을 쏘면 여기에서 함께 생활하는 친구들도 엄청 즐거워했죠. 유리병을 넘어뜨리지 않고 유리병의 뚜껑만 맞혀 날릴 정도였으니까요. 정말 보통 실력이 아니었어요."

여기까지 말한 함푸스가 고개를 절레절레 젓더니 갑자기 휙 돌아서서 잽싸게 파리를 잡았다.

"죄송해요. 도저히 더는 참을 수가 없어서."

크리스테르는 고마운 표정으로 고개를 끄떡인 뒤 다시 질문했다.

"이번에는 어떻게 시설을 빠져나갔던 겁니까? 그리고 로베르트가 사라진 걸 얼마 만에 발견하셨나요?"

"보반이 사라진 건 곧장 알아챘어요. 아침 10시경이었죠. 그날 보반을 잘 지켜봤어야 하는 사람은 저였어요. 그런데 다른 친구가 갑자기 계단에서 넘어지는 바람에 잠깐 거길 가 봐야 했거든요. 모든 게 다 괜찮은 걸 확인하고 5분 뒤에 돌아오니까, 그새 보반이 없어졌더라고요. 처음에는 그렇게 걱정하지 않았어요. 말씀드린 것처럼 보반은 늘 사라졌지만, 저희는 늘 보반을 찾아냈으니까요. 그런데…… 이번에는 달랐어요. 날이 어두워지는데도 보반을 찾지 못했고, 그때 바로 부모님께 전화를 걸어서 상황을 알렸죠. 그리고 부모님과 상의 끝에 곧장 경찰에 신고했고요. 다행히 경찰에서도 상황을 심각하게 받아들여 줬지요."

"그날 오후에 평소와는 다른 이상한 점은 없었습니까? 근처에 못 보던 낯선 사람이 있었다거나요. 뭐라도 생각나시는 게 없나요?"

함푸스가 곰곰이 생각에 잠겼다가 곧 천천히 고개를 저으며 답했다.

"아니요…… 없었어요. 모든 게 평소 모습 그대로였어요. 이상하게 느껴졌던 것도 없었고요. 바깥에 몇몇 사람들과 차들이 지나다니기는 했는데, 그건 늘 그러니까요. 제가 이상하다고 기억할 만한 것은 아무것도, 또 아무도 없었습니다."

"보반은 낯선 사람을 잘 따라나섰나요?"

이번에는 율리아가 물었다. 드디어 그녀의 윗입술에도 미세하게 땀이 배어났다.

크리스테르는 그녀가 몸속에 에어컨이 탑재된 로봇이 아니라 그와 같은 인간이라는 증거에 흡족함을 느꼈다.

"네. 아주 기꺼이요. 보반은 사람을 가리지 않고 좋아했어요. 모든 사람이 자기한테 친절하다고 생각했고, 제가 보기에도 그 애를 좋아하지 않는 사람은 없었어요. 보반을 좋아하지 않는 건 불가능했죠."

말을 하던 함푸스의 목이 다시 메어 왔다. 함푸스는 그의 무릎으로 시선을 떨구고, 책상 위에 놓인 손을 꽉 움켜쥐었다.

율리아가 자리에서 일어나며 입을 열었다.

"오늘은 이 정도면 될 것 같네요. 나중에 더 물어볼 게 있으면 다시 찾아뵙겠습니다."

"네. 언제든지요."

함푸스도 답하며 일어서서 그들에게 악수를 청했다.

크리스테르는 잠시 주저했다. 닫힌 문 뒤에서 함푸스의 손이 평소 움켜쥘 것들이 머릿속에 떠오른 탓에 선뜻 손이 내밀어지지 않았다. 하지만 결국은 손을 내밀어 그와 악수했다. 어쨌든, 병이 옮는 것도 아니지 않은가. 함푸스의 손은 부드러웠지만 악력은 놀라우리만큼 셌다. 크리스테르는 자신이 함푸스가 평소 손으로 움켜쥘 것들에 대해 별로 걱정하지 않았음을 보여 주기 위해 일부러 조금 더 길게 악수했다.

*

　방은 절반만 차 있었다. 한낮에 답답한 회의실에 갇혀서 각자의 죄, 아니 각자가 지고 있는 짐, 아니 그걸 뭐라 부르든 마음속 이야기를 털어놓기에는 날씨가 너무 화창했다. 미나도 오늘은 딴 길로 샐 뻔했다. 그녀도 종종 더 이상은 여기 오지 않아도 괜찮지 않을까 하는 생각을 했다. 하지만 그럴 때마다 곧 혼자서는 속수무책인 절망에 빠졌고, 결국 그녀에게는 무엇보다 이 모임이 필요하다는 걸 절실히 깨달았다. 그래서 이 모임에 빠짐없이 출석하게 되는 것이다.

　미나는 주위를 둘러봤다. 돌고래 소녀는 늘 앉는 그 자리에 앉아 있었다. 지난번 봤을 때 팔에 둘둘 감겨 있던 랩은 사라지고, 그 자리에는 '벼랑 끝에 서서 이슬아슬하게'라는 문구가 선명하게 잉크로 새겨져 있었다. 카르페 디엠도 의미 있다고 생각했는지, 역시나 팔뚝 전체에 걸쳐 타투로 새겨 놓았다. 물론 의미 있는 말은 맞았다. 그게 오리지널이기도 하고 말이다. 이제 돌고래 소녀의 이름을 진부한 소녀라고 바꿔야 할까 보다.

　케너트와 휠체어를 탄 그의 아내도 와 있었다. 그리고 그 부부가 키우는 개도. 이름이 바세? 보세? 맞다, 기억났다. 보세였다. 개는 휠체어 옆에 앉아 호기심 가득한 눈으로 미나를 쳐다보고 있다가, 그녀와 눈이 마주치자 흥분해서 벌떡 일어났다.

하지만 미나는 이내 시선을 다른 곳으로 돌려 버렸다. 저 개의 관심을 받고 싶지는 않았다. 그리고 그녀에게 다가오지 못하게, 개의 목줄이 어딘가에 단단히 매여 있길 바랐다. 저 개털들 속에서 무엇이 기어다니고 있을지 생각조차 하고 싶지 않았다.

여름은 아직 멀었는데 날씨는 지나치게 따뜻했다. 이른 폭염은 물러갈 기미 없이 맹위를 떨쳤고, 미나가 차고 있는 허리 벨트 밑으로 땀방울이 뚝뚝 떨어지고 있었다.

미나는 자리에서 벌떡 일어나 밖으로 나간 뒤, 차를 타고 집으로 가 당장 샤워부터 하고 싶은 충동을 가까스로 참아 냈다. 피부 위를 기듯 흐르는 땀에 불쾌함이 몰려왔다. 꼭 안에 있던 더러운 것들이 밖으로 나와 그녀의 피부 위를 기어다니는 것 같았다. 미나는 여름엔 겨울보다 두 배 많이 샤워를 했다. 마음 같아서는 더운 날이면 한 시간에 한 번씩 샤워를 하고 싶었지만, 그렇게 한다면 샤워를 하느라 다른 일은 아무것도 못 하게 될 것이다.

케너트는 건성으로 그녀를 향해 손을 흔들었다. 그의 아내도 고개를 끄덕이며 인사를 해 왔다. 미나는 자신이 케너트의 아내 이름도 모른다는 것을 깨달았다. 예의상 이름이 뭐냐고 물어봤어야 하는 거였나 보다. 하지만 그녀는 여기 모이는 사람들에 대해 너무 많이 알고 싶지 않았다. 사람도 많은데 거기에 저 보세라는 이름의 개까지 더해졌으니, 숫자가 많아도 너무 많았다.

휠체어에 앉은 여자는 피곤해 보였다. 안색도 창백했고, 더워서 그런지 머리에서부터 흘러내린 땀이 눈으로 흐르고 있었다. 여자는 눈에 땀이 들어오지 않도록 눈을 깜빡였고, 가끔씩 손을 들어 땀을 닦아 냈다.

발표하는 사람들의 목소리도 사람을 나른하게 만들었다. 사람들은 그들의 내밀한 사정을 밝히는 발표를 이어 갔다. 발전, 실패, 비극, 승리. 그 안에는 모든 게 다 들어 있었다. 누군가는 이 투쟁을 시작하는 단계에 있었고, 꽤 오랜 시간 자신과 싸워 온 이들도 있었다. 또랑또랑한 얼굴로 최근에 일어난 변화에 대해 말하는 사람도 있었다. 아직 장애물이란 것을 만난 적이 없는 사람들은 앞으로 펼쳐질 그 길이 보이는 것만큼 곧고 바르지 않다는 것을 모르고 있었다.

미나는 그런 그들이 부러웠다. 개인적으로 그녀는 오래 버텨 결의가 옅어진 베테랑들에 더 공감이 갔다. 이미 실패를 해 본 사람들의 경험이 더 현실적이라고 할까. 그들은 넘어졌다가도 일어났다. 그리고 또 넘어져도 다시 일어났다. 그들은 좁고 구불구불한 길을 보면서 그 길이 자신이 따라가야 할 길이라는 것을 받아들인 사람의 표정을 하고 있었다.

미나는 저도 모르게 고개를 꾸벅 떨궜다가, 감은 줄도 모르고 있던 눈을 번쩍 떴다. 더위 때문에 부지불식간에 깜빡 졸

앉던 모양이었다. 그녀는 반쯤 자고 있던 그녀의 모습을 혹시나 누가 보았을까 해서 주위를 둘러봤다.

그런데 케너트의 아내가 좀 이상해 보였다. 안색은 지나치게 창백했고 얼굴은 부숭부숭 부어 있었다. 호흡도 짧고 거칠었다. 케너트도 뭔가 이상한 걸 눈치챘는지 목소리를 낮춰 아내에게 뭐라고 말을 했지만, 여자는 그저 고개만 저을 뿐이었다.

미나는 잠시 주저하다가, 그들에게 다가가서 여자 앞에 쪼그려 앉았다. 미나가 다가가자 보세가 반색하며 자리에서 일어나 그녀에게 가까이 다가가려고 목줄을 세게 잡아당기기 시작했다. 미나는 본능적으로 몸을 피했다.

"괜찮으세요?"

미나가 케너트를 흘끗 쳐다보며 물었다.

"이 사람이 앰뷸런스를 부르지 말라고 그래서요."

케너트가 당황한 목소리로 말했다.

그의 아내는 힘들게 숨을 쉬고 있었다. 스스로는 대답도 할 수 없을 만큼 상태가 안 좋아 보였지만, 그녀는 다시 한번 고개를 저었다. 미나는 휴대폰을 꺼냈다.

"그게 중요한 건 아닌 것 같고요. 당장 병원에 가셔야 해요. 지금 바로요. 제가 전화할게요."

케너트는 안도하는 것 같았다. 그의 아내는 다시 한번 단호하게 고개를 저었지만, 미나는 못 본 체했다. 더위 때문인지 보세는 혀를 내밀고 숨을 헐떡이고 있었다. 하지만 자기 주인에게 무슨 문제가 생겼다는 것은 전혀 눈치채지 못한 듯, 계속해서 미나에게 에너지를 발산했다. 통화는 짧게 끝났다. 미나는 자신이 경찰관임을 밝히고, 그들이 있는 곳의 주소를 말한 뒤 상황을 설명했다. 그리고 도움이 필요한 사람이 휠체어를 타고 있다는 사실도 밝혔다.

그룹 내 다른 사람들도 뭔가 이상하다는 것을 감지했다. 돌고래 소녀도 휠체어에 앉은 여자의 손을 잡은 채, 걱정스러운 표정으로 미나를 쳐다봤다.

이윽고 통화를 끝낸 미나가 말했다.

"바로 온대요."

"고맙습니다. 보통 아내가 이러지 않는데, 평소에는……."

케너트는 말을 제대로 끝내지 못하고 혼자 중얼거렸다. 아마도 충격을 받은 상태인 것 같았다. 미나는 그를 위로하려고 어깨를 두드려 주려다가, 그도 그녀만큼이나 땀에 젖어 있는 것을 보고 그만두었다. 케너트의 아내는 공황 상태인 것처럼 보였고, 호흡도 점점 더 가빠졌다. 이제는 보세마저 뭔가 이상하다는 걸 눈치챈 듯 주인의 무릎에 머리를 올리고 낑낑거리는 소리를 내고 있었다. 케너트의 아내는 거친 호흡을 이어가며 힘들게 보세의 머리를 쓰다듬었다.

미나는 침착하게 사이렌 소리를 기다리며 바깥에 귀를 기울였다. 앰뷸런스는 몇 분 내로 도착했다. 미나는 곧장 바깥으로 나가 긴급 구조대를 맞았다. 그런 다음 모든 건 폭풍처럼 진행됐다. 구조 요원들이 들것과 온갖 장비를 가지고 급히 방으로 들어오자 방에 있던 모든 사람이 자리에서 일어났다. 그리고 어쩔 줄 모르는 표정으로 미동도 없이 서서 그들 앞에서 일어나는 일들을 지켜봤다. 구조대는 케너트의 아내를 들것에 옮겨 실었고, 그러는 동안 케너트는 계속해서 아내의 손을 잡아 주었다. 미나는 구조 요원들과 함께 나가 그들이 들것을 재빨리 그리고 효율적으로 앰뷸런스 안으로 옮기는 것을 지켜봤다. 케너트도 아내의 손을 꼭 잡은 채 같이 앰뷸런스에 탔다. 문이 닫히기 직전, 그가 미나에게 소리쳤다.

"보세요! 우리 보세 좀 부탁해요."

미나는 사이렌을 울리며 최대 속도로 멀어지는 앰뷸런스의 뒷모습을 응시했다. 그녀 뒤로, 건물 안에서 보세가 컹컹 요란하게 짖는 소리가 들렸다.

*

갑자기 서재에서 들린 비명 소리에 레베카가 깜짝 놀라 들고 있던 유리잔을 떨어뜨렸다. 빈센트가 급히 떨어지는 잔을 받아 보려 했지만 유리잔은 속절없이 바닥에 떨어져 산산조각 나고 말았다. 바닥에는 물웅덩이가 생겼고, 주위에는 깨진 유리 조각들이 어지럽게 널렸다. 말뫼에서 이제 막 집에 돌아온 빈센트를 기다리는 건 평소와 다름없는 일상이었다.

"빈센트!"

마리아가 붉게 달아오른 얼굴로 서재에서 튀어나오며 꽥 하고 소리를 질렀다.

"저 거지 같은 거 갖다 버리겠다고 했잖아."

거실 바닥에 앉아 레고로 무언가를 만들고 있던 아스톤이 마리아가 화난 것을 보고 울음을 터트렸다.

마리아가 우는 아스톤을 달랬다.

"엄마 화난 거 아니야. 너한테 화난 거 아니니까 울지 마, 우리 아들. 엄마가 오늘 네 아빠, 정말 가만 안 둘 거야. 도둑이라도 들어온 줄 알고 심장 마비에 걸릴 뻔했잖아."

빈센트는 집을 막 나서려던 참이었다. 곧 그가 처음으로 소집한 회의가 경찰서에서 있을 예정이었는데, 차가 막혀 늦는 일 같은 건 피하고 싶었다. 이미 다니엘을 불러다 놓았다면 더할 나위가 없을 것이다. 미나의 전화기는 어젯밤부터 꺼져 있었다. 아마 일찍 잠에 들었을 것이다. 대신 그는 그녀에게 다니엘을 다시 신문해야 한다고, 오늘이면 제일 좋고 그게 불가능하다고 해도 최대한 빨리 다니엘을 불러 주면 그가 바로 경찰서로 가겠다고 메시지를 남겨 놓았다. 빈센트는 베르안데르에게도 일루전 도안 몇 가지를 사진 찍어 그에게 보내 달라고 부탁했다. 그 도안을 다니엘에게 보여 줄 생각이었다. 그들은 다니엘이 말한 그 카페 단골손님이 어떤 그림을 보며 카페에 앉아 있었는지 알아야 했다. 다니엘에게 도안을 보여 주면 그 그림을 알아볼지도 모른다. 그리고 요나스 라스크의 최근 사진을 구할 수 있다면 사진을 보여 주면서 그 손님이 요나스 라스크인지를 물어볼 수도 있을 것이다. '사립 탐정, 빈센트 발데르', 대단하지 않은가.

동시에 그는 서재에서 마리아에게 무슨 일이 일어났는지 정확히 알고 있었다. 지난번에 제작사에서 그의 최신 TV 시리즈 광고를 위해 실물 크기의 등신대를 만들었다. 그의 등신대 말이다. 그가 등신대를 받아서 집에 가져온 날, 마리아는 곧장 그것에 '거지 같은 것'이라는 이름을 붙여 주었다. 그는 그럴 생각이 없으면서도 마리아에게는 곧 내다 버리겠다고 약속했다. 솔직히 말해서 그는 자기 등신대를 가진 것이 꽤 멋지다고 생각했다. 세상에 실물 크기의 자기 등신대를 가진 사람이 몇이나 되겠는가? 그리고 그의 모습을 하고 있는 등신대를 갖다 버리는 건 쉽지 않은 일이었다. 그 자신을 내다 버린다는 생각만으로도 마음속 깊숙한 어딘가가 무척이나 불편했다. 얼마 전에 읽은 구조화 상담 치료에 대한 논문이 상당히 흥미로웠는데, 거기에는 나르키소스에 대한 고대 시인 오비디우스의 이야기가 반복 등장했다. 인간 심리에는 자기애와 자아도취가 깊은 뿌리를 내리고 있다. 프로이트도 자기 인식에 매료되는 것을 두고 '펠립타이트Verliebtheit'라는 단어를 사용했다. 이 단어는 독일어로 연모, 사랑에 빠져 있다는 뜻을 가지고 있다.

"조심해. 바닥에 유리 있으니까."

마리아가 깜짝 놀랄 속도로 그를 향해 걸어오자 빈센트가 말했다.

"아니 대체 당신, 자기애가 얼마나 심한 거야? 서재에 실물 크기의 자기 사진을 가져다 놓다니! 대체 그걸로 뭐 하는데? 우리가 집에 없을 때 저걸 가지고 자위라도 하니?"

"마리아!"

레베카가 깜짝 놀라 소리쳤다.

"아스톤, 이리로 와. 네 방에 가서 만들자."

"엄마가 저렇게 화나면 무서워."

아스톤이 뾰로통한 표정으로 말했다.

마리아의 얼굴에 괴로운 표정이 스치고 지나갔다. 그녀는 아스톤이 뾰로통해진 것도 빈센트의 탓으로 돌릴 것이다. 레베카는 유리 조각이 널려 있는 웅덩이를 조심스레 지나 거실로 걸어갔다. 그리고 남동생의 손을 잡고, 바닥에 널린 레고를 최대한 많이 퍼 담아 아빠 그리고 새엄마이자 이모인 마리아 쪽으로는 눈길도 주지 않고 방으로 들어가 문을 닫았다.

"미안. 그런데 당신, 대체 그 방에 들어갈 때마다 왜 그렇게 깜짝 놀라는지 모르겠어. 등신대가 거기 있다는 걸 이미 알고 있잖아."

마리아가 불만스러운 표정으로 대꾸했다.

"나는 당신이 왜 저거에 그렇게 푹 빠져 있는지 알다가도 모르겠어."

"펠립타이트."

무슨 말인지 알 리 없는 마리아가 빈센트를 쳐다봤다.

"제, 발, 갖, 다, 버, 려."

그녀가 그의 두 눈을 똑바로 쳐다보며 말했다.

"알았어. 약속할게."

그는 걸레와 빗자루, 쓰레받기를 챙기며 대꾸했다.

지각은 불가피해 보였다.

*

미나는 개를 뚫어져라 노려봤다. 보세는 아주 오랫동안 씻기지 않은 것 같아 보였다. 그리고 장담하건대, 이 개 주인은 박테리아를 모조리 박멸하는 샴푸로 개를 씻기지도 않았을 것이다. 하지만 개는 행복해 보였다. 그것도 무척이나. 보세는 솔로 드럼을 연주하듯, 리드미컬하게 꼬리를 좌우로 흔들며 아스팔트 바닥을 치고 있었다. 엄청나게 많은 먼지 입자가 날아오르며 보세의 털에 묻었다.

빈센트는 팀원 모두에게 점심 식사 후에 만나자고 했다. 다니엘이 중요한 정보를 가지고 있을 수도 있으니, 그를 다시 만나서 신문해야 한다고도 했다. 오늘 아침에 빈센트에게서 부재중 전화와 메시지가 와 있었지만 제대로 답할 시간이 없었다. 그러니 최대한 빨리 경찰서로 돌아가야 했다.

그녀는 다시 개를 바라봤다.

저 개를 경찰서로 데려가는 건 말도 안 되는 일이었다.

다른 방법을 찾아야 했다. 하지만 다른 방법이 뭐가 있다는 말인가? 이미 모임에 나온 사람들에게 그녀 대신 저 개를 데려가 달라고 사정도 해 보고, 애원도 해 보고 심지어 협박까지 해 봤지만 아무도 나서지 않았다. 그렇다고 저 개를 여기다가 버려 두고 갈 수도 없었다. 더럽고 박테리아투성이라지만, 그래도 보세도 엄연한 생명체 아닌가.

그나마 경찰서가 모임 장소에서 걸어서 갈 수 있는 거리라 다행이었다. 차를 가지고 왔으면 어땠을까, 생각만으로도 끔찍했다. 차 안을 비닐로 다 덮어야 했을까? 아니면 보세를 지붕에 묶어야 했을까? 그것도 아니면 보세를 비닐로 싸야 했을까? 개가 그녀의 차 안으로 그냥 뛰어 들어갔다면 그 차는 회생이 불가능했을 것이다.

회의에 조금 늦을 것 같다고 빈센트에게 전화를 해야 했다.

휴대폰을 꺼낸 미나가 전화를 걸기도 전에, 화면에 메시지 하나가 떠올랐다. 검시관 밀다에게서 온 메시지였다. 호기심에 미나는 메시지부터 클릭했다. 보세는 여전히 꼬리를 좌우로 흔들며 먼지를 쓸고 있었다. 약물 검사 결과가 나왔다고 했다. 전례 없이 빠른 속도라고도 했다. 아마도 앙네스의 부검 때 약물 검사를 빠뜨린 실수를 만회하기 위해, 밀다가 국과수의 모든 연줄이란 연줄은 다 동원했을 것이다. 메시지를 읽고 미나는 휴대폰을 주머니에 다시 넣었다. 빨리 가야 했다.

드디어 그녀는 줄곧 자기만 쳐다보고 있던 보세의 눈을 바라봤다. 주머니에는 아직 개봉도 하지 않은 손 소독제가 들어 있으니, 말을 안 들으면 저 개의 온몸에 뿌려 버리면 될 것이다.

*

경찰서 입구로 막 들어서려던 찰나, 빈센트는 웬 골든 레트리버 한 마리가 그를 향해 전속력으로 달려오는 것을 보았다. 그를 멈춰 서게 한 건 그다음 장면이었다. 개 뒤로 목줄을 잡고 질질 끌려오다시피 하는 사람이 바로 미나였던 것이다.

"뭐라도 좀 해 봐요!"

미나가 그를 향해 소리를 꽥 질렀다.

빈센트는 개가 뛰어오는 방향을 향해 쭈그리고 앉았다. 그리고 잠시 후 개가 그의 앞에 도착하자 냄새를 맡을 수 있게 손을 내밀어 주었다. 만약 개에게 얼굴까지 내줘 개가 그의 얼굴을 핥는다면, 미나는 앞으로 그들 사이에 유리 벽을 세우자고 우길지도 모른다. 드디어 무언가의 냄새를 맡을 수 있게 된 개는 기분이 좋아 멍멍 짖었다. 그리고 빈센트의 손을 꼼꼼히 탐색한 다음에는 그의 손가락을 하나씩 핥았다. 무척이나 만족한 듯 보였다.

"개랑도 얘기할 수 있는 거예요?"

평소보다 두 배는 빨리 뛰어 들어온 미나가 가쁜 숨을 몰아쉬며 물었다.

쭈그려 앉아 있던 빈센트는 무릎을 펴고 일어나, 미나가 주머니에서 꺼낸 손 소독제를 받았다.

"억양이 센 놈들하고만요. 그런데 얘가 하는 말은 그렇게 알아듣기 어렵지 않은데요."

빈센트는 미나가 건넨 손 소독제로 꼼꼼하게 손을 닦았다. 다 그녀를 위해서였지만. 개는 기분 좋은 표정으로 그를 올려다봤다.

"그런데 갑자기 개를……? 나한테 뭐 말 안 한 거라도 있는 겁니까?"

"얘 이름은 보세예요. 갑자기 제가 좀 돌봐 주게 되었고요. 이 이야기는 여기까지 하고요. 다니엘 이야기는 뭐예요?"

미나는 그들 옆에 서 있는 개의 존재에 대해 한 마디만 더 하면 그를 죽여 버리겠다는 의지가 담긴 표정으로 그를 쳐다봤다. 빈센트는 보세 쪽은 쳐다보지도 않고 그녀의 손에서 목줄을 빼앗아 들었다. 보세는 좋은지 컹컹 짖었고, 미나는 아까보다 조금 더 편하게 숨을 쉬었다.

"그날 신문에서 다니엘이 뭔가를 말했어요. 카페에 자주 오던 단골손님 중에 그림을 가져와서 들여다보던 사람이 있다고요. 그때는 몰랐는데 다시 생각해 보니, 다니엘이 범인을 봤을 수도 있을 것 같아요. 그것도 한 번이 아니라 여러 번이요. 다음 살인은 내일이 될 수도, 한여름이 될 수도, 가을이 될 수도, 아니 지금부터 15분 후가 될 수도 있을 거예요. 아직 암호를 풀지 못했으니 정확한 시간은 모르지만, 진짜 살인이 일어나고 그게 나 때문이라면 그 죄책감 때문에 제정신으로 살지 못하겠죠. 하지만 우리가 다니엘을 찾는다면, 그리고 운이 좀 따라 준다면 범인이 다음 살인을 저지르기 전에 그를 찾을 수 있을 겁니다."

보세는 그의 말에 동의한다는 듯 컹컹 짖었다.

*

"아니, 보세! 그 폐지함은 안 돼! 보세, 안 돼! 그 빵은 네 거 아니야! 그만해! 앉아! 아니, 걸어! 우리 이쪽으로 가야 한다고! 맙소사, 너 이놈의 똥개 같으니! 이쪽이라니까!

미나는 회의실 쪽으로 보세를 데리고 가려고 애를 썼지만 그건 쉽지 않은 일이었다. 빈센트는 건물에 들어오기도 전에 자기는 못 하겠다며 포기하고 그녀에게 다시 목줄을 돌려주었다. 미나는 그가 정말로 못 하는 것이 아니라 개를 데리고 어쩔 줄 몰라 하는 자기 모습을 구경하는 편을 택한 것 같다는 합리적인 의심을 하고 있었다.

회의실 문이 열리고, 크리스테르가 어안이 벙벙한 표정으로 복도 쪽으로 얼굴을 쓱 들이밀었다. 그리고 보세를 보고선 두 눈을 크게 떴다.

보세도 크리스테르를 보고 반갑게 꼬리를 흔들기 시작했다. 크리스테르는 곧장 회의실에서 나와 아까 빈센트가 그랬듯 보세 앞에 쭈그려 앉았다. 대체 남자들과 개 사이에는 뭐가 있는 걸까? 개인적으로 미나는 고양이가 더 좋았다. 그녀의 집에 동물을 들이겠다는 말은 절대, 전혀 아니었지만, 어쩔 수 없이 선택을 해야 하는 상황이라면…… 적어도 고양이는 지조라도 있지 않은가. 개랑은 달리 말이다. 지금만 해도 그렇다. 제일 친한 친구랑 상봉이라도 한 듯, 처음 만난 크리스테르에게 달려드는 저 모습을 보라지.

"아이구, 안녕! 이쁜아!"

크리스테르의 목소리에는 애정이 담뿍 담겨 있었다.

"너 정말 예쁘구나! 그래, 여기 귀 뒤를 긁어 주면 좋아하는구나. 그래, 그렇지……."

보세는 신이 나서 크리스테르의 얼굴을 핥았다. 그녀의 동료들은 모두 대수롭지 않다는 표정이었지만 미나는 완전히 공포에 질렸고, 옆에서 빈센트는 싱글벙글 웃고 있었다. 마침내 크리스테르가 무릎에서 우두둑, 요란한 소리를 내면서 쭈그렸던 무릎을 펴고 힘들게 일어났다.

"동물 싫어하는 거 아니었어요?"

미나는 당혹스러운 표정으로 물었다.

"어? 뭐라고? 아니. 대체 누가 그런 말을 해?"

크리스테르가 웃으며 답했다.

"우리 팀에 새롭게 합류하는 팀원인가? 새로운 빈센트? 머리카락 색깔은 둘이 아주 딱이네!"

미나는 크리스테르를 노려보더니 여전히 목줄을 손에 꽉 쥔 채 주위를 둘러봤다. 복도에 책상이 하나 있었다. 보세를 묶어 둬도 될 정도로 무거워 보였다. 그녀는 보세가 어디 가지 못하도록 묶어 두기 위해 책상 다리 하나를 들어 목줄 고리를 끼워 넣었다.

"묻지 마세요. 잠시 맡아서 돌봐 주게 됐어요."

빈센트가 열어 둔 회의실 문으로 그녀가 들어오며 말했다.

"크리스테르! 안 들어와요?"

미나의 재촉에 개를 조금 더 쓰다듬고 싶어 다시 쪼그려 앉아 있던 크리스테르가 답했다.

"알았어. 간다, 가. 잔소리는 거기까지만 해."

크리스테르는 금빛 털을 마지막으로 한 번 더 헝클인 뒤 팀원들을 따라 회의실로 들어오며 중얼거렸다.

"내가 개를 안 좋아한다고 말한 사람이 있다니 믿을 수가 없네. 저렇게 예쁜 걸 어떻게 안 예뻐할 수 있다고."

미나가 회의실 유리문을 닫자, 혼자 밖에 남겨진 보세는 금세 풀 죽은 표정을 지었다. 보세는 이게 대체 무슨 상황인지 모르겠다는 듯 머리를 흔들며 슬프게 낑낑댔다. 그 소리가 문을 뚫고 회의실 안까지 다 들렸지만 미나는 못 들은 체했다. 페데르와 루벤은 회의실 안에서 기다리고 있었고, 율리아는 아직 도착 전이었다. 페데르와 루벤도 밖에서 일어난 한바탕 소동을 다 들어 알고 있을 것이다. 미나는 함박웃음을 지으며 개를 향해 손을 흔들어 인사하는 페데르와 그 옆의 루벤을 화난 얼굴로 쏘아봤다. 그리고 한숨을 쉬며 입을 열었다.

"개야. 이름은 보세고. 제발 빨리 주인이 데려갔으면 좋겠네. 자 그럼, 이제 시작할까요?"

"율리아가 와야 시작하지."

루벤이 대꾸했다.

미나는 보세가 보이지 않게 등을 돌리고 앉아 살균 물티슈를 한 팩 꺼내 꼼꼼하게 손을 닦았다. 그녀의 뒤로 보세가 축축한 코를 유리문에 갖다 대고 콧물 자국을 낼 걸 상상하니 진저리가 쳐졌다. 잠시 잠잠하다 했는데, 크리스테르와 페데르가 다시 유리문 밖의 보세에게 손을 흔들기 시작했다.

"아, 참. 아내는 좀 괜찮아졌나 보네? 다시 출근한 걸 보니까."

루벤이 페데르를 향해 윙크하며 물었다.

"아, 응. 그…… 그렇지?"

페데르가 멀뚱한 표정으로 답하자, 크리스테르가 끼어들었다.

"루벤은 아마 페데르가 아내 핑계를 대고 모험을 즐기러 나갔다고 생각했을걸."

"그런 말 한 적 없습니다!"

루벤이 소리 높여 대꾸했다.

"그런 말을 한 적은 없지. 하지만 자네를 아는 사람들은 자네가 굳이 말하지 않아도 그 머릿속 생각을 훤히 들을 수 있거든."

크리스테르가 한숨을 곁들여 놀리듯 말했다.

페데르는 의자 옆에 둔 가방을 뒤적이더니 에너지 드링크를 하나 꺼내 치이익 소리를 내며 캔을 땄다.

"내가 요즘 즐기는 모험은 바로 이거지."

페데르가 루벤을 향해 건배 동작을 취하며 말했다.

그때 율리아가 회의실 문을 열고 들어왔다.

"웬 개가 한 마리 있네요."

그렇게 말문을 열었지만, 율리아는 미나의 표정을 보자마자 말머리를 돌렸다.

"자, 그럼 이제 시작할까요? 먼저 보고하자면 오늘 아침에 크리스테르랑 같이 로베르트가 지냈던 보호 시설에 다녀왔고, 아무것도 건진 것은 없었어요. 오늘 이 회의는 빈센트 씨가 소집한 거니까, 진행은 빈센트 씨에게 넘길게요."

율리아의 말이 끝나자 빈센트가 목청을 가다듬었다.

"모두들 아시겠지만, 지난 기자 회견 이후 살인의 날짜를 5월 3일이라고 말한 제보 전화가 있었습니다. 저는 그 전화가 진짜 범인이 걸어온 거라고 생각합니다. 이전에 제가 이 사건의 범인은 지킬 앤드 하이드처럼 양면적인 성격을 가진 사람일 거라고 말씀드린 적이 있었죠. 그날 전화를 걸어온 건 하이드였어요. 하이드는 완전히 분개해 있었죠. 메소드 연기를 펼치는 연기자가 아니고서야 그런 목소리를 연기할 수는 없을 거예요. 게다가 직접 제보를 할 정도의 자만심은 그의 범죄에서 볼 수 있었던 범인의 거만함과도 일치하죠. 그래서 저는 제보 전화를 한 사람이 범인이라고 확신하고 있어요."

보세가 낑낑거리는 소리를 내며 유리문을 머리로 들이받

기 시작했다. 미나는 못 본 체하며 빈센트를 향해 계속하라고 고개를 끄덕였다.

"라스크였을까요?"

페데르가 묻자 율리아가 답했다.

"경찰이 가지고 있는 요나스 라스크의 목소리 녹음 파일은 너무 오래된 거라 확답할 수는 없어. 목소리는 세월에 따라 변하니까."

이번에는 빈센트가 입을 열었다.

"사용된 어휘로 봐서는 아닐 겁니다. 라스크와의 옛날 신문 내용을 들어 봤는데, 제보 전화와는 말하는 방식이 확연히 달랐어요. 제보 전화에서 사용한 단어는 신중에 신중을 기해서 선택된 단어들일 겁니다. 어쩌면 각본을 써 놓고 읽었을지도 모르고요. 그 경우 범인 본인이 아니라 그 누구라도 그걸 읽을 수 있죠. 그 누군가에는 물론 라스크도 포함되고요. 하지만 말할 때의 억양이나 강세로 봐서 그럴 것 같지는 않아요."

그때 보세가 문이 덜컹거릴 정도로 머리로 문을 세게 밀었다. 슬프게 낑낑거리던 소리는 어느새 보름달을 보며 울부짖는 늑대의 울음을 닮은 소리로 바뀌어 있었다.

"아, 정말!"

미나는 짜증 난 얼굴로 유리문을 휙 돌아봤다.

"진정해. 여기로 들어와서 우리랑 같이 있고 싶어서 그러는 것뿐이니까."

크리스테르가 자리에서 일어나며 대꾸했다.

"들여보내지 마세요."

미나가 말했지만, 크리스테르는 못 들은 체하고 문을 열어 줬다. 보세는 책상 다리에 걸려 있던 목줄을 스스로 잡아당겨 풀어 버린 뒤 곧장 회의실 안으로 튀어 들어왔다. 그리고 책상 주위로 경중경중 뛰어다니면서 킁킁 냄새를 맡고 핥으며 모두와 인사하더니, 마지막에는 페데르와 크리스테르 가운데에 자리를 잡고 앉았다. 미나는 또다시 물티슈를 뽑아 필사적으로 손을 닦았다. 회의실에 들어온 보세를 만지지 않은 사람은 그녀가 유일했는데도 말이다.

"난리도 이런 난리가……."

그때 율리아가 다시 회의를 이어 갔다.

"그럼 그 제보 전화에서 얻은 새로운 단서가 있나요?"

빈센트가 잠시 생각에 잠겼다가 입을 열었다.

"아니요. 흠…… 하나 있다면 그가 잡히는 걸 바라진 않는다고 해도, 적어도 이해는 해 주길 바라고 있다는 거죠. 이제까지 제가 범행 시간과 날짜를 범인이 보낸 메시지의 일부라고 생각했던 건 다들 아실 겁니다. 이제 그건 의심의 여지가 없는 사실이 되었죠. 범인은 우리가 모든 퍼즐 조각을 가지고 그의 메시지를 이해하는 걸 아주 중요하게 생각하고 있어요.

그걸 왜 그리 중요하게 생각하는지는 모르겠지만요."

미나는 빈센트가 말한 내용을 이해하려 애를 썼다. 대부분 아는 내용이었지만 다른 팀원들과 함께 한 번에 들으니 새롭게 들리는 부분이 있었다. 빈센트와 단둘이 이야기했을 때는 그저 가능한 이론이라고만 생각했는데, 회의실에서 다른 사람들과 함께 들으니 그건 이미 이론을 넘어선 현실이 되어 있었다. 팀원들의 얼굴에선 더 이상 빈센트 발데르에 대한 의심을 찾을 수 없었다.

"이제 제보 전화 핫라인을 닫아도 되겠네요. 필요한 걸 얻었으니까요. 다른 제보 전화들은 의미 있는 게 없었고. 루벤? 페데르? 더 할 이야기 있어? 제보 전화 추적은 시작했어? 분석은? 명단에서 알아낸 건 없나? 과학수사 팀에서 발견한 유의미한 배경 소리나 그런 건?"

"다 진행 중이야. 그런데 지금으로선 구체적인 건 아무것도 없어. 통신 회사 정보를 기다리는 중이고, 제보 전화의 목소리를 음성 분석해서 라스크의 목소리와 비교할 거야. 제보 전화의 배경 소리에 대해서도 분석 진행 중이고."

루벤은 늘 그렇듯 질문을 그에 대한 비난으로 받아들이는 것 같은 말투로 답했다.

"그럼 이제 제 차례겠네요."

미나가 침착하게 고개를 끄덕인 뒤 말을 이었다.

"여기로 오는 길에 검시관한테서 전화를 받았어요. 약물 검사 결과가 나왔다고요. 앙네스뿐 아니라 투바와 로베르트의 검사 결과 모두 다요."

여기까지 말한 그녀는 잠시 숨을 골랐다. 이어서 꺼낼 말의 충격이 크지 않길 바라면서 말이다.

"세 구의 시신에서 모두 케타민이 검출되었어요."

이윽고 꺼낸 미나의 말에 루벤이 얼굴을 찡그리며 되물었다.

"케타민?"

"어. 케타민은 수술 시에 사용되는 마취제야."

미나가 설명을 이어 갔다.

"가루나 알약, 앰플 등 여러 형태로 제공되고, 투여도 쉬워요. 주사 맞기 싫어하는 사람들한테도 투여가 비교적 쉬운 약이죠."

크리스테르는 멍한 표정으로 보세의 배를 긁어 주며 미나의 설명을 들었다. 보세는 배를 드러내 놓고 허공을 향해 발을 든 채 바닥에 벌러덩 누워 있었다. 귀는 선풍기 팬처럼 펼쳐졌고, 얼굴에는 바보 같은 미소가 드리워져 있었다.

그때 빈센트가 입을 열었다.

"또 케타민은 웃음 가스나 PCP 같은 해리성 약물로도 알려져 있죠. 중독자들은 켓이나 킷캣 또는 스페셜 K라고도 부르고요. 그리고 방금 전 미나 씨가 말한 것처럼 마취제로도 쓰입니다. 환각이나 각성 중 섬망, 과호흡, 복시複視 등 부작용을 가져올 수 있고요. 현재로서는 의료용으로 사람과 동물 모두에게 쓰이고 있죠."

빈센트의 말이 끝나자 모두 그를 뚫어져라 쳐다봤다.

"빈센트 씨가 케타민에 대해 이렇게 빠삭하게 알고 있는 거, 제가 걱정해야 되는 건가요?"

미나가 빈센트에게 속삭였다.

"요약하자면 이번 피해자들을 잠들게 하는 데 케타민이 쓰였다는 거네요."

루벤이 말하자 빈센트가 깜빡했다는 듯 덧붙였다.

"중독자들은 그 약 때문에 잠에 빠지는 걸 K홀에 빠진다고도 표현하죠."

그러자 미나가 목청을 가다듬은 뒤 다시 말했다.

"어쨌든 세 구의 시신에서 모두 케타민이 검출되었어요. 어쩌면 피해자를 좀 더 다루기 쉽게 만들려고 투약했을 수도 있고, 그들이 겪은 악몽 같은 경험을 더욱 끔찍하고 생생하게 느끼도록 투약했을 수도 있고요. 그 둘 다일 수도 있겠죠."

미나의 말이 끝나자마자 율리아가 물었다.

"얼마나 흔한 약인 거지?"

"여기…… 여기로…… 걸어오는 길에 마약 수사반에 있는 동료한테 전화해서 물어봤는데."

미나가 빈센트의 놀리는 듯한 표정을 무시하며 입을 열었다.

사실 걸어왔다기보다는 보세에게 질질 끌려왔다는 표현이 더 정확할 것이다. 썰매만 없었다 뿐이지 정말로 바닥에 질질 끌려왔다. 아마도 빈센트는 그녀가 보세에게 끌려오며 퍼붓던 욕이 수화기 너머의 마약 수사반 동료에게까지 들리는 모습을 상상하고 있을 것이다.

"그렇게 흔하지는 않지만 거리에서도 구할 수는 있대. 의료 기관에서 종종 항우울제로 처방하는 경우도 있는데 보통은 수의사들이 고양이, 개, 말, 설치류, 원숭이, 담비, 맹금류와 앵무새 등 각종 동물을 수술할 때 마취제로 쓴다고 하고."

"마약 수사반이 동물들에 대한 것도 다 안다고? 거참, 시간이 남아도나 보네."

미나가 한숨을 쉬었다.

"아니. 내가 구글에서 검색해 본 거야."

"여기로 걸어오는 길에요?"

빈센트가 천진난만한 표정으로 물었다.

"네. 여기로 걸어오는 길에요. 맙소사, 무슨 유치원생들한테 설명하는 거 같잖아요."

"애들? 애들은 내가 맡을게!"

졸던 페데르가 잠에서 깨어 자리에서 튀어 오르며 외쳤다. 그 바람에 책상 위에 놓여 있던 에너지 드링크 캔이 넘어졌고, 음료가 콸콸 흘러나와 책상 위에 웅덩이를 만들었다.

"페데르는 몸 안에서 케타민이 자연 합성되나 봐. 대체 에너지 드링크를 마시면서 조는 사람이 어디 있어?"

"내가 졌다, 졌어."

루벤의 말에 미나는 두 손 두 발 다 들었다는 듯 한숨을 쉬며 책상 끝에 앉았다.

보세가 그녀에게 다가가려는 듯 자리에서 일어나자 크리스테르는 목줄을 꼭 잡아당겨 보세를 못 가게 막았다. 현명한 선택이었다. 회의실은 3층이었고, 미나는 언제라도 개를 창밖으로 던질 준비가 되어 있었으니.

"마지막으로 하나 더요."

빈센트가 입을 열었다.

"다니엘을 신문하던 날, 다니엘이 한 말이 있습니다. 카페 단골손님 중 하나가 늘 카페에 와서 그림을 들여다봤다고요. 그때는 몰랐는데, 어쩌면 다니엘은 우리가 찾는 범인을 목격했을 수도 있다는 생각이 듭니다. 그것도 한 번이 아니라 여러 번이요. 범인을 찾는 데 다니엘이 아주 중요한 열쇠가 될 수 있어요. 그 단골손님이 정말 라스크였다면 다니엘은 라스크를 쉽게 알아볼 수 있을 테고요. 그래서 율리아 팀장님한테 다니엘을 최대한 빨리 다시 불러다 달라고 부탁드렸죠. 다니엘의 도움을 받을 수 있다면 사건을 아주 **빠르게** 해결할 수 있을 겁니다."

"빈센트 씨 전화를 받자마자 수배를 내렸어요. 회의 끝나면 바로 그쪽 부서랑 확인해서 다니엘을 데리고 왔는지 알아볼게요."

그때였다. 누군가 갑자기 회의실 문을 노크하더니 한 남자의 얼굴이 쑥 들어왔다. 미나도 아는 남자였다. 이름은 잘 몰랐지만 응급 서비스 쪽에서 일하는 사람이었다.

"죄송합니다. 저기…… 와, 엄청 잘생긴 개네요!"

"무슨 일로 그러시죠?"

미나가 서늘한 목소리로 물었다.

"아, 이런. 맞다. 저기, 다니엘 바가브리엘 공개 수배 내리셨죠?"

"네. 마침 그 사람 이야기를 하던 중이에요. 최대한 빨리 다시 신문해야 해서요."

율리아가 놀란 목소리로 말하자 남자가 대꾸했다.

"그건 좀 곤란하겠는데요. 그 사람 벌써 여기 와 있어요. 영안실 냉동고에 들어가 있지만요."

"영안실 냉동고요?"

빈센트가 어안이 벙벙해 물었다.

"다니엘이 죽었다고요."

미나가 바닥을 쳐다보며 낮은 목소리로 중얼거리듯 말하자 보세마저 뭔가 이상함을 감지하고 낑낑댔다.

"알려 드려야 할 것 같아서 말씀드렸습니다."

남자는 그 말을 끝으로 문을 닫고 사라졌다.

*

 빈센트는 루벤이 '경찰 커피'라고 부르는 회의실 커피 대신 제대로 된 커피를 사 오겠다고 자처해 회의실을 나섰다. 사실 그 회의실에서 나올 핑계가 필요했다. 그는 경찰서 정문을 나와 모퉁이를 돌자마자 벽에 기대서서 심호흡을 했다. 다니엘이 죽었다니, 믿을 수 없었다. 불과 얼마 전에 다니엘을 만나 이야기하고 그를 신문했는데. 다니엘이 죽었다니.
 그게 현실이라는 자각은 빈센트에게 엄청난 충격으로 다가왔다. 투바와 앙네스가 겪은 일 역시 끔찍했지만, 그들은 빈센트가 서류와 컴퓨터 화면의 사진으로 본 게 전부인 사람들이었다. 로베르트도 신문에서 기사를 읽은 게 다였다. 세 피해자 모두 그의 기억 속에서 뼈와 살이 있는 실제 인간은 아니었다. 그랬기에 그들에 대해서는 어느 정도 거리를 두고, 이성적이고 객관적인 태도를 유지할 수 있었다. 하지만 다니엘은 달랐다. 다니엘은 그에게 커피를 권했던 사람이었다. 빌어먹을. 그는 그의 몸속 아드레날린과 코르티솔 수치가 천천히 내려갈 때까지 계속해서 그의 호흡을 조절했다. 그러고는 무거운 마음을 안고 율리아가 추천한 카페로 걸어갔다. 그곳이 경찰 할인을 해 준다고 했다.

그는 팀원 수만큼 커피를 사고, 카페에 남아 있던 빵도 모두 다 샀다. 페테르가 좋아할 것이다.

회의실로 다시 돌아왔을 땐 그가 떠날 때와 마찬가지로 방 안 공기가 여전히 무거웠다. 보세는 두 앞발 사이에 코를 묻고 바닥에 엎드려, 머리도 들지 않고 화난 듯한 표정으로 그를 쳐다봤다. 개도 빵을 먹을 수 있던가? 아마 그에 대한 답은 크리스테르가 알 것이다.

"그래서 무슨 이야기들 중이었어요?"

그가 테이블 위에 종이 가방을 늘어놓고 그 안에서 커피와 빵을 꺼내며 물었다.

팀원들 모두 고마워하며 커피를 받았다. 먹음직한 냄새를 풍기는 빵이 등장하자, 바닥에 누워 있던 보세가 먹고 싶은지 컹컹 짖었다.

"너도 좀 줄게."

크리스테르가 빵을 조금 떼어 보세에게 주며 말했다. 꼭 아기한테 말하는 듯한 말투였다.

"그래도 밀가루는 너한테 안 좋단다. 그러니까 조금만, 아주 조금만 먹어야 해. 안 그러면 이따가 배가 아야 하거든. 알겠지? 이쁜아?"

"다니엘의 죽음도 이 살인들과 연관이 있다고 생각하시나요?"

빈센트가 묻자 율리아가 고개를 저으며 답했다.

"목격자가 있어요. 방금 증언 내용을 넘겨받았는데, 스웨덴의 미래 당 로고가 달린 옷을 입은 사람들이 현장에서 도망치는 걸 봤다네요."

"무고한 사람들에 대한 공격은 우리가 생각하는 것보다 훨씬 자주 일어나죠. 세상은 불공평한 곳이에요. 인종 차별주의자들이 미쳐 날뛰지 않으면, 여자들이 미쳐 날뛰죠."

루벤이 말하자 율리아가 화난 눈빛으로 루벤을 쳐다보며 날카로운 목소리로 말했다.

"물론 끝까지 수사해서 범인을 밝혀내야겠죠. 하지만 지금은 너무 낙관할 수만은 없는 상황이에요. 그리고 다니엘이 사망했으니 다니엘이 카페에서 누구를 봤는지, 또 무엇을 봤는지는 알아낼 길이 없게 됐다는 것도 운명으로 받아들여야 해요. 대신 라스크를 수색하는 데 더 집중하도록 하죠. 그리고 다음 살인의 도구가 뭐가 될지, 그러니까 다음 마술 트릭은 뭐가 될지 파악하고요. 그걸 파악한다고 살인을 막을 수는 없겠지만 그래도 사건을 해결할 수 없다면, 어떤 일이 일어날 수 있는지 정도는 예상하는 게 좋을 테니까요."

"무슨 말인지 이해가 잘 안 가는데."

페데르가 말하며 아까 쏟고 남은 에너지 드링크를 꿀꺽꿀꺽 마시기 시작했다. 빈센트가 사 온 커피는 이미 텅 비어 있었다. 그는 다 마신 에너지 드링크 캔을 테이블 위에 올려놓고 곧장 가방에서 캔 하나를 더 꺼냈다.

"정말로 커피랑 그걸 두 개나……."

미나는 한마디 보탤 생각을 하려다 그녀를 쳐다보는 페데르의 피곤한 얼굴을 보고 입을 다물었다.

그때 율리아가 입을 뗐다.

"그러니까 내 말은 마술사들이 사람을 상자에 집어넣고 그 사람을 죽이는 것처럼 연기하는 마술이 또 있느냐는 거야. 우리가 이제까지 본 것 말고 다른 것들도 있나요?"

사람들의 시선이 일제히 빈센트를 향했다. 빈센트는 턱을 만지며 생각에 잠겼다. 손끝에 까칠하게 자란 수염이 느껴졌다. 마지막 면도를 언제 했더라? 그답지 않은 일이었다. 스트레스를 받고 있다는 증거이기도 했다. 이따가 집에 가면 잊지 말고 면도를 해야겠다. 흠, 아니다. 밤에 면도를 하면 평소 아침에 면도를 하는 루틴이 깨지게 된다.

다니엘이 죽었다.

그 생각만으로도 배가 아파 왔다. 어떻게든 내일 아침 면도를 해야 한다는 것을 기억해야 할 것이다.

어쨌든 율리아는 좋은 질문을 했다. 팀원들은 모두 빈센트만 바라보며 그의 답을 기다리고 있었다. 보세마저도 기대감 비슷한 무언가를 담은 두 눈으로 그를 쳐다봤다. 아니면 그저 빵 한 조각을 더 얻어먹고 싶어 그런 눈빛으로 그를 쳐다보는 것일까?

"네. 다른 것들도 있죠. 사람이 죽는 것처럼 보이거나 신체가 절단되는 것처럼 보이는 일루전은 드물지 않습니다. 오히려 아주 흔하죠. 그중 가장 클래식하다고 할 수 있는 건 톱질로 여자를 반 토막 내는 일루전이에요. 1920년대 초, 마술사 호레이스 골딘과 P. T. 셀빗은 이 마술을 누가 먼저 만들어 냈느냐를 두고 다투기도 했습니다. 하지만 이 일루전의 기원은 19세기 초로 거슬러 올라갑니다. 초반에는 조수가 상자 안에서 두 토막이 났죠. 골딘은 커다랗고 둥근 톱을 이용했고, 다량의 가짜 피도 사용했어요. 사실 시시한 마술이었죠. 그 외에도 두 조수가 반 토막이 난 뒤 서로의 몸통을 바꾸는 마술도 있고, 재닛 박스를 이용해 반 토막이 아닌 아홉 토막을 낸 신체 부위를 서로 떼어 내는 것처럼 보이게 하는 일루전도 있고요. 미술 작품 중에 데이미언 허스트가 말의 사체를 절단해 포름알데히드에 재워 그 절단된 단면을 보여 주는 작품을 떠올리시면 이해가 쉬울 겁니다. 어쨌든 그 밖에도 여자를 반으로 토막 내는 일루전은 많아요."

"또 다른 건요?"

율리아가 물었다. 말의 사체를 절단한 작품에 일루전을 비교하는 빈센트의 말에 안색이 창백해진 듯했다.

"음. 오리가미 상자도 있어요. 마술사가 조수를 상자에 넣은 뒤 상자를 접는데, 사람이 도저히 들어갈 수 없을 정도까지 작게 접는 거죠."

"그건 사람을 죽이는 일루전같이 들리진 않는데요."

크리스테르가 보세의 귀 뒤를 긁어 주며 말했다.

보세는 테이블 위에 쏟아진 에너지 드링크를 핥기 시작했다.

"그 상자가 사람 머리만 한 크기까지 작아지거든요. 그리고 마지막에는 그 작은 상자에 칼까지 꽂아 넣고요."

"스테이지 일루전에는 여자를 꼬챙이에 꿰는 것 같은 연출이 많은 듯하네요. 마술사들은 다 그렇게 자기 물건에 자신감이 없나요?"

예상치 못한 율리아의 말에 페데르는 막 마신 에너지 드링크가 사레들렸고, 루벤의 얼굴은 벌겋게 달아올랐다. 루벤은 남자들을 대변하기 위해 입을 열려다가 율리아의 눈빛을 보고선 다시 입을 다물었다.

"아니면 삶과 죽음에 대한 통제력을 상징하거나요."

빈센트가 설명을 이어 갔다.

"어쩌면 다 비슷한 이야기겠지만요. 아, 그리고 크러셔를 빼먹을 뻔했네요. 조수가 들어가 있는 상자를 아주 납작해질 때까지 압착하는 마술이죠."

빈센트의 말에 크리스테르가 말했다.

"대단하네요. 어쨌든 그림이 머릿속에 그려져요. 찾아봐야 할 상자가 아주 많겠어요."

"흠. 그렇게 간단한 문제는 아니에요. 모든 일루전이 상자를 소품으로 쓰는 건 아니거든요. 조수를 세워 놓은 칼 위에 눕힌 다음, 조수가 아래로 떨어지면서 칼이 조수의 몸을 관통하는 것처럼 보이게 하는 일루전도 있어요."

그 말에 율리아가 말했다.

"듣기만 해도 끔찍하네요. 아까는 농담이었지만, 방금 말한 일루전은 정말 그보다 더 남근 숭배적일 수가 없겠어요."

"모르셨겠지만 지금 말씀드린 그 일루전은 마술사들이 꽤나 좋아하는 트릭이죠. 팀장님이 거기서 또 어떤 결론을 도출하실지 궁금하네요."

빈센트가 떨떠름한 미소를 지으며 답했다.

아까 핥아 마신 에너지 드링크의 카페인이 치고 들어오는지, 갑자기 보세가 일어나 온몸을 털더니 신이 나서 테이블을 따라 두 바퀴를 돌았다. 미나는 식겁했고 페데르는 즐거운 표정이었다. 그리고 세 바퀴째를 돌다 크리스테르를 지나치던 그때, 크리스테르가 잽싸게 보세의 목덜미를 움켜잡았다.

"앉아, 보세. 지금 당장."

크리스테르가 단호하게 말하자, 보세는 곧장 하라는 대로 크리스테르 옆에 앉아 기분 좋은 표정으로 그를 쳐다봤다.

빈센트는 조금 전 그가 한 말을 귀 기울여 들은 사람이 하나라도 있을까 궁금했다. 개인적으로 그는 아직도 다니엘의 사망 소식을 받아들이려 애쓰는 중이었다. 하지만 나머지 사람들은 그렇지 않아 보였다. 사실 경찰로 일하면서 이런 사망 소식에 많이 무뎌지고 덤덤해지는 것도 당연한 일일 것이다.

"관통하기라." 페데르가 말했다. "크러서, 지그재그 상자, 오리가미 상자, 칼 꽂기 마술 상자, 전부 다 스웨덴어로 말하는 것보다 영어로 말할 때 훨씬 그럴듯하게 들리네요. 스웨덴어로 말하면 그 느낌이 안 살아요."

"일루전에 대해 할 이야기는 그게 다인가요, 빈센트 씨?" 율리아가 물었다.

"아니요."

그가 목청을 가다듬은 뒤 말을 이었다.

"마술사가 마술에 실패하면 죽을 수 있는 일루전도 있습니다. '죽음의 테이블'이라는 이름의 일루전처럼요."

빈센트는 페데르를 흘끗 쳐다보며 말을 이었다. 페데르는 그 이름만 듣고도 어린아이처럼 들뜬 표정이었다.

"날카로운 칼들이 잔뜩 달린 테이블이 공중에 떠 있어요. 그러면 조수들이 나와 마술사를 그 테이블 아래에 꽁꽁 묶는데, 마술사는 테이블이 떨어져 그의 몸에 칼들이 꽂히기 전에 거기서 탈출해야 해요. 그리고 불붙은 밧줄처럼 위험한 것에 거꾸로 매달린 채 구속복을 벗고 탈출하는 마술도 있고, 마지막으로 후디니가 즐겨 했던 수중 탈출도 있고요. 바깥에서 자물쇠로 잠근 물탱크 안에 수갑을 찬 채 거꾸로 매달려서 익사하기 전에 탈출해야 하죠."

"전 탈출 마술 쪽이 더 마음에 드는데요."

페데르가 다 마신 캔 여러 개를 조심스레 쌓아 올리며 입을 열었다.

"불가능에 도전해 극복하는 인간의 의지를 보여 주잖아요."

에너지 드링크 두 개와 커피까지. 음료 속 카페인이 드디어 몸에서 돌기 시작했는지, 아까보다 훨씬 빠른 속도로 페데르가 말했다.

"맞습니다. 후디니가 그렇게 유명해질 수 있었던 이유 중 하나는 그가 활동했던 시기가 많은 사람이 생계를 걱정해야 했던 불황이었다는 데 있었죠. 키 작은 유대인 남자가 스스로 쇠고랑을 차고 밀실에 갇혔다가 성공적으로 탈출하는 걸 보면서, 대공황 후 정신적으로 피폐해졌던 사람들이 긍정적인 메시지를 받았거든요."

"빈센트 씨, 제가 예상했던 것보다 훨씬 많은 정보를 주셨네요. 아니, 우리에게 필요한 정보보다 많은 정보라고 해야 할까요. 시간도 더 많이 할애하셨고요. 어쨌든 감사해요. 지금 말씀해 주신 내용을 이메일로 요약해서 보내 주실 수 있을까요? 방금 버전보다 짧으면 더 좋고요. 그리고 이 회의실에서 오간 이야기는 절대로 외부에 알려지지 않게 조심해 주세요. 벌써부터 언론은 범인을 '후디니 킬러'라고 부르고 있어요. 클릭 수만 노리는 낚시성 기사에 먹이를 주게 될 수 있으니 각별히 주의하자고요."

율리아는 잠시 그녀 앞의 메모를 들여다본 후 다시 말을 이었다.

"그리고 이 일루전 도구를 만들려면 어떤 것들이 필요한지, 빈센트 씨가 아는 전문가께 확인 부탁드려요. 그것들을 만들기 위해 어떤 재료가 필요한지 또 어떤 도구가 필요한지, 각 상자에 공통으로 들어가는 재료들을 최대한 많이 알아봐 주세요. 알아낸 정보는 페데르에게 전달해 주시고요. 그럼 페데르는 목공소나 도매상한테 연락해서 해당 재료를 구매한 사람이 있었는지 확인해 줘. 미나는 스웨덴의 미래 당에 연락해서 다니엘 사망에 대해 그쪽이 책임을 인정하는지, 아니면 부인하는지 확인해 주고."

다시 한번 방 안은 정적에 휩싸였다. 빈센트는 나머지 팀원들도 율리아의 계획으로는 별다른 소득이 없을 것이라는, 자신과 똑같은 생각을 하고 있을 거라 짐작했다. 빈센트의 머릿속에 뭔가 아이디어가 잠깐 번뜩했지만, 그와 숨바꼭질을 하듯 잡았다고 생각한 순간 사라져 버렸다. 율리아가 말한 것 중에 무언가를 만드는 것에 관련해서 할 수 있는 일이 있었는데……

그때 율리아가 다시 입을 뗐다.

"다들 무슨 생각 하는지 알아요. 승산은 거의 없겠지요. 아무것도 알아내지 못할 공산도 크고요. 하지만 우리 계획에서 다니엘이 없어지고 요나스 라스크가 큰 비중을 차지하고 있는 현 상태에서는 우리가 할 수 있는 일이 많지 않아요. 그리고 페데르는 건초 더미 속에서 바늘을 찾는 데 엄청난 능력을 보유하고 있잖아요."

만든다라.

베르얀데르도 만드는 것에 대해 무슨 말인가를 했었다. 구조를 다시 바꿔야 한다고. 그게 어떤 의미인지 갑자기 이해가 됐다. 지난번에 로베르트가 발견된 상자의 사진을 찍어 베르얀데르에게 보낸 뒤 빈센트는 계속 그에게 연락을 취했지만 베르얀데르는 연락도 닿지 않았고, 그가 남긴 메시지에도 묵묵부답이었다. 사실 생각해 보면 그는 투바의 시신이 발견되었던 마술 상자를 누가 만든 것인지 모른다고 이미 말해 주었다. 하지만 빈센트는 잘못된 질문을 했다. 베르얀데르는 분명 더 많은 것을 알고 있었다. 빈센트는 곧장 휴대폰을 꺼내 전화를 해 봤다. 하지만 베르얀데르의 전화기는 꺼져 있었고, 바로 음성 사서함으로 넘어갔다. 빌어먹을. 최대한 빨리 베르얀데르와 이야기를 해야 했다.

*

집에 가까워질수록 미나의 공황은 심해졌다. 개를 트렁크에 싣고 택시에 탄 것만으로도 호흡이 가빠졌다. 빈센트는 옆자리에 앉아 그녀의 호흡 조절을 도와주었다. 보세는 스테이션 웨건 타입의 택시 트렁크에 실려 있었다.

"숨을 들이쉬고 하나, 둘, 셋, 넷 숫자를 세어 봐요."

빈센트가 그녀와 함께 호흡하며 말을 이었다.

"이제 숨을 참고 넷까지 센 다음, 숨을 내쉬면서 다시 넷을 세요. 그리고 다시 숨 참고요."

그와 함께 여러 번 호흡을 하자 혈액에 산소가 다시 공급되는 게 느껴졌다. 그리고 뇌 속을 휘젓고 다니던 아드레날린이 잠잠해지니 다시 생각이란 걸 할 수 있게 됐다.

둘을 태운 택시가 굴마르스플란의 로터리를 지났다. 마치 오아시스와도 같은 그녀의 깨끗하고 박테리아 없는 아파트가 점점 더 가까워지고 있었다. 그녀가 잠시나마 깨끗함을 느낄 수 있는 그녀의 휴식처였던 곳. 하지만 그것도 이젠 끝이다. 그녀의 아파트는 이제 보세의 털에 있는 먼지와 박테리아, 미생물 등 온갖 불쾌한 것들로 침범당할 것이다.

"이 개 주인이 누군데요?"

빈센트가 물었다.

"미나 씨 개는 아닌 것 같아서요."

미나가 단호하게 고개를 저으며 답했다.

"내 개는 아니고 친구…… 친구 개예요. 친구가 병원에 입원해서 맡아 주게 됐어요. 너무 순식간에 일어난 일이라 어떻게 해 볼 수도 없었고요."

그녀가 잠시 말을 멈췄다. 도움을 요청하는 건 싫었다. 혼자서 해결하지 못해 도움을 청하는 건 약한 모습이었다. 그건 내 인생을 혼자 힘으로 살지 못한다는 증거였다. 남에게 도움을 청하는 건 다른 사람이 그녀의 인생에 들어오도록 허용하는 일이었다. 바로 그런 이유로 그녀는 동료들에게 보세를 맡아 달라고 부탁하지 않았다. 그들에게 도움을 구하는 것은, 그녀에게 존재하지도 않는 동료애나 우정을 내비쳐야 하는 일이기 때문이다. 이제껏 그녀는 동료들의 집에서 저녁 식사를 함께 한 적이 단 한 번도 없었다. 동료들의 사생활에 대해 묻는 법도 없었다. 때때로 묻지도 않은 자신들의 사생활을 그녀에게 이야기하는 일은 있었지만 그 반대 방향의 대화는 한 번도 일어나지 않았다. 아무래도 동료들은 그녀가 그들의 사생활에 대해 그 어떠한 언급도 하지 않는다는 걸, 나아가 그녀의 사생활에 대해서도 절대 털어놓지 않는다는 걸 눈치채지 못하는 모양이었다. 미나는 그 물꼬를 트면 일어나게 될 일을 알고 있었다. 하지만 지금으로선 그녀에게도 선택의 여지가 없었다.

"보세…… 보세를 좀 맡아 주실 수 있을까요? 나중에 빈센트 씨네 집 아이들을 위해 케이크를 구워 드릴게요. 아니, 사실 케이크를 굽지는 못하고, 맛있는 걸로 사다 드릴게요."

그러자 빈센트가 고개를 절레절레 저었다.

"나도 그러고 싶어요. 보세도 우리 집 밖의 숲을 분명 좋아할 거고요. 하지만 마리아가 개에 알레르기가 있어요. 이 개가 흘리고 다니는 털의 양을 생각할 때, 개를 집에 데려가는 건 별로 좋은 생각은 아닐 것 같고요."

개가 흘리고 다니는 털이라니, 듣기만 해도 끔찍했다. 그 개의 몸에서 떨어지는 털 뭉치를 확인하려고 뒤를 돌아보지 않아도 이미 그 광경은 눈앞에 선했다. 아마 저 털에는 다른 것들도 살고 있을 것이다. 그녀는 눈을 질끈 감고 몸을 떨었다.

"부탁할 다른 사람은 없어요?"

빈센트의 질문에 미나는 시선을 돌렸다.

"이렇게 살려고 계획한 건 아닌데……."

미나가 나지막이 대꾸했다.

"어느 날 갑자기 혼자 살겠다고 결심한 건 아닌데 아무도 없네요, 일…… 일이 제 가족이죠."

미나는 그 말을 끝으로 입을 다물었다. 왜 빈센트와 함께 있을 때면 그녀의 생각보다, 그리고 평소보다 더 많은 말을 하게 되는지 알 수 없었다.

한때는 그녀에게도 친구가 있었다. 가족도 있었다. 하지만 도로시를 오즈로 이끌었던 노란 벽돌 길처럼, 그녀의 인생에 일어났던 일련의 사건은 그녀가 그들을 하나씩 그녀의 인생 밖으로 밀어 내도록 만들었다. 의식적으로 그랬던 걸까, 무의식적으로 그랬던 걸까. 그녀도 알 수는 없었다. 하지만 일로도 충분했다. 일 외의 다른 건 필요하지 않았다.

그녀는 어깨를 으쓱하고선 카펫이 깔린 택시 바닥으로 시선을 떨궜다.

"삶은 저를 스쳐 지나간 것 같아요. 이제껏 한 번도 제 인생에서 일어나는 일을 저 스스로 통제할 수 있다고 느낀 적이 없거든요······."

빈센트는 옆에서 묵묵히 그녀의 말을 듣기만 했다. 그가 아무 말도 하지 않는 게 오히려 고마웠다.

택시가 집에 정말로 가까워 오자, 그녀의 맥박이 다시 빠르게 뛰기 시작했다. 보세가 트렁크에서 컹컹 짖으니 운전기사가 룸 미러로 트렁크 쪽을 쏘아봤다. 미나는 가슴 위에 손을 얹었다. 꼭 포로로 잡혀서 어딘가에 갇힌 기분이었다. 그녀는 보세 주인의 성도, 전화번호도 몰랐다. 알코올 중독 방지 모임에서는 성 없이 이름만 알고 지내는 게 대부분이고, 때로 이름도 이야기하지 않는 사람들도 있었다. 케너트와 그의 아내. 그게 그녀가 아는 전부였다. 미나는 마음속으로 그들이 먼저 보세를 되찾기 위해 그녀의 연락처를 찾아봤길 바랐다. 케네트 아내의 몸 상태가 곧바로 괜찮아져서 집에 돌아가는 길에 보세를 데려가고 싶어 하지 않을까 하고 말이다. 케네트 부부가 그녀를 찾는 것이 그녀가 케네트 부부를 찾는 것보다는 쉬울 것이다. 어쨌든 그쪽은 그녀가 경찰관이라는 것을 알고 있고, 그녀의 이름이 미나라는 것도 알고 있다. 미나는 흔한 이름이 아니고, 스톡홀름에서 미나라는 이름을 가진 여자 경찰관은 그녀 한 명뿐이다. 어쩌면 그녀의 아파트 앞에서 그녀가 보세를 데리고 집에 오길 기다리고 있는 건 아닐까? 하지만 안타깝게도 그건 지나친 기대였다. 택시가 모퉁이를 돌아 그녀의 아파트 앞에 섰을 때 공동 현관 주위에는 아무도 없었다.

어쩌면 돌고래 소녀는 그들의 연락처를 알고 있지 않을까? 하지만 돌고래 소녀는 또 어떻게 찾는다는 말인가? 돌고래 소녀에 대해 아는 거라고는 그녀의 이름이 안나라는 것뿐인데.

공황이 더 심해졌다. 이런 그녀의 심정을 알 리 없는 보세는 트렁크에서 왔다 갔다 움직이면서 컹컹 짖어 댔다.

택시가 서자, 미나는 최대한 빨리 차에서 내렸다.

"이 택시는 제가 이대로 타고 갈게요."

빈센트가 말했다.

"얼마 드리면 되죠?"

따뜻하고 신선한 공기를 최대한 폐 깊숙이 들이마시며 미나가 물었다.

"이건 쇼라이프 프로덕션이 내는 거니까 걱정 말아요. 움베르토는 모르겠지만, 어쨌든."

택시 기사가 밖으로 나와 트렁크를 열자 보세가 훌쩍 트렁크에서 뛰어내렸다. 그러고는 신이 나서 미나 옆으로 달려와 경중경중 뛰었다. 미나는 개가 혹시라도 그녀에게 바싹 달라붙어 코라도 비빌까 봐 피하기 바빴다. 운전기사도 개를 별로 좋아하지 않는지 언짢은 표정으로 출렁거리는 개 목줄을 잡고 그녀에게 건넸다. 그녀는 잠시 주저하다가 결국엔 목줄을 받아 들었다.

이건 말도 안 되는 짓이다.

이루 말할 수 없을 정도로.

하지만 그녀에게는 선택의 여지가 없었다. 빈센트를 실은 택시가 다시 출발하자, 그녀는 곧 현실을 받아들이고 공동 현관 키패드에 비밀번호를 입력해 문을 열었다. 그리고 복도로 들어서서 그녀의 아파트로 올라갔다. 문 앞에 서서는 주머니에서 천천히 열쇠를 꺼내 손을 떨며 열쇠 구멍을 더듬었다. 이어 딸깍, 문이 열리는 소리가 들렸다. 아직 마음을 바꿀 시간은 있었다. 그녀가 살던, 세상에서 가장 안전했던 공간을 망가뜨리지 않고 그대로 보존하도록 마음을 바꾸면 됐다. 하지만 그녀에게 신성한 집보다 더 중요한 건 다른 사람 도움 없이 그녀 혼자의 힘으로 설 수 있다는 자부심이었다. 미나는 문을 열기 위해 손잡이를 아래로 꾹 눌렀다. 그녀의 옆에 선 보세는 벌써 살짝 열린 문틈으로 코를 들이밀고 있었다. 그리고 문이 열리기가 무섭게 그 좁은 틈을 비집고 안으로 들어섰다.

모든 게 완벽하게 관리되던 집 안에 폭발이 일어났다. 그 짧은 몇 초 사이에 보세는 킁킁 냄새를 맡으며 거실부터 침실, 부엌, 화장실까지 모두 돌았다. 긴 털로 바닥을 쓸면서 다닌 탓에 보세가 가는 길마다 허공에서 개털이 날렸다가 천천히 바닥으로 떨어졌다. 미나는 소파 한편에 벌써 보세의 털이 한 뭉치 떨어져 있는 걸 뚫어져라 쳐다봤다. 불과 엊그제 소파의 먼지를 없앤다고 손에 테이프를 둘둘 말고 싹 청소했는데, 이제 먼지 따위는 걱정거리 축에도 들지 못했다.

미나는 등 뒤의 문을 닫았다. 눈물이 솟구쳤고, 공황으로 호흡이 가빠져 가슴팍이 오르내리는 것이 눈에 보일 정도가 되었다. 보세도 뭔가 잘못되었다는 걸 눈치챘는지 다시 미나 쪽으로 돌아왔다. 미나는 현관 앞에 깔아 둔 발판 위에 그대로 서 있었다. 보세가 그녀 앞에 앉아 고개를 한쪽으로 갸우뚱했다. 미나는 보세의 털 안팎을 기어다니고 있을 것들에 대한 생각을 떨칠 수 없었다. 그리고 그것들이 그녀의 소파와

바닥, 침대 시트, 거실 카펫, 식탁, 욕실 바닥, 샤워기, 냉장고, 커피메이커, 그녀의 옷과 그 밖의 모든 것 위를 기어다니는 상상에 사로잡혔다.

곧 그녀는 현관문을 열고 밖으로 나왔다. 보세도 열린 문틈으로 그녀를 따라 나왔다. 그녀는 문을 닫고, 보세의 목줄을 꽉 잡은 채 문에 기대어 털썩 주저앉았다. 그리고 떨리는 손으로 휴대폰을 꺼냈다. 지금은 자존심을 따질 때가 아니었다.

*

빈센트는 한 손에 휴대폰을 든 채, 부엌 한가운데에 우두커니 서 있었다. 방금 받은 전화는 그가 기다리던 전화는 아니었다. 그는 머릿속 생각을 정리하려 애쓰면서 거실로 걸어 나갔다.

"왜 슬픈 표정이야?"

부엌에서 나온 빈센트를 보고 소파에 앉아 있던 마리아가 물었다.

"미나가 이제 당신이랑 폰섹스도 안 해 줘서 슬픈 거야?"

마리아는 와인 젤리를 봉지째 들고 먹고 있었다. 마리아에 따르면 달콤한 사탕도 채식주의자용으로 만들어진 거면 괜찮다고 했다. 마리아가 채식주의자인 것은 아니지만, 더 건강하다는 이유에서였다. 빈센트는 건강에 나쁜 설탕도 식물에서 만들어진 것이라고 말할까 하다가 관두었다.

"아니. 울리카한테 전화가 왔었어. 당신 언니 말이야."

"울리카가 누구인지는 나도 알아."

마리아가 빨간색 젤리와 초록색 젤리를 함께 입에 넣으며 대꾸했다. 그녀는 서로 다른 색 젤리를 섞어 먹으면 더 맛있다고 생각했다.

"좀 만나재. 레베카에 대해서 상의할 게 있다고. 내 생각엔 …… 지난번에 내가 한 말을 웬일로 들은 것 같아. 레베카를 전문가한테 데려가 보자고 했거든."

마리아는 젤리 봉지를 세게 구겨 바스락거리는 소리만 냈을 뿐, 아무런 답도 하지 않았다.

"평소 울리카처럼 짜증 내지도 않고 독단적으로 자기 얘기만 하지도 않았어. 오히려 그 반대였지. 이번 일에 대해서는 좀 진지하게 생각을 해 본 것 같아."

"난 당신이 언니 만나는 게 싫어."

이윽고 마리아가 입을 뗐다.

"언니가 아직도 당신을 못 잊고 있는 거 알잖아. 아직까지도 당신 성을 그대로 쓰고 있다고."

빈센트는 절망스러운 표정으로 손을 뻗었다. 마리아가 이렇게 나올 걸 알았어야 했는데.

"아직까지 성을 안 바꾼 건 레베카와 베냐민 때문이야. 당신도 알잖아. 그리고 울리카랑은 가끔씩 만나야 하는 일이 있어. 울리카는 내 세 자녀 중 두 아이의 엄마라고. 아이들에 대해서는 서로 함께 알아야 할 부분이 있어. 애들 엄마와 이혼했다고 해서 레베카와 베냐민이 차별 대우를 받게 하고 싶지 않아. 그리고 이번 일은 엄마와 아빠, 두 사람의 서면 동의가 필요한 일이고."

마리아는 젤리 봉지를 열어 젤리 세 개를 한꺼번에 집어 입에 넣었다. 이번에는 무슨 색 젤리를 입에 넣었는지 제대로 보지 못했다.

"그래도 싫어. 당신의 세 자녀 중 한 아이의 엄마로서, 나는 싫어. 어쨌든 그럼 언제 만나는데?"

"한 달 안으로 만나기로 했어. 회사 일로 바쁜가 봐. 우리 둘의 중간 지점인 시내에서 만나기로 했고, 나랑 만난 다음 울리카는 친구들하고 곧바로 저녁 식사 약속이 있대. 그러니까 우리는 저녁 식사 전에 만나서 잠깐 얘기만 할 거야."

"아 그래, 재미있는 시간 보내 그럼. 당신이 집에 올 때쯤 나는 자고 있을 테니까."

"그렇게 안 늦을 테니 걱정 마. 7시에 만나기로 했어."

마리아는 어깨를 한 번 으쓱하더니 소파 쿠션 사이로 사라진 TV 리모컨을 찾기 시작했다. 대화는 끝난 모양이었다.

빈센트는 자신이 무엇을 잘못했는지도 알 수 없었다. 하지만 그럼에도 뭔가 잘못되었다는 느낌을 주는 아내와의 반복되는 대화 패턴에 한숨을 내쉬었다.

"당신 행복해?"

갑자기 그가 마리아에게 물었다.

계획했던 질문은 아니었다. 저도 모르는 사이에 입 밖으로 말이 튀어나왔을 뿐. 게다가 지금 와서 한번 뱉은 말을 다시 주워 담을 수도 없었다.

"뭐라고?"

마리아가 멍한 표정으로 되물었다.

마리아는 그가 서 있는 쪽으로 고개를 반쯤 돌리고 있었지만, 시선은 여전히 〈첫눈에 결혼했어요〉 시리즈의 오프닝 장면이 나오고 있는 TV 화면에 고정되어 있었다. 이미 방영됐던 재방송 프로그램이라 마리아가 정말 그와 이야기할 생각이 있는 거라면 언제든 잠시 멈출 수 있었는데, 끝내 그녀는 일시정지 버튼을 누르지 않았다.

"아무것도 아니야."

빈센트가 답했다.

사실, 그 말 말고는 무슨 말을 해야 할지 그는 전혀 알지 못했다.

*

 미나의 전화를 받았을 때 페데르는 이미 집으로 가는 길이었지만, 그녀의 부탁에 곧장 차를 돌렸다. 미나가 그에게 도움을 요청하는 건 아주 드문 일이었다. 게다가 페데르가 기억하기론 그녀가 이제껏 개인적인 부탁을 해 온 적은 단 한 번도 없었다. 그녀가 도움을 청해 오는 일은, 뭐랄까, 35년 주기로 돌아오는 핼리 혜성 같다고나 할까. 하지만 미나는 그가 좋아하는 동료였다. 그리고 도움을 청하던 그녀의 목소리는 아주 절실했다. 그러니 아무리 급히 집에 돌아가는 길이었다고 해도 차를 돌릴 수밖에 없었다. 그녀의 집에는 한 번도 가 본 적이 없었지만, 내비게이션이 있으니 찾아가기는 전혀 어렵지 않았다.

 "여기야."

 그가 차에서 내리자 미나가 작게 손을 흔들며 인사를 건네왔다. 인도 위에 비닐봉투를 깔고 앉아 있던 그녀는 그를 보자 자리에서 일어나 보세의 목줄을 단단히 잡고, 그를 향해 걸어왔다. 개는 페데르를 보자 반가워 겅중겅중 뛰었다. 혓바닥을 내민 채 헥헥거리는 얼굴은 꼭 커다란 미소가 걸려 있는 것처럼 보였다. 골든 레트리버에게는 그를 행복하게 만드는 뭔가가 있었다. 골든 레트리버는 인생의 모든 것에 늘 솔직하고 숨김이 없다. 만약 다음 생에 동물로 다시 태어날 수 있고 그 종을 선택할 수 있다면, 그는 주저 없이 골든 레트리버로 태어날 것이다.

"고마워."

미나가 페데르에게 목줄을 건네며 감사 인사를 하자, 그는 그저 고개만 끄덕였다. 고작 이런 부탁 하나 들어주며 야단법석을 떨 생각은 없었다.

"주인한테 연락 오면 전화 줘."

보세가 훌쩍 올라탈 수 있도록 페데르가 차의 뒷문을 열며 말했다.

미나는 손을 가늘게 떨며, 그의 차 뒷좌석에 탄 보세에게서 눈을 떼지 못했다. 그런 그녀의 모습을 보며 페데르는 그녀가 무슨 생각을 하고 있는지 짐작했지만, 사실 그는 개털이 날려도 아무렇지도 않았다. 어차피 아네트와 함께 사용하는 이 볼보는 그리 위생적이라고 할 수 있는 상태도 아니었다. 원래 페데르도 아네트도 그렇게 깔끔 떠는 성격은 못되었고, 세쌍둥이가 태어난 후로는 더더욱 위생에 신경 쓸 여력이 없었다. 그의 곁눈으로 이틀 전 몰리가 토했던 좌석을 보세가 핥고 있는 게 보였다. 하지만 미나에게 해서 좋을 이야기는 아닐 것이다.

"전화 오면 바로 연락할게."

미나가 말했다.

"아, 그런데."

차를 향해 걸어가던 페데르가 걸음을 멈추고 말했다.

"깜빡할 뻔했는데, 투바가 일했던 혼스툴의 카페, 파브 피카에 갔었어. 다니엘이 수상한 사람을 봤다면 다른 사람들도 봤을 것 같아서. 하지만 그림을 들여다보던 손님을 본 사람은 없더라고."

"그랬겠지."

"딱 봐도 왜 그런지 알겠던데. 거기 서서 5분 동안 기다리는데, 직원들은 자기들끼리 수다 떠느라 손님이 온 줄도 모르더라니까. 손님은 뒷전이고."

페데르는 고개를 절레절레 저으며 말을 이었다.

"요즘 젊은 사람들이 그렇지."

"너의 세 아이는 나중에 커서 절대 그렇게 안 될 거야."

미나가 미소를 지으며 말해 주자 페데르도 단호한 표정으로 답했다.

"절대. 퇴근하면 제대로 각 잡고 애들한테 예절하고 교양을 가르칠 거야. 우유 거품으로 아빠 얼굴을 그린 카푸치노를 3분 안에 대령하지 못하는 애한테는 개를 풀 거고."

페데르가 농담하며 차에 타자 미나는 손을 흔들어 인사를 했다. 차를 출발시키며 창밖을 보자, 그가 처음 도착했을 때

보다는 훨씬 허리를 꼿꼿하게 편 자세로 미나가 아파트로 돌아가는 것이 보였다.

그리고 집으로 다시 출발했는데, 최악의 교통 정체 때문에 평소보다 시간이 두 배는 더 걸려 한 시간 반이 지난 후에야 집에 도착했다. 뒷좌석에 곤히 잠들어 있던 보세는 차가 멈추자 발딱 일어나 호기심 어린 눈으로 주위를 둘러봤다.

페데르가 문을 열어 주자 보세는 쏜살같이 차에서 튀어나왔다. 페데르는 행여나 보세가 도망갈까 봐 재빨리 목줄을 붙잡았다. 그제야 처음으로 보세를 맡아 집으로 데려온 게 그리 좋은 생각은 아니었을지도 모른다는 생각이 들었다. 현관문을 열자 욕실에서 들려온 아네트의 고함 소리는 그의 그런 생각이 맞았음을 확인시켜 줬다.

"나 더는 못 하겠어. 더는 못 해. 쟤들, 오늘 하루 종일 한숨도 안 잤어. 아니, 사실은 딱 1분씩 잤는데, 그 1분도 같이 잔 게 아니라 각각 따로따로 잤어. 덕분에 나는 간밤에 한숨도 못 잤고. 당신 깨웠어야 되는 거 아는데, 당신은 전쟁 통에도 안 깨고 잘 사람이고, 난 이미 깼고, 다시 잘 수도 없는 상황이라 그냥 내가 애들 봤어. 덕분에 난 20시간째 잠도 못 자고 깨어 있는 상태야. 방금 전에는 몰리가 메야한테 토했고, 몰리랑 메야 옷 갈아입히자마자 이번엔 마이켄이 똥을 쌌어. 기저귀로 똥이 새서 지금은 마이켄을 씻기고 옷을 갈아입혀야 해.

쌩. 이러려고 한 게 아닌데. 나는 애 셋이 아니라 하나만, 빌어먹을 한 명만 원했다고. 육아 잡지 커버를 장식한 셀럽들처럼 그렇게 애 하나만 고상하게 품에 안고 카페라테 한 잔이랑 디저트를 즐기는 젊고 멋진 엄마가 되고 싶었는데, 이게 뭐야 대체. 이 끝나지 않는 똥과 토 치우기에 대해서는 미리 말해 준 사람이 단 한 명도 없었어. 지금부터 하나라도 더 재수 없는 일이 생기면, 나 당장 나가서 다리에서 뛰어내려 죽어 버릴 거야. 내 말 알아들었어, 페데르? 하나라도 더 재수 없는 일이 생기면 콱 떨어져 죽어 버릴 거라고."

보세가 얼른 들어가자는 듯 제 목줄을 잡아당기며 짖었지만 페데르는 재빨리 현관에 들어온 보세를 데리고 문밖으로 나와 조심스레 문을 닫았다. 그러고는 휴대폰을 꺼내 아네트에게 방금 집에 도착했는데 갑자기 호출이 와서 다시 다녀오겠다는 메시지를 보냈다. 그리고 누구에게 전화를 해야 할까 고민하며 휴대폰에 저장된 주소록을 쭉 훑어보다가, 전화를 거는 대신 휴대폰을 주머니에 도로 집어넣었다.

아무래도 괜히 전화를 걸어 묻는 대신 그냥 무작정 가는 게 좋을 것 같았다.

*

베냐민의 방문 안에서는 특이한 음악 소리가 흘러나오고 있었다. 빈센트는 노크를 하려 손을 들었다가 허공에서 손을 멈추고 방문을 통해 들려오는 음악 소리에 귀를 기울였다. 아들이 무슨 음악을 듣는지 알면 그걸로 아들과 대화를 할 수 있을 테고, 그건 아들과의 관계를 유지하는 데 도움이 될 것이다. 쿨한 아빠가 되고 싶다는 욕심 같은 건 없었다. 평소 자신이 자녀와 얼마나 스스럼없이 편하게 지내는지 보여 주려고 하는 사람들을 측은히 여기기도 했다. 하지만 심각한 이야기를 나누기 전에는 친근하고 가벼운 주제로 대화를 먼저 시작하는 것이 항상 효과적이었다.

그러나 안타깝게도 아이들의 음악 취향은 빈센트에게 항상 난해하게 느껴질 뿐이었다. 그게 꼭 나쁜 것만은 아니었다. 대부분의 사람들은 모르지만 뇌의 건강을 유지하는 최고의 방법은 익숙하지 않은 것에 주기적으로 뇌를 노출시키는 것이니 말이다. 빈센트는 아이들이 없었다면 자신이 절대 하지 않았을 경험을 아이들 덕분에 할 수 있음에 감사했다.

문에 귀를 바짝 대고 안에서 새어 나오는 음악을 들어 봤다. 역시 그는 모르는 음악이었다. 음악이 별로라는 건 아니지만 어떤 장르라고 해야 할지 알 수 없었다. 가장 비슷한 음악으로는 서커스 음악이 떠올랐다. 만약 서커스가 도끼 살인자에 관한 거라면 말이다. 사람을 죽이는 서커스. 그가 막아

볼 새도 없이 그의 머릿속은 그 서커스가 어떤 모습일지, 무대에서는 어떤 냄새가 날지, 포스터에는 어떤 그림과 글씨가 쓰여 있을지 하는 생각들로 가득 찼다. 그는 서커스에 가면 어떤 소리가 나는지 잘 알았다. 곧 그는 방문 위를 두 번씩 세 번, 총 여섯 번 노크했다. 손가락 관절에 닿는 나무의 촉감에 그는 상상에서 빠져나와 현실로 복귀했다. 하지만 노크를 해도 안에서 반응이 없자 그는 문을 열고 방 안으로 들어가, 제일 먼저 베냐민의 PC 화면을 흘끗 쳐다봤다. 화면에 떠 있는 스포티파이는 영국 밴드 타이거 릴리스의 트랙을 재생 중이었다. 악마를 연상시키는 창백한 메이크업에 중절모를 쓴 세 명의 남자가 찌푸린 표정을 짓고 있었다. 그의 예상이 얼추 맞은 것 같았다.

베냐민은 침대에 누워 배 위에 노트북을 올려놓고, 헤드폰을 낀 채 유튜브 동영상에 푹 빠져 있었다. 헤드폰을 끼고 있으니 저 음악도 들리지 않을 것이다. 베냐민은 빈센트가 침대 가장자리에 앉고 나서야 동영상을 멈추고 위를 올려다봤다. 하지만 헤드폰은 빼지 않았다.

"뭐 보는데?"

빈센트가 물었다.

"이거 완전 끝내줘. 상상해 봐. 아빠가 군인인데, 아빠가 속한 부대가 적에게 포위를 당했어. 그리고 부대 사람들은 적에게 포로로 잡혀가는 대신 집단 자살을 하려고 해. 그런데 종교적인 이유로 내가 나를 죽일 수는 없어."

"베냐민, 나 너 걱정해야 하는 거냐? 이 얘긴 너무 광신도같이 들리는데."

빈센트의 말에 베냐민은 한숨을 쉬며 대꾸했다.

"내가 테러리스트라 이런 얘길 하는 게 아니라, 이건 수학 문제야. 실제로 로마군이 유대인 군대를 생포했을 때 일어났던 일이고. 어쨌든 아빠가 그 부대의 일원이라고 생각해 봐. 부대원들은 둥글게 모여 앉아 있고, 아빠는 아빠의 왼쪽에 앉은 사람을 죽이는 거야. 그리고 그다음 사람은 그 사람의 왼쪽에 앉은 사람을 죽이고. 그런 식으로 계속 자기 왼쪽에 있는 사람을 죽이다 보면 한 사람만 빼고 모두가 죽게 되지. 만약 아빠가 이 집단 자살에서 살아남는 그 한 사람이 되고 싶다면, 그리고 누가 살인을 시작할지 알고 있다면 아빠는 살인을 시작하는 사람으로부터 몇 자리 떨어져 앉아야 할까?"

"너무 시시한데? 그것보다 더 어려운 문제는 없는 거야? 뭐 문제 뒤에 숨겨진 수학 원리는 꽤 재미있네. 둥그렇게 모여 앉은 부대원들의 숫자가 2를 거듭제곱한 수라면 살아남는 사람은 항상 총격을 시작한 사람이 되지. 하지만 부대원의 수가 홀수라면 먼저 부대원 수를 센 다음 거기서 2의 거듭제곱 값을 빼는 걸로 시작해야 해. 예를 들어 부대원이 모두 열아홉 명이라면 19에서 16을 빼야 하지. 그리고 그렇게 나온 수에 2를 곱해. 이 경우에는 3이니까, 3에 2를 곱하면 6이 되지. 여기서 2를 곱하는 이유는 한 명씩 건너서 살아남기 때문이야. 거기에 살인을 시작하는 포지션인 1을 더해야지. 그러면 1+3+3=7이 돼. 그러니까 부대원이 모두 열아홉 명인 경우, 일곱 번째 자리에 앉은 사람이 살아남게 되는 거야."

베냐민은 그저 어깨만 으쓱했다. 빈센트는 자신의 우아한 문제 풀이에 아들이 조금 더 열광적으로 반응해 주길 기대했지만, 베냐민이 아직 10대인 것을 고려하면 아빠의 수학 문제 풀이에 잠들지 않은 것만으로도 칭찬으로 받아들여야 할 것이다.

"사람을 죽이는 얘기가 나왔으니 말인데, 그 후디니 킬러 잡는 건 어떻게 되어 가고 있어? 무슨 수확이라도 있는 거야?"

"후디니 킬러라는 말은 쓰지 말아 줄래."

빈센트가 베냐민의 침대에 아예 올라와 벽에 등을 기대고 앉아 다시 입을 뗐다.

"이번 연쇄 살인에 마법적인 건 없어. 이 연쇄 살인에 대한 수사에는 더더욱 그렇고. 드디어 구체적인 아이디어가 나왔는데 그것도 올 스톱 상태고."

"왜? 무슨 일이 있었는데?"

"증인이 죽었어."

빈센트는 아들의 얼굴이 하얗게 질리는 것을 보았다. 베냐민은 노트북을 닫더니 빈센트 옆으로 와서 앉았다.

"살인에 사용된 상자들 관련해서 베르얀데르에게 물어보고 싶은 게 있어서 계속 연락을 하고 있는데, 전화도 이메일도 답변이 없어. 사실 베르얀데르는 큰 프로젝트를 진행할 때 아무 연락도 안 받고 작업에만 집중하는 걸 알고 있으니까, 지금으로서는 기다리는 것 말고는 할 수 있는 게 없고. 너무 몰아붙이면 아예 돕지 않겠다고 할지도 모르거든. 지금으로서 내가 할 수 있는 일은 상자와 관련된 것뿐이야. 물론 살인의 날짜와 시간에 메시지가 숨어 있을 거라고 생각하긴 하지. 살인의 날짜와 시간이 중요하지 않다면 왜 손목시계를 박살 내서 그 시간을 남겼겠어? 그게 중요하지 않다면 로베르트를 살해한 정확한 날짜를 알려 주려고 추적당할 위험을 감수하면서까지 제보 전화를 줬을 리도 없겠지. 분명 우리가 놓치고 있는 게 있어."

베냐민이 PC로 가더니 스포티파이를 멈췄다.

"그럼 다음 살인은 언제가 될 것 같은데? 그 암호를 푸는 데 시간이 얼마나 있는 거야?"

"그 답은 나도 몰라. 그리고 내 상사나 되는 것처럼 말하는 것 좀 그만해 주면 고맙겠고. 만약 내가 암호를 너무 늦게 풀어서 범인이 다시 살인을 저지른다고 해도, 그건 범인이 으스댈 일은 아닐 거야."

베냐민은 투바와 앙네스의 살인이 일어난 뒤 빈센트와 함께 작업하기 시작한 문서를 불러왔다. 아주 기본적인 데이터가 입력된 것을 제외하고, 문서는 절망스러울 정도로 텅 비어 있었다. 베냐민은 머릿속에 떠오르는 말을 그대로 입 밖에 내었다.

"지금 제일 문제가 되는 건 그 암호에 숫자가 몇 개나 포함되어 있는지 우리가 정확히 모른다는 거야. 범행이 일어난 날짜와 시간은 알지만, 시신에는 카운트다운을 의미하는 숫자도 새겨져 있잖아. 그 숫자도 암호의 일부일까? 앙네스는 1월 13일 14시에 살해당했어. 여기서 우리는 13-1-14, 또는 14-13-1의 수열을 만들 수 있지. 하지만 앙네스의 몸에는 숫자 4가 새겨져 있었으니, 그 숫자도 포함을 해서 4-14-13-1이라는 수열을 만들어야 될까? 아니면 4를 제일 마지막에 보내서 14-13-1-4를 만들어야 할까? 이게 얼마나 헷갈리는 일인지 알겠지?"

빈센트는 베냐민의 컴퓨터 화면을 가리키려다, 엉덩이 아래 딱딱한 뭔가가 만져져 이불을 걷었다. 베냐민이 일부러 이불 밑에 뭔가를 숨겨 둔 것 같단 생각도 들었지만 참아 볼 새도 없이 손이 먼저 움직였다. 이불 아래에는 《응용 암호학》이라는 책이 숨겨져 있었다. 빈센트의 얼굴에 미소가 번졌다. 이건 아들이 즐기는 조금 다른 종류의 포르노일 테다.

곧 빈센트가 입을 열었다.

"범인은 우리가 이 암호를 풀길 바라고 있어. 그렇기 때문에 아주 어렵게 만들지는 않았을 거야. 날짜와 시간은 같은 종류의 달력 데이터지. 하지만 시신에 새겨진 숫자는 달라. 난 아직도 시신에 새겨진 숫자가 카운트다운이라고 생각해. 그것 말고는 답이 없거든. 그 숫자의 순서도 사실 간단할 거야. 너한테 누가 날짜와 시간을 물었다고 생각해 봐. 넌 평소 어떻게 대답하는데? 네가 태어난 날짜와 시간을 간단하게 숫자로 나타내 봐."

"11, 11, 오후 11 03…… 아, 무슨 말인지 알겠어."

"그래, 바로 그거야. 보통은 일, 월, 시간 순으로 날짜와 시간을 말하지. 그게 바로 범인이 의도한 순서일 거야."

"넵. 알겠습니다. 마스터 멘탈리스트 님."

베냐민은 마지막 문장을 내뱉으면서 눈썹을 꿈틀꿈틀 움직여 과장된 표정을 지어 보였다.

"마스터 멘탈리스트인지는 모르겠고, 우리 아들이 나만큼 똑똑하다는 생각은 드네."

"아빠보다 더 똑똑하지."

베냐민이 쿨럭 헛기침을 하는 체하며 대꾸했다.

이어 베냐민이 컴퓨터 화면에 떠 있는 문서를 최소화하자, 온통 까만 바탕 화면이 나타났다. 그리고 이어서 불러온 파워포인트 슬라이드에는 앙네스와 투바, 로베르트의 사진이 떠 있었고 배경 음악으로는 〈스타워즈〉 OST가 흘러나왔다. 다스 베이더의 테마곡이었다. 베냐민은 의자를 빙그르르 돌리며, 자아도취한 표정으로 문서를 만졌다. 빈센트는 아들의 파워포인트 솜씨를 칭찬해 줘야 할지 아니면 아들의 취향을 걱정해야 할지 감이 잡히지 않았다. 슬라이드 제목에는 '후디니 킬러 찾기'라는 문구가 들어가 있었고, 그 아래에는 세 피해자의 이미지가 나타났다. 그리고 이미지 아래에는 살해 날짜가 반짝이는 숫자로 쓰여 있었다.

"진짜 저 반짝이는 폰트가 여기에 적절하다고 생각하는 거야?"
빈센트가 물었다.

"왜? 빨간 반짝이인데! 어쨌든 아빠, 잠깐만 조용히 있어 봐. 이것부터 마치게. 그러면 우리가 가진 건 살해 날짜와 시간이니까 앙네스의 숫자는 13-1-14가 될 거고. 투바는 20-2-15, 로베르트는 3-5-14가 되겠네. 이 날짜와 시간을 수학적으로 처리하려고 해 봤거든. 숫자를 다 더해 보기도 하고, 수열도 찾아보고. 그런데 아무 수확도 없었어. 이 숫자 순서를 문자로 치환하는 건 벌써 아빠랑 아니라는 결론을 내린 거니까 빼고. 마지막으로 이 숫자들을 빛, 방사선, 무선 주파수, 위도, 좌표 등 형식에서도 찾아봤지만 별다른 건 없었어. 아무래도 메시지가 아직 미완성이라 그런 것 같기도 해. 지금 아빠가 피하고 싶어 하는 네 번째 살인에서 나온 퍼즐 조각은 아직 없는 거잖아."

"흠."

빈센트가 깊은 생각에 잠겼다가 이내 손을 들어 컴퓨터를 가리켰다.

"날짜랑 시간 숫자 그대로 해서 구글에 검색해 봐."

베냐민은 빈센트 말대로 구글 검색창에 숫자들을 입력하기 시작했다.

"오, 이거 재밌는데? 모든 수열이 모두 우편 번호야. 다 해외 주소고."

빈센트가 앞으로 몸을 구부리며 물었다.

"우편 번호? 어딘데?"

"블랑빌이랑 워싱턴, 뉴욕에 있는 멕시코. 우연인 거 같은데."

"아냐, 검색창에 그 세 지역 이름을 같이 넣어서 검색해 봐."

배 속에서 뭔가 꿀렁이는 게 느껴졌다. 그건 본능이자 직감이었다. 그의 본능과 직감이 드디어 답을 찾았다고 말해 주고 있었다. 베냐민은 '멕시코, 블랑빌, 워싱턴'의 키워드를 검색창에 넣고 검색 버튼을 눌렀다.

"먼저 이 세 지역에 가는 이동 편을 제안하는 여행 사이트는 자동 생성된 검색 결과니까 빼고. 이 세 지역이 다 들어간 책이 세 권 있네. 《멕시코만 기원》이라는 책이랑 연체동물 어쩌구 하는 책이 한 권 있고, 《멕시코의 포유동물》이라는 책도 있어. 재미있네. 마지막 책은 심지어 구글에 그 페이지도 나와 있어."

빈센트가 마지막 책을 가리키며 다시 입을 뗐다.

"그거, 그게 눈에 띄는데. 너무 구체적이야. 한번 확인해 보는 게 좋겠어."

어딘지 익숙한 책이었다. 아니, 어딘지 정도가 아니라 너무 익숙했다. 베냐민은 세 책의 링크를 모두 클릭해 비교하기 시작했다.

"아빠 말이 맞아. 이것 좀 봐. 앞의 두 책은 세 지역의 이름이 온 책에 걸쳐 등장하는데, 마지막 책에서는 그 세 개가 873페이지에 다 같이 등장해."

베냐민이 '멕시코의 포유동물' 링크를 클릭하자 세 지역의 이름이 노란색으로 강조 표시된 873페이지의 PDF 파일이 떴다. 하지만 빈센트의 머릿속에는 여전히 멕시코의 포유동물이라는 단어가 둥둥 떠다니고 있었다. 분명 너무 익숙한 제목이었다. 그러다 그의 시선이 페이지 번호에 멈췄다.

"873페이지."

빈센트가 숫자를 가리키며 말을 이었다.

"저게 날짜야. 일곱 번째 달의 여덟 번째 날짜. 그러니까 7월 8일이 되겠지. 그리고 기존의 살인이 오후 2시나 3시에 일어났으니, 마지막 숫자인 '3'은 시간이라 추측해 볼 수 있고. 절대 우연일 리 없어. 네 말처럼 살인자는 우리가 이 암호를 쉽게 풀 수 있길 바라고 있어. 우리가 실수한 게 있다면 너무 문제를 어렵게만 생각했다는 거야. 그냥 구글 검색 한 번이면 마지막 날짜를 찾을 수 있었는데."

빈센트는 벽에 기대어 흡족한 표정으로 말했다. 미나에게 바로 전화를 해야 했지만, 뭔가 그의 신경을 긁는 게 있었다. 분명 뭔가가 더 있는 것 같은 이 느낌.

7월 8일.

아니다. 날짜가 아닌 뭔가 다른 게 더 있었다.

보통 그는 그의 기억 저장고에서 원하는 기억을 쉽게 찾아냈다. 하지만 그러려면 그 기억은 처음부터 뇌 속에 기록되어 있어야 했다. 7월 8일이라…… 뭔가 기억이 날 듯했다. 하지만 그건 너무 먼 옛 기억이었다. 너무나 오래전, 그가 어렸을 적의 일. 그리고 멕시코의 동물…….

컴퓨터 화면에는 이빨을 드러낸 표범 사진이 띄워져 있었다. 분명 그가 이전에 본 적이 있는 책이었다.

맞다. 움베르토의 사무실에서.

그게 어떻게 된 일이었더라…….

그렇지, 누군가 그 책을 그에게 선물로 보내 줬다고 했다.

빈센트는 곧장 아들의 방을 나와 그의 서재로 뛰어갔다.

"그래서 돈은 언제 줄 건데! 오늘도 나 아니었으면 이거 못 찾았을 거잖아!"

등 뒤에서 베냐민이 외쳤다.

빈센트는 선물 받은 책들 중 절대 읽지는 않을 테지만 버리기는 아까운 책들을 한 선반에 늘 모아 두었기에 금세 그 책을 찾아낼 수 있었다. 표지의 표범이 그를 노려보고 있는 그 두꺼운 책은 《멕시코의 포유동물》, 저자는 헤라르도 세바요스였다. 방금 전 베냐민의 컴퓨터에서 봤던 바로 그 책이었다.

손에 땀이 너무 나서 그 두꺼운 책이 손끝에서 미끄러져 떨어질 뻔했지만, 그는 재빨리 책을 붙잡아 미친 사람처럼 873페이지를 찾았다. 그 페이지를 펼치자마자 숨이 턱 막혔다. 페이지 전체에 빨간 펜으로 줄이 빽빽하게 그어져 있었다. 마치 책이 피를 흘리는 것처럼 보였다. 그 페이지의 앞장과 뒷장도 살펴봤지만 다른 페이지에는 그런 줄이 그어져 있지 않았다. 줄들 사이는 붉은색으로 매듭을 짓듯 색칠을 해 놓았는데, 그의 숨을 멈추게 만든 건 그게 아니었다. 그 옆으로 글씨가 쓰여 있었다. 역시나 붉은색으로, 아래 원본을 깔고 여러 번에 걸쳐 베껴 쓴 것 같은 글씨들이 필기체로 쓰여 있었다. 그는 그 메시지를 거듭 반복해서 읽었다.

안녕, 빈센트.
다음 살인의 날짜를 7월 8일이라고 생각하다니 완전 실망이야.
설마 기억나지 않는 거야?

정말 날 찾고 싶다면, 이제 손가락만 빠는 건 그만두고 더 열심히 노력하는 게 좋을 거야.

폐 속으로 공기가 제대로 들어오질 않았다. 한 번에 이해하기에는 덩어리가 너무 컸다. 미치지 않기 위해서는 정보를 적당한 크기로 조각내야 했다. 누군가 그에게 메시지가 담긴 책을 보냈다. 첫 번째 살인이 일어나기도 전인 크리스마스에. 예블레 극장에서 미나를 처음 만나기 두 달 전에, 그리고 그가 수사에 참여하기 한참 전에 말이다.

무슨 영문인지는 모르겠지만, 이 모든 것은 그에 관한 것이었다.

처음부터 지금까지 줄곧 그랬다.

그 이유를 전혀 알 수가 없지만.

갑자기 공포가 그를 덮쳐 왔다.

*

크리스테르는 책장을 들여다보며, 새로운 책들을 사다 놓은 선반에서 어떤 책을 먼저 골라 읽을까 생각하고 있었다. 안데르스 데 라 모테의 신작을 읽을까? 아니면 GW의 책을 읽을까? 서점 직원은 영화배우 알렉산데르 카림이 썼다는 범죄 소설을 은근슬쩍 들이밀었지만, 언뜻 훑어봐도 내용이 썩 마음에 들지 않았다. 타임 슬립 같은 소재는 질색이었다. 그는 전통적인 범죄 소설이 좋았다. 자기가 뭘 쓰는지 제대로 아는 피터 로빈슨 같은 작가의 책이나, 호칸 네세르의 책같이 말이다. 호칸 네세르의 '반 비테렌' 시리즈는 한동안 신간이 없었지만, 크리스테르는 원래도 읽었던 책을 주기적으로 다시 읽으니 문제될 건 없었다.

무엇보다 그는 소설 속 영웅이 남자인 범죄 소설이 좋았다. 범죄 소설 속 여자들은 너무 애를 썼다. 마찬가지로 범죄 소설을 쓰는 여자 작가들도 지나치게 애를 썼다. 자신들이 제대로 이해하지도 못하는 것들을 여기저기 늘어놓으면서 소설을 잘 쓰려고 무리하는 게 보였다. 물론 스웨덴 범죄 소설의 대가이면서 남자인 레이프 G. W. 페르손도 다양한 이야기를 하지만, 알게 뭔가. GW는 GW다. 그가 직접 출시한 와인도 훌륭하고 말이다.

하지만 범죄 소설에 나오는 대부분의 남자 주인공들은 와인 대신 위스키를 마신다. 크리스테르도 바로 그 이유 때문에 위스키 마시는 법을 배우려 노력해 봤다. 두어 달 정도 매일 밤 좋아하지도 않는 위스키를 한 잔 마시는 연습을 해 봤지만, 그건 고역에 가까웠다. 날이 갈수록 잔을 채우는 위스키보다 얼음의 양이 많아졌고, 마지막에 가서는 유리잔에 얼음을 가득 채우고 최소한의 위스키만 넣는 지경에 이르렀다. 그걸 마지막으로 그는 위스키 마시기를 포기했다.

범죄 소설에 나오는 형사들이 매일 위스키를 마시는 잠재적인 알코올 중독자여서 그들에게 매력을 느끼는 건 아니었다. 크리스테르는 소설 속 형사들이 가진 그 어둠과 우울, 외로움이 좋았다. 소설 속 형사들이 제대로 된 인간관계를 맺지 못하는 것을 보고 있노라면, 자신도 꼭 그들 중 하나인 것 같은 기분이 들었다. 그리고 그 역시 범죄 소설에 등장하는 주인공이 된 것 같았다. 끊임없이 고민하고, 끊임없이 사건을 파헤치고, 끊임없이 시류를 거스르는 그런 영웅 말이다. 예외가 있다면 에베르트 벡스트룀 정도일까. 하지만 범죄 소설에 나오는 형사들은 그가 개인적으로 원하는 정도보다 더 열심히 일했다. 쿠르트 발란데르, 반 비테렌, 마르틴 베크, 앨런 뱅크스, 미카엘 블롬크비스트…… 이 허구의 인물들은 모두 지나치게 열심히 일했다. 크리스테르가 생각하기에 과도한 업무량과 위스키는 그와 잘 맞지 않는 것 같았다.

그가 가장 좋아하는 소설 속 우상은 해리 보슈였다. 그는 작가 마이클 코널리가 만든 영웅들과 자신이 비슷한 점이 많다고 느꼈다. 보슈 시리즈의 첫 작품을 읽고 나서는 범죄 소설의 세상에 자신의 쌍둥이 형제가 있다고, 아니면 범죄 문학에 그의 또 다른 자아가 있다고 느꼈을 정도였으니까. 눈물까지 차오를 뻔했다. 아주 오래전에 잃어버린 친형제를 만나는 느낌이었다고나 할까. 물론, 해리 보슈와 그 사이에는 다른 점도 많았다. 먼저 해리 보슈의 어머니는 매춘부였지만 크리스테르의 어머니는 소수의 남자와 그것도 정신적인 사랑만 나누며 조신하게 살았던 여자였다. 해리의 어머니는 끔찍하게 살해당했지만 크리스테르의 어머니는 자다가 뇌졸중으로 사망했다. 또 해리 보슈는 베트남전에 군인으로 참전했지만 크리스테르는 스웨덴 아르보가에서 K3 연대 군수품 관리를 맡아 복무했다.

어쨌든……

크리스테르에겐 해리 보슈가 편하게 느껴질 정도로 둘 사이에는 공통점이 많았다. 가령 집도 그랬다. 그가 어린 시절 살았던 집이자 그의 어머니가 유산으로 물려준 집은 해협 풍경이 다 내려다보이는 가파른 언덕에 위치해 있었다. 해리의 본명은 네덜란드 화가 히에로니무스의 이름을 딴 하이로니머스였고, 크리스테르의 가운데 이름은 그의 어머니가 가장 좋아했던 가수 엥겔버트 험퍼딩크의 이름을 따서 엥엘베르트였다. 해리 보슈와 크리스테르, 둘 다 왼손잡이였고 키도 똑같았다. 그리고 해리 보슈처럼 그도 재즈를 좋아했다. 솔직히 말하면 보슈의 재즈 사랑 때문에 그도 재즈를 듣기 시작했고 또 재즈를 좋아하도록 노력한 것이긴 하지만. 어쨌든 재즈를 따라 듣는 건 위스키를 따라 마시는 것보단 훨씬 쉬웠다. 지금 그의 집에는 쳇 베이커의 '타임 애프터 타임'이 흘러나오고 있었다. 크리스테르와 해리, 놀라울 정도로 비슷한 두 형사. 크리스테르는 흡족한 표정으로 고개를 끄덕이며 창밖 풍경을 내다봤다.

그때 초인종이 울렸다. 왔구나! 안락의자에 앉아 있던 크리스테르가 벌떡 자리에서 일어났다.

문밖에 서 있는 건 페데르와 목줄에 매인 보세였다.

"자네가 데리고 왔군!"

크리스테르가 놀란 표정으로 입을 열었다.

"미나가 직접 데리고 올 줄 알았는데."

"네? 왜 미나가 개를 데리고 올 거라고 생각한 거예요? 그걸 어떻게 아셨······."

그렇게 뻔한 걸 묻다니. 크리스테르는 대답조차 하지 않았다. 미나가 그 개를 진짜 자기 집으로 데려갈 수 있을 거라고 생각한 사람이 있었단 말인가? 맙소사. 세상에는 멍청한 사람이 정말 많다. 크리스테르는 문에서 한 걸음 비켜서서 그들을 안으로 안내했다. 대용량 개 사료가 벽에 기대 세워져 있었다.

"최고급 개 사료랑 개 밥그릇 두 개, 그리고 보세가 깔고 누울 쿠션도 하나 샀어."

크리스테르는 허리를 굽혀 보세의 목줄을 풀어 줬다. 보세는 곧장 거실을 돌아다니며 모든 걸 검사하기 시작했다.

"그런데 어떻게……."

페데르는 너무 놀라 벌린 입을 다물지 못했다.

크리스테르는 어깨만 으쓱했다.

"논리적으로 생각하면 유일한 선택지는 나잖아. 하지만 늘 그렇듯이 사람들은 날 처음으로 선택하는 법이 없지."

그의 뒤로 흘러나오는 음악이 조지 케이블스의 '후 캔 아이 턴 투'로 넘어갔다.

1982년 크비빌레

소년은 자기 앞에 자전거를 타고 달려 나가는 세 친구를 쳐다봤다. 자갈이 깔린 길을 따라 달리다 보면 그들이 자주 수영을 하러 가는 작은 호수가 나왔다. 호수에 도착하면 말라와 시칸, 로타는 주저 없이 물에 뛰어들 것이고, 늘 그렇듯 물에 들어오지 않는 그를 무자비하게 놀리기 시작할 것이다. 하지만 상관은 없었다. 친구들이 놀리는 말이 진심은 아니라는 것쯤은 그도 알았다. 소년이 늘 앉아 있는 숲의 가장자리에 물을 튀기는 것도 그저 장난일 뿐이고 말이다. 하지만 깊은 호수 속의 어둠은 결코 장난이 아니었다. 그 깊은 곳에는 뭐든 숨어 있을 수 있었다. 깊고 어두워 아무것도 들여다보이지 않는데, 그 밑바닥에 사는 무언가가 날 물 밑으로 잡아당기지 않으리라고 어떻게 확신할 수 있다는 말인가?

요즘 소년은 어둠 저 밑에 있는 무언가가 그를 끌어 내리려고 위협한다는 느낌을 자주 받았다. 그의 머릿속에 있는 어두운 그림자 말이다. 그에게는 말라와 시칸, 로타, 이 친구들이 필요했다. 다른 사람들과 다를 바 없이 평범하게 살며, 그를 평범하게 대해 주는 친구들 말이다.

"어이! 거기 요다! 얼른 와!"

소년은 예인이 버리고 간 티셔츠를 입고 있었다. 티셔츠에는 아주 늙어 보이는 녹색 괴생명체가 그려져 있었다. 요즘 교실을 온통 떠들썩하게 달구는 〈스타워즈〉라는 영화에 나온다는 요다라는 캐릭터였다. 소년은 아직 〈스타워즈〉를 보지 못했지만 거기 나오는 캐릭터들은 알고 있었다. 소년은 요다보다 루크 스카이워커나 추바카가 훨씬 멋지다고 생각했다. 심지어 나쁜 놈으로 나오는 다스 베이더도 요다보다는 멋질 것이다. 하지만 예인은 요다가 제일 똑똑하고, 고로 요다가 제일 멋지다고 말했다.

"내가 너네보다 키는 크거든!"

소년이 외쳐 봤지만, 이미 세 소녀는 모퉁이를 돌아 사라지고 없었다.

소년은 친구들을 따라잡으려 재빨리 페달을 밟았다. 바퀴 밑에서 자갈들이 요란한 소리를 냈다. 친구들이 그를 데리러 왔을 때 잽싸게 챙겼던, 누나가 만들어 준 망토는 자전거 짐받이에 아무렇게나 구겨져 있었다. 요다는 쪼다들이나 좋아하는 거다. 오늘 그는 추바카가 될 거다.

물속에 한바탕 들어갔다 나온 친구들은 각자 가져온 수건 위에 누워 물기를 말렸다. 소년은 당장이라도 호수에 뛰어들 것처럼 팬티만 입은 상태였지만, 마지막 순간에 마음을 바꿔 물에 들어가지 않았다. 어차피 모두가 예상하고 있던 바였다.

따뜻한 햇살을 받고 있으려니 허기가 몰려왔다. 소년은 엄마가 만들어 준 샌드위치를 좀 챙겨 왔으면 좋았을 텐데 하고 생각했다.

"너 집에서 나온 거 너희 엄마가 알아채셨을까? 소리 안 내려고 했는데, 그래도 눈치채셨을 것 같아."

그때 로타가 말했다.

아뿔싸. 소년의 온몸이 차가워졌다. 샌드위치 생각을 하지 말걸 그랬다. 그 생각을 안 했더라면 로타도 엄마 얘기를 안 꺼냈을 텐데.

"집에 계시긴 했어? 나는 못 봤는데."

말라도 물었다.

"쉬고 있었어. 우리 엄마 알잖아. 그러니까 큰 소리 안 내고 조용히 나오길 잘했어."

적어도 그건 사실이었다. 친구들은 고개를 끄덕였다. 세 친구는 소년의 엄마에게 종종 그런 날들이 있다는 걸 알고 있었다. 휴식을 취해야 하는 날, 아이들이랑 만나는 대신 혼자 있는 게 더 좋은 날, 그리고 어두운 그림자가 되는 날.

"오늘 우리 집에 가서 간식 먹을래?"

시칸이 물었다.

"우리 엄마는 맨날 음식을 너무 많이 해."

소년은 시칸의 배 위에 맺힌 물방울들이 햇빛을 받아 반짝이는 것을 보았다. 하나하나 세기에는 물방울 개수가 너무 많았다. 차라리 셀 수 없으니 다행이었다.

"글쎄, 그건 좀……."

"어차피 너희 엄마는 네가 없어진 것도 모르실걸. 너도 알잖아. 우리 다 같이 시칸네 집에 가서 간식이나 먹자!"

말라의 말에 로타와 시칸 모두 웃음을 터트렸다. 그리고 곧 시칸이 미소 띤 얼굴로 말했다.

"네가 늦게 간다고 별일 없을 거야! 물기 말리고 바로 우리 집으로 가자."

소년은 이런 식으로 말없이 집을 나오면 엄마한테 혼날 거라는 걸 알았다. 분명 대가가 따를 것이다. 지금 엄마는 소년을 기다리고 있었다. 아까 엄마한테는 잠깐 뭘 좀 가져오겠다고만 말하고 친구들을 따라와 버렸으니 말이다. 하지만 작은 호숫가 옆 잔디밭에서 햇살을 받으며 있는 이 순간, 소년은 태어나 처음으로 별 걱정이 되지 않았다. 그리고 아주 짧은 순간이었지만 호수의 어두움도 그리 어두워 보이지 않았다.

*

그는 작은 위스키 잔에 발베니 포트우드를 따라 연속 세 잔을 마셨다. 발베니 포트우드는 최근 몇 년간 그가 가장 즐겨

온 21년산 위스키였다. 그리고 오늘 밤, 그는 이 비싼 위스키를 무슨 맛인지도 모른 채 무작정 입에 털어 넣고 있었다. 차라리 외과용 알코올을 마시는 편이 더 나을지도 모른다. 아니, 그의 곤두선 신경을 가라앉힐 수 있는 거라면 뭐든. 그때 그의 머릿속에서 작은 목소리가 속삭였다. 알코올의 신경 진정 효과는 미미할 거라고, 오히려 알코올이 그의 편집증까지 일깨울 거라고. 하지만 그는 이미 올바른 판단을 내릴 수 있는 상태가 아니었다. 대마초를 피우는 것도 한 방법이겠지만 그러기엔 이제 그의 나이가 너무 많았다.

서재 안, 그의 앞에 놓인 책상 위에 문제의 책《멕시코의 포유동물》이 놓여 있었다. 더 이상 메시지를 들여다보고 싶지 않아 책은 덮어 둔 채였다. 잠자리에 드는 마리아에게는 할 일이 조금 더 남았다고 말해 두었고, 레베카와 베냐민은 아직도 집에 돌아오질 않았다. 그의 첫째와 둘째는 자유를 즐기는 데 여념이 없어 보였다. 그는 천장의 조명을 끄고 은은한 책상 램프를 켰다.

그러고는 회전의자를 좌우로 돌려 가며 생각에 잠겼다. 지금 이 상황에서 무엇을 먼저 해야 하는지 감이 잡히지 않았다. 미나에게 연락을 해야 하나? 아니면 경찰서에 연락을 해야 하나? 연락을 하면 뭐라고 말을 해야 한다는 말인가? 범인처럼 이상한 뇌를 가지지 않고서는 절대 찾을 수 없는 그런 메시지를 범인에게서 받았다고? 그는 위스키 잔을 빙그르르 돌렸다. 호박색 액체가 잔 안에서 천천히 출렁였다. 얼음을 넣어 마시는 라가불린 위스키와는 달리, 발베니는 얼음 없이 니트로 마셨다. 하지만 얼음 소리를 듣기 위해 잔을 돌리던 게 습관이 되어 자꾸 잔을 돌리게 되었다.

그가 범인에게서, 아니 이 연쇄 살인이 일어나기 전에 살인이 일어날 날짜를 알고 있었던 누군가에게서, 이 사건 수사가 시작되기도 전에, 아니 그 살인 사건이 일어나기도 전에 빈센트가 이 사건 수사에 개입할 것임을 알고 있었다는 메시지를 받았다고 루벤에게 말한다면 그는 어떤 반응을 보일까? 루벤은 멘탈리스트의 머리가 결국은 어떻게 되었다고 생각할 것이다. 루벤…… 루벤은 마음속에 문제가 많은 남자다. 빈센트의 경험상, 루벤같이 남성성이 강한 남자는 겉은 강인하지만 그 속은 아주 연약한 경향이 있었다. 그걸 루벤에게 말해 줄 필요는 없을 것이다. 괜히 말했다가는 한 대 대차게 얻어맞을 수도 있을 테니. 하지만 그게 꼭 빈센트가 아니더라도 루벤은 그의 이야기를 들어 주고 그와 대화를 할 사람을 만나야 할 것 같긴 했다.

위스키를 조금 삼키자 기도가 따뜻하게 달궈지고 부드러워지는 느낌이 들었다. 그는 두 눈을 감고 1~2초간 위스키의 맛과 향에 온전히 집중하려 노력했다. 하지만 그럴 수 없었다. 눈을 감아도 머릿속에선 저 표범이 노려보고 있는 책 안의 붉은 글자들이 둥둥 떠다녔다. 그는 다시 감았던 눈을 떴다.

메시지가 던진 질문은 아주 흥미로웠다. 그가 경찰 수사에 협조할 것을 미리 알고 있었던 사람은 대체 누구란 말인가? 아니, 그걸 확실히 알지는 않았다고 해도 그럴 거라 예상한 사람은 누구였을까? 그의 머릿속에는 딱 두 명이 떠올랐다. 첫째는 그에게 연락을 해 보겠다는 미나의 제안을 허락한 율리아였다.

그리고 둘째는 물론 미나였다.

미나는 알고 있었다. 그녀는 경찰 수사에 협조해 달라는 경찰 측 요청을 그가 수락할 거라고 확신했던 사람이었다. 그날 예블레 공연장에 그녀가 아닌 다른 사람이 그를 찾아와 수사 협조를 요청했다면 그는 정중하고 단호하게 청을 거절했을 것이다. 하지만 미나는 끈질기게 그에게 손을 내밀었다.

그는 위스키 잔에 남은 위스키를 한입에 털어 넣고 다시 한 잔을 따랐다.

미나일 리는 없을 것이다.

미나여서는 안 됐다.

말도 안 되는 이야기였다. 그는 그녀를 안다. 흠, 아니다. 그건 사실이 아니다. 그는 사실 그녀를 몰랐다. 하지만 그래도 그녀의 행동 뒤에 숨겨진 이유와 사정은 알았다. 맙소사,

그녀가 옆에 없는데도 꼭 있는 것처럼 느껴졌다.

미나는 이 책을 보내지 않았다.

하지만 만약 그랬다면?

정말로 미나가 이 책을 보냈다면 어떻게 해야 하나?

그는 차갑게 얼어붙은 채 머릿속에서 그 달갑지 않은 생각을 밀어 냈다. 더 곰곰이 파고들기에는 너무 불쾌한 생각이었다. 그게 사실이라면 모든 것이 무너져 내릴 것이다.

꼬리에 꼬리를 무는 생각들은 나중에 다시 처리하기로 하고, 지금 당장은 이 책을 보낸 사람이 미나가 아니라고 여기기로 했다. 그럼 대체 누구란 말인가? 율리아가 보냈을 리는 없을 것이다. 그러면…… 아무도 남질 않는다. 머리가 더 잘 돌아가도록 혈액을 뇌로 보내기 위해 그는 자리에서 벌떡 일어났다. 바닥에 눕기에는 너무 불안했다.

그는 선 채로 둘이 처음 만났던 그날의 기억을 파헤치기 시작했다.

예블레에서의 그날 밤.

미나는 그의 맞은편에 앉았다.

바에는 헬싱보리에서 왔다는 콘퍼런스 참석자들이 있었다.

그녀의 빨대.

그의 햄버거.

어쨌든 율리아가 이번 사건에 외부 고문을 두어도 좋다고

허락해 줬어요.

빈센트 씨를 만나 이야기를 나눠 보라는 추천을 받았어요.

추천을 받았다라. 그 추천을 율리아가 했으리라는 법은 없었다. 하지만 율리아가 아니라면 그게 누구였다는 말인가? 미나에게 직접 물어야 했다. 그녀에게 범인의 메시지와 책에 대해 이야기하는 순간, 이제 그는 그가 전혀 예상하지 않았던 방식으로 수사에 끌려 들어가게 될 것이다. 하지만 수사를 방해하고 싶지도 않았다. 아니, 방해가 아니라 그에게는 멈춰야 할 살인이 있었다.

그는 마시던 위스키의 뚜껑을 덮고 부엌 선반에 다시 올려두었다. 우선은 미나를 찾아 누가 그를 추천했는지 알아내야 했다.

그런 다음 책에 대해 이야기할 것이다.

절대 미나가 보냈을 리 없는 바로 그 책에 대해서 말이다.

7월

밀다는 경험상 할아버지 댁에 가는 날은 시간을 넉넉히 빼두어야 한다는 것을 알고 있었다. 그녀의 할아버지 뮈콜라스와 그녀의 어머니는 그리스 출신이었고, 그녀의 아버지는 리투아니아에서 온 이민자였다. 그리고 밀다라는 이름은 리투아니아의 신화에 나오는 사랑의 여신에게서 따온 이름이었다. 말하자면 밀다는 리투아니아와 그리스의 피가 섞여 스웨덴에서 자란, 아주 특별한 조합을 가진 사람이었다.

그녀는 자신의 이름이 사랑의 여신에게서 온 것을 늘 아이러니하다고 생각해 왔다. 그녀 인생에 사랑은 그리 풍족하지 않았다. 적어도 남자에게서 받은 사랑만큼은 그랬다. 한 번 했던 결혼은 뭐 하나 특별할 게 없었고, 이혼 이후로는 남자를 사귄 적도, 데이트를 한 적도 없었다. 1년 전 어느 날 밤인가 혼자 와인을 너무 많이 마시고 집 소파에 앉아 데이팅 앱 틴더에 가입해 프로필을 만든 적은 있었지만 술이 깬 후로는 로그인을 하거나 앱을 둘러보지도 않았다. 틴더에 대해 들은 이야기는 그녀의 자신감을 높이기는커녕 깎아 놓기만 했다. 게다가 틴더에서 애들 아빠를 맞닥뜨릴지 모른다는 불안함도 있었다.

"할아버지?"

집에 들어서서 할아버지를 불러 봤지만, 돌아오는 대답은 없었다.

평소와 마찬가지로 현관문은 잠겨 있지 않았다. 지난 수년 동안 그녀가 현관문은 잠가야 한다고 아무리 귀에 못이 박히게 이야기해도 할아버지는 절대 듣지 않았다. 인간의 선함에 대한 할아버지의 확고한 믿음은 칭찬받아 마땅했지만 동시에 아주 치명적일 수도 있었다. 불과 일주일 전, 그녀는 집에 있다 강도에게 살해된 노인의 시신을 부검했었다. 젊은 남자 둘이서 노인을 고통스럽게 괴롭히고 구타해 결국 노인을 죽음에 이르게 만들었는데, 그게 모두 고작 570크로나 때문에 벌인 일이었다.

그녀는 부엌과 거실을 지나 정원으로 나가는 뒷문 앞에 섰다. 그녀는 할아버지가 어디에 있을지 이미 알고 있었다. 할아버지는 아마도 그가 사랑해 마지않는 정원의 온실에 있을 것이다.

정원으로 나간 밀다는 바닥에 깔린 나무 데크에 올라서서, 할아버지를 부르는 대신 잠시 멈춰 섰다. 그러고는 할아버지가 그녀를 알아볼 때까지 온실 안에 있는 그를 가만히 쳐다봤다. 어린 시절 그녀는 숲의 가장자리에 위치한 엔훼데의 이 작은 빨간 집 정원에서 얼마나 많은 시간을 보냈던가. 온실은 그녀가 할아버지의 예순을 기념해 선물한 것이었는데, 할아버지가 무척 아끼는 공간이 되었다.

밀다는 온실의 유리창을 통해 할아버지가 여기저기를 왔다 갔다 하며 능숙한 손놀림으로 흙을 다지고, 마른 잎사귀를 조심스레 떼어 내고, 그의 돌봄 속에서 무럭무럭 자라고 있는 식물들에게 말을 건네는 모습을 지켜봤다. 그녀는 할아버지가 온실에서 무엇을 키우는지 다 알고 있었다. 온실 안에는 토마토와 고추, 피망, 호박이 있었다. 심지어 할아버지는 수박도 재배하는 데 성공했다. 뮈콜라스 할아버지에게 불가능이란 없었다.

그렇게 얼마나 시간이 흘렀을까. 이윽고 할아버지가 그녀를 알아봤다. 할아버지는 환해진 얼굴로 그녀를 향해 온실로 오라고 손짓했다. 밀다는 얼굴에 미소가 퍼져 가는 것을 느끼며, 온실로 통하는 작은 오르막으로 서둘러 발걸음을 옮겼다.

"저 왔어요, 할아버지!"

온실에 들어간 그녀는 잘 익은 토마토와 흙 그리고 사랑의 냄새를 맡으며 할아버지와 포옹해 인사했다. 사랑에는 냄새가 없지만, 만약 있다면 그건 분명 할아버지에게서 나는 냄새와 같을 것이다.

"여기 좀 봐라!"

할아버지가 자부심 넘치는 목소리로 입을 열었다.

"봐 봐. 호박꽃이 얼마나 예쁘게 피었는지! 호박꽃을 따다가 너 좋아하는 호박꽃 튀김을 해 줄 참이다. 그리고 조금 있으면 아주 맛있는 호박이 여물 거야!"

할아버지는 당신의 작은 왕국을 가리키며 그 안에서 자라고 있는 각종 식물이 지금 성장의 어느 단계에 있는지 밀다에게 하나하나 설명해 주었고, 그녀는 할아버지의 목소리에 귀를 기울였다. 그녀도 이 온실이 무척이나 좋았다. 그녀의 친오빠는 할아버지가 돌아가시고 나서 이 집을 유산으로 물려받으면 그걸 홀랑 팔아먹을 생각으로 그날만 손꼽아 기다리고 있겠지만, 그녀는 아니었다. 온실에서 이런저런 소일을 하는 할아버지가 없을 거라는 생각만 해도 목이 메어 왔다. 그녀와 그녀의 오빠는 아주 다른 사람이었다.

"아디는 잘 지낸다든?"

그녀의 생각을 읽기라도 했는지 할아버지가 물었다.

아디는 리투아니아 말로 늑대라는 뜻이다. 오빠에게 아주 잘 어울리는 이름이었다.

"네, 잘 지낸대요."

밀다는 거짓말을 했다.

오빠는 잘 지내는 법이 없었다. 오빠는 언제나 그를 부자로 만들어 줄 무언가를 구상하고 실행에 옮기느라 정신이 없었다. 합법적인 일을 벌이는 경우는 거의 없었다. 보험 사기로 교도소에서 1년을 복역하기까지 했다. 그걸로 큰 교훈을 얻고 뭔가 달라지는 게 있을 줄 알았더니, 그런 것도 아니었다. 아디는 그야말로 구제불능이었다. 집안의 장손으로 부모님의 사랑을 한 몸에 받으며 커서 그런지, 자신이 엄청 잘난 사람이라는 확신에 차 있었다.

"베라랑 콘라드는?"

할아버지의 눈을 보니 아이들에 대해서는 거짓말을 해 봐야 아무 의미도 없을 것 같아, 그녀는 그냥 입을 꾹 다물었다.

"콘라드 말이다. 언제든지 여기에서 나랑 같이 지내도 된다는 거 알지?"

할아버지가 진지한 표정으로 입을 열었다.

"환경이 바뀌면 도움이 될 것 같아 하는 말이다. 특히 지금은 여름휴가 기간이잖아. 이 집에는 술이라고는 한 방울도 없으니까 안심해도 되고. 콘라드가 원한다면 여기서 얼마든지 지내도 돼. 나도 작물들 수확할 때 도움이 필요하니까."

"감사해요, 할아버지. 그런데 콘라드는 지금 재활 시설에 들어가 있어요. 거기서 올여름을 다 보낼 거고요. 어쩌면 여름이 지나도 거기 계속 있어야 할지 몰라요."

할아버지의 두 눈에 상처 받은 눈빛이 스치고 지나가자, 그녀는 저도 모르게 입술을 깨물었다. 아들을 가족의 품 안에서 돌보는 대신 기관에 맡기기로 결정한 건 그녀였다. 그리고 그건 할아버지의 세상에선 결코 용납되지 않는 일이었다.

밀다는 할아버지의 손을 맞잡으며 말했다.

"콘라드도 여길 좋아할 거예요. 하지만 우선은 재활을 해야 해요."

그녀의 말에 할아버지가 미소를 지으며 말했다.

"그래. 집으로 가자. 맛있는 커피를 내려 주마."

할아버지는 앞장서서 온실을 나서, 집으로 난 나무 계단을 휘청이며 내려갔다. 할아버지의 비틀거리는 모습에 가슴이 아파 왔다. 할아버지는 언제나 쉴 새 없이 움직이는 강한 남자였는데 언제 이렇게 약해진 것일까. 하지만 육체는 쇠했을지 몰라도, 할아버지의 날카로운 정신만큼은 여전했다. 게다가 오랜 세월 생물학 교수로 일했던 할아버지야말로 지금 그녀에게 가장 필요한 대화 상대였다.

"나야 네가 이렇게 한 번씩 와 주는 게 너무 좋고, 또 꼭 무슨 이유가 있어야 네가 여기 올 수 있는 건 아니지만 그래도 오늘은 그냥 온 게 아닌 것 같구나. 뭐 때문에 마음이 그리 무거운 게냐."

밀다는 오늘 이곳에 지고 온 마음의 짐을 할아버지에게 넘기기 전에, 할아버지가 막 내려 준 신선한 커피를 받으며 죄책감을 느꼈다. 좀 더 자주 찾아뵈어야 하는데. 할아버지를 뵐 때마다 늘 하는 생각이었지만 일상에 치여 그러기가 쉽지 않았다.

"얼마 전에 청년 하나를 부검했어요. 끔찍하게 살해된 청년이었죠. 그런데 그 청년의 위 안에서 이걸 발견했어요."

밀다는 지퍼 백 봉투 하나를 할아버지에게 건넸다. 할아버지는 어두운 표정으로 봉투를 받아 들어, 그녀가 앉아 있는 창가의 작은 식탁 맞은편에 앉아 내용물을 자세히 들여다보기 시작했다.

"봐도 될까?"

할아버지의 질문에 그녀가 고개를 끄덕였다.

봉투를 연 할아버지는 먼저 봉투 안의 냄새를 맡고, 그런 다음 안에 든 내용물을 꺼냈다. 봉투 안에 든 건 로베르트의 위 속에 들어 있던 털 뭉치였다. 위 속에 들어 있던 털의 대부분은 내부 절차에 따라 분석을 위해 국과수에 보냈지만, 동시에 그녀는 국과수에 밀린 일이 많아 검사 결과를 받기까지는 한참이 걸릴 거라는 것도 알고 있었다. 최소 한 달은 소요될 것이 분명했다. 보통 때 같으면 국과수에서 결과를 알려줄 때까지 잠자코 기다렸겠지만 이 사건과 이 청년에게는 뭔가 특별한 데가 있었다. 마냥 기다리기보다 직접 나서서 답을 알고 싶게 만드니 말이다. 그래서 오늘 할아버지를 찾아온 것이다. 할아버지는 은퇴 후 온실에 온 열정을 쏟아부으며 살고 있지만, 그녀는 평생 그녀의 할아버지만큼 날카로운 생물학자 혹은 동물학자는 본 적이 없었다.

"뭔지 알 것 같구나. 하지만 확실히 하려면 현미경으로 한

번 봐야겠다. 여기서 커피 마시면서 잠깐만 기다리고 있어. 금방 돌아오마."

할아버지가 자리에서 일어났다. 일어서려던 중 몸에 통증을 느꼈는지 할아버지가 얼굴을 찌푸리는 것이 보였다. 밀다는 창밖을 쳐다보며 다시 커피 한 모금을 마셨다. 그녀는 이곳 엔훼데가 좋았다. 그녀가 유년 시절을 보낸 바가르모센도 나쁘진 않았지만, 엔훼데에는 옛 정취가 아직도 고스란히 남아 있어 언제나 고향 같고 따뜻하게 느껴졌다. 어쩌면 엔훼데가 할아버지네 동네이기 때문에 그렇게 느껴지는 것일 수도 있으리라. 어쨌든 그녀는 이곳이 좋았다. 오래된 장미 덤불, 초여름이면 온 동네에 퍼지는 라일락의 달콤한 향기, 옛날과 다름없이 거리로 뛰어나와 노는 아이들.

창밖으로 다부진 체격의 남자가 지나갔다. 어렸을 적 같이 놀았던 친구인 것 같은데 확실하지는 않았다. 주춤하다 인사를 하려고 손을 들었을 때, 남자는 이미 가 버린 후였다.

"자, 이제 확실히 알겠구나."

할아버지는 만족스러운 표정으로 그녀의 맞은편 의자에 앉았다. 또 통증이 도졌는지 얼굴을 찡그리는 할아버지를 보며 밀다는 이 고집 센 노인을 하루라도 빨리 병원에 보내야겠다고 마음속으로 다짐했다.

"내 생각이 맞았다. 이건 족제빗과 동물의 털이야. 네오비전이라고도 하는데, 비전은 프랑스어로 그 동물 이름을 뜻하지."

할아버지는 다음 말이 가져올 효과를 극대화하기 위해 잠시 말을 멈췄고, 밀다는 재촉하는 대신 잠자코 기다렸다. 할아버지는 자신이 스포트라이트를 받고 있는 지금 이 순간을 1분 1초도 빠짐없이 즐기고 있었다. 그녀는 커피 한 모금을 더 마시고 기대감 가득한 눈빛으로 할아버지를 쳐다봤다.

"원래는 북미 지역에 서식하던 동물이야. 척삭동물문, 그중에서도 척추골을 가진 포유강에 속하고, 성체가 되면 꼬리를 제외하고 길이가 45센티미터, 꼬리는 13~23센티미터 정도가 되지. 수컷은 그 무게가 1~1.5킬로그램, 암컷은 0.75킬로그램 정도 나가고, 야생보다는 사육된 놈들이 무게는 더 나가는 편이지."

밀다는 고개를 끄덕였다. 사실 그녀도 예상하고 있던 바였다. 하지만 본인의 전문 분야 이야기를 하는 할아버지의 두 눈이 기쁨으로 반짝거리는 것을 보며, 그녀는 할아버지의 말을 끊는 대신 계속해서 귀를 기울였다.

"얼마 전까지만 해도 긴털족제비와 같이 족제비속 그룹으로 분류되었는데, 유전 연구 결과 그 사이에 큰 차이가 있는 것으로 밝혀져서 이제는 거기서 떨어져 나와 독립된 그룹을 갖게 되었어. 밀다야, 이 털은 바로 밍크의 털이란다!"

할아버지는 의기양양한 표정으로 털 뭉치를 그녀에게 건네며 말했다. 밀다는 조용히 고개만 끄덕였다. 이것 역시 그녀도 예상하고 있던 바였다.

"이 밍크 털이 어디서 온 건지 알 수 있을까요? 그리고 이건 스웨덴에도 서식하는 종인가요?"

"아니, 안타깝게도 그건 알 수 없어. 보통 밍크를 말할 때는 야생 밍크와 밍크 농장에서 기르는 사육 밍크, 이렇게 두 종류를 말하지. 흠, 너도 밍크 농장의 열악한 환경에 대한 이야기는 알고 있겠지만. 어쨌든 야생 밍크와 사육 밍크의 털은 똑같아. 아무런 차이도 없지."

"솔직히 밍크 농장 같은 곳이 아직도 존재하리라고는 생각도 못 했어요."

밀다는 말을 하며 자리에서 일어나 부엌 싱크대로 갔고, 커피 주전자를 들고 와 할아버지와 그녀의 커피 잔을 다시 채웠다.

"아, 아직도 있단다. 그런 농장이 몇 개나 있는지 또 어디에 있는지는 모르겠지만, 인터넷에 찾아보면 나오겠지."

밀다는 옅은 미소를 지었다. 할아버지는 첨단 기술에 익숙한 사람은 아니었고 인터넷에 관련된 표현은 배우기도 거부했다.

"그럼 야생 밍크는 어디서 서식하는데요? 어떤 환경에서요?"

밀다가 다시 자리에 앉으며 물었다.

살짝 열린 부엌 창문을 통해 바깥에서 아이들이 게임을 하며 까르르 웃고 소리치는 소리가 들려왔다.

"밍크는 물가에서 살길 좋아하지. 호수나 수로, 습지 같은 곳들 말이다. 그리고 물고기나 새우, 개구리 같은 작은 동물들을 먹이로 삼고."

밀다는 다시 고개를 끄덕이며 생각에 잠겼다. 로베르트의 위 속에서 밍크 털이 발견되었다. 대체 이건 뭘 의미하는 걸까? 흠…… 엄밀히 말해 그걸 밝혀내는 건 그녀가 해야 할 일은 아니었다. 지금까지 그녀가 발견한 것들을 넘기고 나머지 일은 전담 팀에 맡겨야 할 것이다.

"고마워요, 할아버지. 정말 큰 도움이 되었어요."

밀다는 미소를 지으며 말을 이었다.

"그래서 올해는 온실에서 어떤 괴짜 실험을 하고 계세요?"

그녀의 질문에 할아버지의 표정이 다시 환해졌다. 할아버지는 조심스레 지퍼 백에 털 뭉치를 다시 넣고 밀봉한 뒤, 식탁 가장자리에 팔꿈치를 괸 채 양 손가락 끝을 맞댔다.

"올해는 교배종 실험을 해 볼까 했지. 서로 다른 두 당근 종을 교배해서 새로운 종을 만들 수 있을까 하고 말이야. 샹트네이와 얼리 낭트를 교배하면 아주 괜찮은 종이 만들어질 것 같았거든. 또 장미도 두 종을 교배해 볼 생각이다. 루겔다와 드림 시퀀스 종을 교배하면 아주 아름다운 장미가 나올 것 같아. 아스트리드 린드그렌이라는 이름으로도 알려져 있지. 너도 알겠지만 루겔다는 해당화 교배종이고 드림 시퀀스는 무리 지어 피는 플로리분다니까, 둘을 교배하면……."

밀다는 할아버지가 행복한 얼굴로 교배종에 대해 설명하는 모습을 지켜봤다. 그리고 마음속으로 할아버지를 더 자주 찾아뵐 것, 그리고 필요하다면 강제로라도 병원에 할아버지를 모시고 갈 것을 다짐했다.

*

빈센트는 프린세스 케이크가 한 조각씩 놓인 접시를 양손에 들고 베르얀데르가 기다리는 테이블로 걸어갔다. 조심한다고 했는데도 테이블에 접시를 내려놓다가 한 케이크가 옆으로 쓰러졌다. 그는 넘어진 케이크를 다시 세울까 잠시 고민하다, 그러는 대신 이 공간의 중앙에 있는 커피메이커를 향해 발걸음을 옮겼다.

"커피, 어떻게 마셔?"

그가 어깨 너머로 베르얀데르에게 물었다.

"내 영혼처럼 까만 블랙커피로 줘."

"그렇네. 취미로 십자가에 두 손을 못 박는 소품을 만드는 사람이니 블랙커피가 맞겠네."

빈센트는 두 손에 커피 두 잔을 들고 다시 테이블로 뚜벅뚜벅 걸어왔다.

"오늘 시간 내 줘서 고마워. 그리고 귀찮게 해서 미안하고."

아직 미나에게 연락은 하지 않았다. 감히 그럴 용기가 나지 않았다. 그래서 베르얀데르가 스톡홀름에 왔다는 소식을 듣자마자 그부터 만나기로 덥석 약속을 잡았다. 온통 그 책에 쏠려 있는 그의 신경을 다른 데로 돌릴 수만 있다면 그러고 싶었다.

"별말을 다 하네. 내가 좋아서 돕는 건데. 제때 연락을 못 해 줘서 나도 미안해. 마무리해야 할 큰 주문이 있었거든. 그래도 날 만나러 순스발까지 올 필요는 없었으니 그게 어디야. 스톡홀름에는 동생이 TV에 나와 일루전을 한다고 해서 그걸 도와주러 왔어. 딱 맞는 사이즈의 불꽃을 찾을 수가 없어서."

빈센트는 절레절레 고개를 저었다. 마술사들이란.

그와 베르얀데르는 스톡홀름 시내에 위치한 대형 카페 겸 베이커리인 베테카텐에 와 있었다. 여느 때처럼 카페 안은 관광객으로 북적였고, 그 덕분에 오히려 방해받지 않고 대화를 나눌 수 있었다. 가장 평범한 장소가 비밀을 숨기기 가장 좋은 장소라는 것. 마술사라면 누구나 알고 있는 사실이었다.

빈센트는 접시 위에 쓰러져 있는 케이크의 단면을 들여다보았다. 스펀지케이크 베이스에 바닐라 크림, 라즈베리 잼, 크림, 마지팬 등 모두 다 해서 다섯 개 층으로 이뤄진 케이크였다. 빌어먹을. 홀수 층에 절망하려던 그때, 케이크 맨 위에 슈거 파우더가 뿌려진 게 눈에 들어왔다.

빈센트는 숨을 크게 내쉬었다. 슈거 파우더 덕분에 케이크 층은 여섯 개가 되었다.

불현듯 베이킹을 예로 들어 범주론을 설명했던 수학자 유지니아 쳉의 강의가 떠올랐다. 그녀라면 이 케이크 조각도 수학적 원리로 변환해 낼 수 있었을 것이다. 평소 같으면 그 생각에 기분이 좋아졌을 텐데, 오늘은 불행히도 그렇지 않았다. 그는 지그재그 박스 속에서 세 토막 났던 로베르트의 시신 단면이 어떤 모습이었을까 생각했다. 절단면의 지방 조직과 피는 이 프린세스 케이크의 단면과 닮은 모습이었을까? 케이크의 마지팬 층은 그의 피부에 해당했을까? 역겨운 생각에 그는 케이크 접시를 저만치 밀어 놓았다.

"여기 말고 너희 집에서 만났더라도 난 아무 상관 없었는데. 물론 여기가 아주 근사한 건 맞지만 말이야."

"아니야. 집에서 할 수 있는 이야기가 아니라서 여기서 보자고 한 거야. 바쁜 사람인 거 아니까 단도직입적으로 말할게. 지난번에 내가 보여 줬던 일루전 기억나? 칼을 꽂아 넣는 마술 상자 말이야."

"이상하게 만들어졌던 그 상자, 기억하지."

베르얀데르가 고개를 끄덕이며 답했다. 그리고 포크를 들어 케이크를 잘라 입으로 가져갔다. 지방과 피로 이뤄진 조직 층. 빈센트는 저도 모르게 얼굴을 찌푸렸다. 베르얀데르는 이 사건과 관련한 기자 회견이 있었다는 사실도 전혀 모르고 있었다. 그의 전문 분야인 마술과 관련된 사건인데도 그랬다. 천재 발명가로 살며 치러야 하는 대가라고 해야 할까. 베르얀데르는 외부 세상과 꽤나 단절된 채 살았다.

"그때 내가 말을 안 한 게 있는데, 사실 그 상자는 살인에 이용됐어. 그게 끝이 아니라, 이후에 우리는 스테이지 일루전을 모방해서 살해한 두 구의 시신을 더 발견했고."

예상치 못했던 말에 놀라 베르얀데르의 목에 케이크가 걸렸다. 그가 발작적으로 심하게 기침을 하자, 빈센트는 잽싸게 물 한 잔을 그에게 건넸다. 고맙다는 듯 물을 다 마신 베르얀데르는 빈 물컵을 테이블에 내려놓고, 생각할 시간을 벌며 냅킨으로 그의 입을 꼼꼼하게 닦았다.

"지금 무슨 얘기를 하는 거야? 살인이 있었다고? 정말로? 그리고 시신을 발견했다는 '우리'는 또 누군데?"

빈센트는 신중하게 주위를 둘러봤다. 그리고 베르얀데르의 요란한 기침이 끝난 후 그들을 쳐다보는 사람이 아무도 없다는 걸 확인하고 나서 서류철에서 사진을 꺼냈다.

"난 지금 경찰 수사를 돕는 중이야. 언론에 사건과 관련해 간단한 브리핑을 하긴 했지만, 구체적인 정보는 비밀이고. 완전히 미친놈인 것 같아. 이 사진 좀 봐 봐."

빈센트는 커피 잔과 물컵을 치워 공간을 만들고 가져온 사진들을 테이블 위에 늘어놓았다. 크고 선명한 사진을 다른 손님들이 볼 것 같아 A4로 확대를 하진 말걸 그랬나 하는 생각도 들었지만 디테일이 선명하게 보여야 했다. 베르얀데르도 식욕을 잃은 듯 두 사람의 케이크 접시를 옆 테이블로 옮겨 놓았다.

"이건 칼을 꽂아 넣는 마술 상자고 이건 실제로 사용된 칼이야. 전에 보여 줬었는지 모르겠는데, 이 사진 네 장은……."

"지그재그 상자네. 이 상자 안에서 무슨 일이 일어났을지는 어렵지 않게 짐작할 수 있겠고. 정말 끔찍하구먼."

베르얀데르가 답했다.

"나는 이 상자 안에 들어가는 사람만 봐도 폐소 공포증에 걸릴 것 같은데, 여기 갇혔던 청년은 대체 무슨 기분이었을지 상상도 안 돼."

베르얀데르는 기묘한 표정으로 빈센트를 바라보며 답했다.

"여기 갇혔던 청년은 폐소 공포증보단 죽음의 공포를 느꼈을 것 같지만, 뭐 어쨌든 아까 세 개의 일루전이 있다고 하지 않았나? 세 번째 거는 뭔데?"

"총알 잡기."

"맙소사. 그 사진은 안 가져온 거지? 고맙네."

베르얀데르는 사진들을 돌려 가며 여러 각도에서 자세히 들여다봤다. 언뜻 보면 사진들은 모두 범죄와는 상관없는 무대 소품처럼 보였다. 하지만 사진 속 상자와 칼날은 그 존재만으로도 악을 내뿜고 있었다. 제정신인 사람이 이런 걸 만들리 없다.

"나한테 무슨 말이 듣고 싶은 건데? 이번에도 지난번에 해 줬던 말 이상은 하기 어려울 것 같은데."

"아닐지도 몰라. 그날은 내가 이런 상자나 일루전 도안을 자네한테 주문한 사람이 있었는지, 아니면 다른 사람이 이런 주문을 받은 사실을 자네가 알고 있는지에 대해서만 물어봤거든. 이 일루전 소품을 실제 제작한 데에 문제 해결의 실마리가 있을 거란 생각은 못 하고 말이야. 그리고 그때 우리에게 주어진 증거는 마술 상자 하나뿐이어서 자네도 만듦새가 조잡하다는 말 말고는 딱히 해 줄 말이 없었고. 하지만 지금은 상자가 두 개야. 그때 자네가 그랬지. 이런 일루전 소품을 만드는 데는 뛰어난 목공 실력과 마술에 대한 지식이 필요하기 때문에 이 소품을 제대로 만들 수 있는 사람은 몇 명 되지 않는다고 말이야."

"그랬지. 마술과 목공 실력을 모두 갖춘 사람은 많지 않지."

베르얀데르가 깊은 생각에 잠긴 표정으로 고개를 끄덕였다.

"내가 잘못 생각하는 걸 수도 있겠지만, 이런 걸 만드는 사람들은 각자 고유의 스타일을 가지고 있을 거야. 뭘 만들든 자기만의 표식을 남기고 말이야. 시중에 나와 있는 도안을 따라서 만든다고 해도 '나만의 흔적'을 남길 수 있잖아. 맞지?"

"그렇지. 자기만의 독특한 표식을 남기지."

베르얀데르가 계속 고개를 끄덕였다.

"좋아. 이 상자를 만든 사람이 프로가 아니란 건 이미 확실하고, 그러니 프로들이 하는 것처럼 로고 같은 자기만의 표식을 남기지는 않았겠지. 하지만 그래도 뭔가 남겼을지 모르잖아. 여기 이 사진들 속 두 가지 일루전 소품은 같은 사람이 만든 거야. 이 두 가지 소품에 공통적으로 나타나는 표식이 있는지 자네가 한번 봐 봐. 어쩌면 자네한테만 보이는 디테일일 수도 있을 거고, 범인에 대한 단서가 될 수 있는 그런 표식이 있을지도 몰라. 자네가 말한 것처럼 이걸 만들 수 있는 사람은 이 세상에 몇 없잖아. 이 상자에 나타나는 표식이 누구 건지 알겠어?"

그때였다. 그들 테이블 옆으로 똑같은 프린트 티셔츠를 입은 네덜란드 관광객 다섯 명이 무리 지어 지나갔다. 집에서 만든 게 분명한 티셔츠에는 유럽 일주 중이란 걸 사방팔방 알리는 슬로건이 적혀 있었다. 빈센트는 테이블 위의 사진을 손으로 가렸지만 충분히 빠르지 않아서인지, 무리 중 한 젊은 여자가 그 사진을 보고 멈춰 섰다.

"와!"

여자가 완벽한 영어로 말을 건네 왔다.

"지금 마술 소품 만드시는 거예요? 진짜 멋지네요!"

"감사합니다. 알아보는 사람이 많지 않은데 대단하시네요."

베르얀데르가 미소를 지으며 답했다.

지금 뭐 하자는 걸까? 여자가 빨리 자리를 뜨길 바라는 빈센트와는 달리 베르얀데르는 그녀와 대화를 이어 가려 하고 있었다. 베르얀데르가 그녀에게 케이크 한 조각을 권한다고 해도 놀랍지 않을 지경이었다. 이러다간 똑같은 티셔츠를 입은 네덜란드 관광객들이 그들 테이블을 둘러쌀 수도 있을 것 같았다.

"마술은 너드들이 좋아하는 거잖아요. 아, 이제 가 봐야겠네요."

여자가 나머지 무리를 향해 뛰어가며, 어깨 너머로 베르얀데르에게 외쳤다.

"우리 너드들은 한데 뭉쳐야 해요!"

빈센트는 단단히 팔짱을 낀 채 네덜란드 관광객들이 떠나기만을 기다렸다.

"다 끝났나?"

그리고 그들이 카페를 나서자 마침내 입을 열었다.

"미안해. 나이 쉰다섯 미만의 누군가한테서 칭찬을 받는 건 좀처럼 없는 일이라 말이야. 그런데 그 케이크 먹을 거야?"

빈센트가 고개를 젓자, 베르얀데르는 그와 빈센트의 케이크가 담긴 접시 두 개를 자기 앞으로 끌어다가 남은 걸 빠르게 먹어 치우기 시작했다.

"어쨌든…… 내가 아는 사람이 이 상자들을 만들었다면 내가 알아볼 수 있었을 거란 말은 맞아. 하지만 살펴본 바로는 내가 아는 사람이 남긴 표식은 보이지 않아."

베르얀데르가 신중한 표정으로 입안의 케이크를 먹으며 말을 이었다.

"그런데 빈센트, 자네가 간과한 게 하나 있어. 일루전과 목공, 그 두 분야에 모두 뛰어난 실력을 가진 사람은 흔치 않아. 그런 사람이라면 우리가 모를 수 없지."

빈센트는 베르얀데르가 무슨 말을 하려는지 재빨리 알아챘다. 어떻게 이렇게 멍청할 수 있었을까. 그는 자기 이마를 한 대 후려치고 싶은 심정이었다.

빈센트는 베르얀데르의 말을 대신 완성했다.

"……하지만 두 사람이 각각 일루전과 목공에 뛰어난 건 그리 드문 일이 아니란 거지. 마술사는 일루전을 하고, 목수는 소품을 만들면 되니까."

빈센트는 잠시 세상과 단절되고 싶다는 듯, 두 손에 얼굴을 묻었다.

"범인은 둘이야."

손에 얼굴을 묻은 채 빈센트가 입을 열었다.

"내가 너무 틀 속에 갇혀 생각했어. 범인은 하나가 아니라 둘이야. 그렇게 가정하면 각 살인에서 두 개의 모순되는 성격이 보였던 것도 설명이 돼. 이성적으로 계획을 수립하는 사람과 감정적으로 난폭한 사람이 함께 이런 짓을 저지르고 있는 거지. 이제껏 나는 이 모순되는 성격들을 가지고 하나의 프로파일을 만들려고 노력했지만 결국은 실패했어. 지금 보니 당연한 일이었네. 범인은 한 사람이었던 적이 없으니까."

빈센트는 얼굴을 덮고 있던 손을 무릎으로 내리고, 여전히 사진을 들여다보고 있는 베르얀데르를 쳐다봤다.

그러자 베르얀데르가 천천히 말했다.

"빈센트, 한 사람이 미친 짓을 벌이는 건 충분히 가능한 일이야. 다른 사람들은 절대 이해할 수 없는 미친 짓이지만, 마음이 병든 그 사람에게는 완벽히 합리적인 일로 보이는 거지. 하지만 두 사람이라고? 두 사람이라면 서로 협력을 해야 해. 둘 사이에 할 일을 나눠 분담해야 하고……."

베르얀데르는 사진을 너무 많이 만지면 무슨 병균이라도 옮는 것처럼 손가락 끝으로 살살 사진들을 한데 모은 다음, 그 사진들을 다시 빈센트가 가져온 서류철에 조심스레 집어넣었다.

"지금 자네는 미치광이 한 사람을 쫓고 있는 게 아니야. 두 괴물을 쫓고 있는 거지."

"감응성 정신병인 건가? 두 사람이 동시에 동일한 정신병을 앓는 거 말이야. 대체 어디에 꼭꼭 숨은 건지."

빈센트도 천천히 대꾸하며 창밖을 쳐다봤다. 밖에는 여름 햇살을 받으며 아이스크림을 먹는, 끔찍한 살인과 해독 불가능한 암호에 대해 생각하지 않아도 되는 보통의 사람들이 살아가는 보통의 세상이 펼쳐져 있었다.

"내가 충분히 똑똑하지 못했으니 다음 살인을 막지 못하면 그건 모두 내 잘못이야. 한 사람의 어리석음과 두 사람의 광기라, 이건 삼인조 정신병이라고 해야 하나."

*

율리아는 최대한 코 깊숙이 비강 스프레이를 뿌린 뒤 마음을 단단히 먹었다. 매번 자신의 의지로 자기 피부에 주삿바늘을 찔러 넣을 때마다 그녀는 겁에 질렸다. 율리아는 그녀의 목표를 시각화해 머릿속에 그려 봤다. 매번 하는 일이었다. 두 눈을 감으니 그녀 앞에 살아 있는 아기가 보였다. 남자 아기인지 여자 아기인지는 중요하지 않았다. 솜털 같은 머리카락과 오동통한 허벅지, 목구멍 깊은 데서 울려 나오는 까르륵 웃음소리. 율리아는 최선을 다해 그녀가 바라는 그 그림을 그렸다.

하지만 별 효과는 없었다. 아기를 머릿속에 그려 봐도 주삿바늘은 여전히 무서웠다.

집에서 주사를 놓는다면 토르켈이 도와줄 수도 있겠지만, 토르켈도 주사를 놔 주기 위해 매번 대낮에 직장을 나와 집으로 올 수는 없었다. 간호사는 명랑하게 그 주사를 '그들의' 주사라고 말했다. 주삿바늘이 뚫고 들어가는 건 그녀의 피부인데 그 주사가 어떻게 '그들의' 주사가 될 수 있는 건지 율리아는 이해가 되지 않았다. 하지만 그건 지난 2년 동안 그들이 겪은 수많은 불합리한 일 중 하나일 뿐이었다.

율리아는 다시 용기를 내어 허리 부분의 피부를 꼬집어 주사 놓기 좋은 자리를 찾았다. 그러고는 주삿바늘이 흔들리지 않도록 손을 꼭 쥐었다. 손이 계속 흔들리면 제대로 주사를 놓을 수 없으니까.

그때였다. 갑자기 문을 두드리는 소리가 났다. 그 소리에 어찌나 깜짝 놀랐는지, 하마터면 실수로 주사를 놔 버릴 뻔했다. 그녀는 책상 위에 놓인 결혼사진 액자 뒤로 주사기와 비강 스프레이를 숨겼다. 그리고 올렸던 셔츠를 내려 벨트 안에 넣고 옷매무새를 정리한 뒤 문 앞으로 걸어갔다.

"안녕하세요. 제가 방해한 건 아니었으면 좋겠는데요."

문밖에 서 있는 사람은 밀다 요르트였다. 율리아는 머릿속으로 재빨리 그녀가 가진 선택지들을 저울질했다. 그녀는 이제 곧 주사를 놓아야 한다. 하지만 밀다는 보통 말을 장황하게 늘어놓는 사람이 아니었다. 그리고 그녀에게는 밀다를 돌려보낼 이렇다 할 핑곗거리도 없었다. 무엇보다도, 어쩌면 밀다가 매우 중요한 일로 그녀를 방문한 걸지도 몰랐다.

"아니에요. 그럴 리가요."

율리아가 답하며 문 한편으로 비켜섰다.

그러면서 깨끗하게 정리된 그녀의 책상을 흘낏 쳐다봤다. 다행히도 액자에 가려져 주삿바늘은 보이지 않았다.

"앉으세요."

율리아는 손님용 의자를 가리키며 앉으라고 권했다.

그녀의 목소리는 차분했다. 아이를 간절히 원하는 마음, 산산조각 난 꿈, 그리고 그녀의 몸에서 떨어져 나와 곧장 차가운 금속 용기에 담긴 죽은 태아에 대한 기억. 그 모든 것과 철저히 분리된 목소리였다. 의료진은 태아가 더 이상 자랄 수 없는 상태라고 말했었다.

율리아는 밀다가 그녀의 표정을 면밀히 살피고 있음을 눈치챘다. 잠깐 표정 관리가 안 됐던 모양이다. 그녀는 정신을 다잡았다. 그리고 다시 날카로운 눈빛과 집중력 넘치는 표정을 장착한 뒤 책상 의자에 앉았다.

"무슨 일이시죠?"

그녀가 호기심 가득한 눈으로 밀다를 쳐다보며 물었다.

율리아에게 가장 중요한 목표는 누군가를 살리는 것이었

다. 그건 살인 사건을 수사할 때도 마찬가지였다. 그녀의 최우선 목표는 살인을 저지른 범인을 잡아 또 다른 무고한 피해자가 목숨을 잃지 않도록 하는 것이었다. 하지만 밀다는 죽은 사람과 소통하는 일을 하는 사람이고, 그렇기 때문에 살아 있는 사람보다 망자와 더 많은 이야기를 나눴다. 과연 자신도 그럴 수 있을까 자문하면 율리아는 자신이 없었다. 하지만 밀다는 평생 그 일을 해 오고 있었다. 그런 의미에서 율리아는 밀다를 존경했다. 밀다가 하는 일은 꼭 필요한 일이었다. 망자도 자신의 이야기를 해야 하니까. 그녀가 맡았던 모든 사건에서 망자는 시신으로 이야기를 들려줬고, 검시관은 수사에 없어서는 안 될 중요한 퍼즐 조각 중 하나였다.

"로베르트 베리에르 살인에 대해 말씀드릴 게 있어서요. 넓게 봐서는 투바 벵트손, 앙네스 세시와 관련된 이야기이기도 해요. 하지만 이 퍼즐을 풀기 위한 가장 중요한 열쇠는 로베르트에게 있다는 게 제 생각이에요."

밀다는 의자가 불편한 듯 자세를 고쳐 앉았다.

"듣고 있어요. 계속 말씀하세요."

율리아가 몸을 앞으로 기울이며 대꾸하다 책상 위의 결혼사진 액자를 살짝 밀었지만, 재빨리 원위치시키는 데 성공했다.

밀다는 목청을 가다듬곤 입을 열었다.

"로베르트는 뭐든 입에 넣는 버릇을 가지고 있었다고 들었어요. 부검을 해 보니, 로베르트는 먹을 수 없는 것도 입에 넣었더군요. 위를 열어 봤는데 그 안에 털이 한 움큼 있었어요."

밀다의 말에 율리아는 얼굴을 찌푸렸다.

"끔찍하네요."

입안에 털을 넣고 먹는 생각만 해도 속이 뒤틀렸다.

"네, 그렇죠. 하지만 저희한테는 다행인 일일 수도 있어요. 제가 결론을 낼 수 있는 일은 아니지만, 우선 제가 알아낸 걸 말씀드리려고요. 어쩌면 범인은…… 밍크 농장하고 연관이 있는 사람인 것 같아요."

율리아는 밀다에게서 시선을 떼지 않았다.

"밍크 농장이요? 그런 게 아직도 존재하나요?"

"네. 저도 밍크 농장은 다 없어진 줄만 알았는데 아직 스웨덴에 몇 개 농장이 남아서 운영되고 있더라고요. 동물 보호 단체들이 폐쇄를 요구하고 있지만요."

율리아는 아무 말 없이 침묵했다.

그러자 밀다가 허리를 꼿꼿이 펴고 열변을 이어 갔다.

"그런 결론을 내린 데는 두 가지 근거가 있어요. 먼저 팀장님도 아시겠지만, 세 피해자의 시신에서 모두 케타민이 검출됐죠. 그리고 둘째, 로베르트의 위에서는 밍크 털이 발견됐어요. 다른 야생 동물 털일 수도 있겠지만 그럴 가능성은 낮아 보여요. 케타민은 밍크를 마취시키는 데 쓰이는 약물이에요.

전 로베르트가 밍크 농장에서 살해되었다는 데 한 표를 던지겠어요. 그리고 로베르트가 밍크 농장에서 살해된 게 맞다면 투바와 앙네스도 그랬을 테고요."

율리아는 밀다가 방금 한 말을 소화하려 의자에 등을 기댔다. 각 사건 간의 연결 고리와 진실을 찾기 위해 뇌가 빠르게 돌아가고 있었지만, 안타깝게도 밍크 농장에 대한 생각은 아직 발붙일 데가 없었다.

"팀원들과 공유할게요."

율리아가 자리에서 일어서며 말했다.

미룰 수 있는 성격의 일이 아니었다. 밀다도 자리에서 일어났다. 하지만 뭔가 주저하는 표정이었다.

"주사를 혼자 놓으시는 거예요?"

그때 밀다가 조심스러운 표정으로 물었다.

"네?"

율리아는 깜짝 놀라 멈춰 섰다.

"요즘 시술…… 을 받고 계신다고 들었는데, 주사 혼자 놓을 수 있으세요? 아니면 제가 도와드릴까요?"

율리아의 목이 메어 왔다. 사람들이 그녀의 비밀을 알고 있고, 그 비밀에 대해 이러쿵저러쿵 이야기를 한다니 정말 알고 싶지 않은 일이었다. 하지만 그녀도 이제는 경찰서에 비밀은 없다는 것을 인정해야 했다. 율리아는 결혼사진 액자 앞으로 걸어가 그 뒤에 숨겨 놓았던 주사기를 천천히 꺼냈다. 그러고는 밀다에게 주사기를 건네고, 바지에서 셔츠를 빼서 위로 올렸다. 안도감이 밀려왔다.

밀다가 주사를 놔 주었을 땐 조금도 아프지 않았다.

*

빈센트는 리모컨을 들고 TV 앞에 앉았다. 올해로 마흔일곱, 그가 생각해도 이제 그는 노인네가 다 되었다. 요즘 세상에 누가 TV 정규 프로그램을 시청한다는 말인가. 하지만 그는 특정 시간대에만 방송되는 프로그램을 시청하는 게 좋았다. 그 시간대 방송을 놓치면 볼 수 없는 그런 프로그램 말이다.

물론 요즘에는 대부분의 프로그램을 인터넷에서 다시 찾아볼 수 있으니, 무언가를 놓친다는 것 자체가 불가능한 일이다. 그리고 문제는 거기에 있었다. 그는 심리적 가용성 원칙의 희생양이었고, 그는 그 사실을 아주 잘 알았다. 심리적 가용성 원칙이란 사용할 수 없는 것일수록 더 매력적이고 흥미롭게 느껴진다는 이론을 말한다. 그리고 현대 사회는 그 원칙이 반대 방향으로도 적용된다는 것을 보여 주고 있었다. 말하자면 모든 게 이용 가능할 때, 재미있고 흥미로운 것은 아무것도 없게 된다는 것이다. 그에게 재미있지도 않은 일에 시간을 쏟을 여유는 없었다.

오늘 집 안은 유독 조용했다. 베냐민의 목소리가 방문을 뚫고 어렴풋이 들려왔다. 저렇게 목소리가 들린다 함은 베냐민이 인터넷에 접속해 있다는 것을 의미했다. 베냐민에게 친구가 있다는 건 여전히 놀라웠다. 눈에 보이지 않는 가상의 친구들이긴 하지만. 아스톤은 이미 꿈나라에 가 있었고, 레베카는 아직도 집에 돌아오지 않았다. 그리고 마리아는…… 마리아가 뭘 하고 있는지 정확히는 알 수 없었다. 아마 지금쯤이면 침대에 누워서 어떻게 하면 의미 있는 삶을 살 수 있을지에 대한 통찰로 채워진 책을 읽고 있을 것이다. 마리아는 그런 책들을 좋아했고, 열렬히 탐독했다. 사람들 중에는 요리책에 나온 레시피를 하나도 시도하지 않으면서 요리 책을 즐겨 읽는 이도 있고, 또 조금도 몸을 움직이지 않으면서 피트니스 책을 즐겨 읽는 이도 있다. 마리아의 경우 그건 자기 계발서였다. 그녀는 자기 계발서를 열심히 읽었지만, 책에 나온 그 어떤 조언도 실천하지 않고 곧장 다음 책을 집어 들었다. 그리고 자기 삶에 변화가 없다고 느낄 때마다 책을 탓했다.

안다. 어쩌면 너무 심한 말일 수도 있다는 걸. 하지만 아내의 침대 옆 협탁에 쌓여 있는, 무언가에 대한 '비밀'과 '암호'를 알려 주겠다고 호언장담하는 책들을 보면 너무하단 생각이 들었다. 그는 코웃음을 쳤다. 저 책을 쓴 사람들은 암호나 진짜 인생에 대해선 아무것도 모를 것이다.

  갑자기 어디선가 들려온 소리에 생각이 끊겼다. 거실 창문 바깥에서 무슨 소리가 들렸다. 밖을 내다보자 창밖으로 어렴풋이 누군가의 모습이 언뜻 보였다. 아니, 잘못 본 것일까? 그가 봤다고 생각한 사람의 모습은 눈 깜짝할 사이에 사라져, 그게 사람이었는지 아니었는지도 확신할 수 없었다. 저녁이라고는 해도 아직 밖은 환했지만 집 모퉁이에 서 있는 나무들이 창밖 잔디 위로 그늘을 만들어 놓아 정원은 어둑했다. 현관으로 이어지는 자갈길을 따라 설치한 태양광 조명은 정원 전체를 환하게 비추기에는 부족했다. 그는 TV를 끄고 창문 앞으로 걸어가 밖을 내다봤다.

  하지만 밖에는 아무것도 없었다.

  무언가 숲속으로 들어가는 길에 스치고 지나간 듯 정원 가장자리의 덤불이 움직이긴 했지만, 아마도 사슴일 것이다. 교외로 이사를 온 후, 그는 야생 동물이 사람을 그리 무서워하지 않는다는 것을 알게 됐다. 사슴은 얼마나 오래 거기 서서 창문을 통해 그를 관찰했을까. 아마 사슴은 자기 숲 한가운데서 저 사람은 뭘 하고 있는 걸까 궁금했을 것이다.

  그때였다. 창밖을 내다보던 그의 눈에 창문에 찍힌 기름 얼룩이 보였다. 얼룩은 그의 눈높이쯤에 찍혀 있었다. 얼룩을 지우기 위해 옷소매를 끌어 내려 창문을 닦아 봤지만 얼룩은 창 안이 아니라 밖에 찍혀 있었다. 반달 모양으로 찍힌 얼룩 두 개, 그는 손으로 쌍안경 모양을 만들어 그 얼룩 위에 대 보았다. 모양은 딱 맞아떨어졌다. 꼭 그가 쌍안경 모양으로 만든 손을 창문에 대고 밖을 내다보려고 했던 것처럼. 아니다, 누군가 밖에서 안을 들여다보려고 했을 것이다. 빈센트는 문득 누군가 바깥에서 이와 같은 자세로 집 안을 들여다본 것임을 깨달았다. 누군가 창밖에 서서 이 창문을 통해 집 안에 있는 그를 관찰했다. 그건 분명 사슴은 아닐 것이다.

갑자기 누군가 집 문을 두드렸다. 갑작스런 큰 소리에 너무 놀라 하마터면 소리를 지를 뻔했던 그때, 다시 한번 노크 소리가 울렸다. 그는 머릿속이 하얘져서 문 앞으로 걸어가 조심스레 문을 열었다.

현관문 앞에는 뜻밖에도 미나가 서 있었다.

"어, 미나 씨. 안녕하세요. 그럼 절 감시한 사람이 미나 씨였던 건가요?"

빈센트가 놀란 심정이 그대로 드러난 목소리로 물었다.

"네? 감시요? 아뇨, 전 그냥 아스톤은 벌써 잘 것 같아서 벨을 누르는 대신 문을 두드린 것뿐인데요."

빈센트는 집 밖 숲을 가리키며 더 물어보려다 미나의 표정을 보고선 그만두었다.

"무슨 일이라도 있어요?"

빈센트는 미나에게 물으면서 문을 열고 현관 계단으로 나와, 등 뒤로 문을 닫았다.

"아뇨, 전 그냥······."

그다음에 할 말은 생각해 두지 않은 것처럼 미나의 목소리가 점점 기어들어 갔다.

"그냥 우리가 뭔가를 같이 할 수 있지 않을까 해서······."

뭐라 대답해야 할지 몰라 말문이 막혔다. 그는 자기 앞에 선 여자를 바라봤다. 미나는 별난 데가 있었지만, 적어도 남들처럼 겉과 속이 다른 사람은 아니었다. 그리고 그는 그 점을 높게 평가했다. 그에게 거절을 당할 수도 있다는 위험을 안고 이렇게 그의 집으로 찾아오기까지 엄청난 용기가 필요했을 것이다. 택시 안에서 그녀가 한 말을 생각해 보면 더욱 그렇다. 어떻게 이런 그녀가 그에게 책을 보냈을지도 모른다고 생각했던 걸까? 그녀가 어떤 사람인지, 그리고 어떤 문제 때문에 어려움을 겪고 있는지 다 알면서. 그는 자신을 한 대 치고 싶은 심정이었다. 사람이 어떻게 이렇게까지 무신경할 수가 있단 말인가? 둘의 대화 소리가 들릴까 봐, 그는 곧장 등 뒤의 문틈을 슬쩍 쳐다봤다. 마리아가 여기 있는 미나를 발견한다면 지옥문이 열릴 것이다.

"가족분들도 만나서 인사하면 좋겠다고 생각했어요. 요즘 같이 일하는 시간이 많아졌잖아요."

"그건 좋은 생각이 아니에요. 적어도 오늘 저녁에는요."

단호한 그의 말에 미나는 한 걸음 뒤로 물러섰다. 미나의 표정이 선명히 보이진 않았지만, 축 처진 어깨가 그녀가 상처받았다는 것을 말해 주었다. 방금 전 그녀는 그토록 두려워하던 거절을 당한 것이다.

그 모습에 빈센트는 서둘러 덧붙였다.

"그러니까 내 말은 우리 둘이 뭔가를 같이 하는 건 좋은 생각, 아니 아주 좋은 생각이지만 지금 우리 가족을 만나는 건 타이밍이 좋지 않다는 거예요. 마리아는 오늘 기분이 별로고, 꼭 오늘이 아니라 평소에도 질투가 심하거든요. 어쨌든 기분도 별로인데 여기 미나 씨가 이렇게 와 있는 걸 보면……."

"여기 이렇게 와 있다니 그게 무슨 뜻이에요? 뭐가 잘못되기라도 했나요?"

빈센트는 미나를 쳐다봤다. 아니, 잘못된 건 전혀 없었다. 깔끔하게 하나로 묶은 그녀의 헤어스타일과 하얀 터틀넥은 그녀의 성격과 특징을 더욱 두드러지게 보여 줬다. 그녀를 이루는 하나하나의 특징이 모여 만들어진 매력에 그는 숨을 쉴 수가 없었다. 빈센트는 미나가 말할 때 그녀의 새빨간 입술로 시선을 내리지 않게 그가 얼마나 노력하고 있는지 티가 나지 않길 바랐다. 게다가 지금 그에게는 함께 있어 줄 사람이 필요했다. 방금 전, 사슴이었을 무언가를 보고 누가 그를 감시하고 있다고 착각했을 정도니까. 미처 인식하지 못하고 있었지만 지금 그의 옆에는 분명 누군가가 필요했다.

"그런데 마리아가 질투를 느끼는 이유가 뭐라고 생각하세요?"

미나가 물었다. 그녀의 입꼬리에 미소가 살짝 스치고 지나가는 것을 본 것 같았지만 확실하진 않았다. 어쩌면 그림자였을 수도 있을 것이다.

"미나 씨를 질투하는 이유요?"

그는 얼굴이 붉어지는 것을 느끼며 대꾸했다.

"흠. 마리아는……."

"아뇨. 당연히 절 질투하는 건 아니겠죠. 저희는 만난 적도 없잖아요. 제 말은 평상시에 마리아가 질투를 느끼는 이유가 있느냐는 거예요. 혹시 다른 여자들하고 자주 바람이라도 피우시는 건가요?"

예블레에서 미나를 처음 만난 날, 그의 호기심을 자극했던 그녀의 모습이 다시 보였다. 세심하진 않지만 솔직한 모습. 이 사회는 사람들이 타인의 감정이나 상태에 보다 주의를 기울이고 민감하게 반응하길 바라지만, 그런 높은 감도를 가지는 것이 누군가에게는 참 어려운 일이기도 했다. 특히 그처럼 인간관계를 원활하게 이어 가는 능력 없이 태어난 사람에게는 더더욱이나 말이다. 그래서인지 미나와 함께 있으면 그가 타고난 본연의 모습으로 돌아간 것 같은 느낌을 받았다. 이런 느낌은 평생에 처음이었다. 다른 사람들이 원한다는 이유로 가면을 쓸 필요도 없었다. 그는 그녀의 손을 쳐다봤다. 오늘은 그리 건조해 보이지 않았다. 아마도 로션을 발랐는지, 희미한 바닐라 향이 맡아졌다.

"바람은 안 피워요. 흠, 사실 결혼 생활 동안 딱 한 번 피우긴 했죠. 상대가 마리아였지만요. 그런 다음에는 바로 전처랑 이혼하고 마리아랑 재혼을 했고요."

미나는 이해했다는 듯 천천히 고개를 끄덕였다.

"가시죠. 마리아는 이 세상 최고의 엄마지만…… 마리아랑 아스톤의 사이가 어떤지 직접 보면 알 수 있을 거예요. 하지만 전반적으로 이 집안의 의사소통은…… 어려운 편이죠. 괜히 지금 인사하고 나가느니, 이따가 마리아한테 미나 씨 호출을 받고 나갔다고 메시지 한 통 보내는 게 나을 거예요. 그게 사실이기도 하니까."

"대신 오늘 수사 이야기는 하지 않겠다고 약속해요. 지난 몇 달 동안 일 말고 다른 생각이라곤 한 적이 없거든요."

미나가 그의 팔에 팔짱을 끼며 말을 이었다.

"보통 사람들은 다 휴가 중이니까 오늘 밤은 우리도 좀 쉬자고요."

팔짱을 껴 온 그녀의 팔은 뻣뻣했고, 자세도 불편했다. 분명 자주 하는 몸짓은 아닐 것이다. 그는 이렇게까지 노력하는 그녀가 고마웠다.

"좋아요. 그럼 순수하게 수다나 떠는 걸로 하죠. 제가 바람피운 이야기나, 질투 심한 와이프 이야기나."

둘은 자갈길을 따라 집 앞의 잔디밭을 지나 구불구불한 길에 들어섰다. 저녁 시간이었지만 해가 긴 여름이라 밖은 훤했고, 공기 중에는 한낮의 열기가 아직 남아 있었다.

빈센트는 걷다가 우편함 앞에 멈춰 섰다. 뭔가가 사라졌다. 지난 공연 때 움베르토는 공연 광고 캠페인의 일환으로 '독심술 금지'라고 쓰인 작은 자석을 제작했다. 그리고 이 집에 이사를 왔을 때 빈센트는 우편함에 그 자석을 하나 붙여놓았는데, 어쩐 일인지 그게 사라져 있었다. 아마 잔디밭 어딘가에 떨어져 있겠지. 누군가 가져갔으리라고는 생각되지 않았다. 그 자석 문구가 재미있다고 생각한 사람은 그가 유일했으니까. 위트 있는 자석이 사라진 우편함은 어쩐지 따분해 보였다.

"튀레쇠는 정말 조용하네요. 꼭 시골에 온 것 같아요. 여기 오는 길에는 혹시나 길을 잃어버릴까 봐 내비게이션을 켜고 와야 했어요. 꼭 문명하고 단절된 곳 같다고나 할까."

미나의 말에 빈센트가 웃음을 터트렸다.

"뭐 그렇게 에둘러 말할 필요 있나요. 지금 미나 씨, 시골에 와 있는 거 맞아요. 그래도 난 여기가 좋아요. 그러니까 내 말은 우리 가족 모두 여기서 행복하단 뜻이에요. 투어 공연을 다니면 사람들을 많이 만나거든요. 그렇게 정신없이 지내다가, 옆집과 200미터는 떨어져 있는 이 동네로 돌아오면 마음이 편안해져요. 아, 그러고 보니 우리 옆집에 사는 분은 미나 씨도 만난 적이 있죠. 굴착기를 가져와 작업했던 오베 씨요. 아스톤이 뛰어놀 야외 공간도 충분하고, 애들 스쿨버스 정류장도 바로 길 앞이고요. 제 이야기는 이쯤 하고, 미나 씨는 어때요? 오스타에 있는 그 아파트에서 지내는 거, 만족해요?"

미나와 지난 몇 달 동안 같이 일했지만, 그는 미나에 대해 거의 아는 게 없다는 걸 새삼 깨달았다. 그리고 그녀에 대해 얼마나 궁금한 게 많은지도. 심리적 가용성 원칙이 뭐였더라? '사용할 수 없는 것일수록 더 매력적이고 흥미롭게 느껴진다'고 했나? 집어치워야 할 이야기다. 그건 아니다. 물론 미나는 놀라울 정도로 멋진 사람이고, 아주 매력적인 여자다. 그런 그녀가 그의 인생에 등장해 주어 기뻤다. 하지만 그들은 일로 만난 사이였다. 성숙하고 업무적인 관계를 맺고 있었고 아마도 그 관계는 우정으로 향하고 있을 것이다. 그것만으로도 충분했다.

하지만 아무리 그렇다고 해도 마리아는 질투를 할 것이다. 그녀의 질투는 불가피했다. 그도 그럴 것이 마리아는 그가 슈퍼마켓 계산대에서 리브와 이야기만 해도 질투를 했다. 리브는 유제품 카운터에서 일하는 코린과 결혼한 55세 중년 여성이다. 그런 여자에게도 질투를 하다니, 말 다 한 거 아닌가. 그는 마리아가 그녀 자신을 객관적으로 볼 수 있길 바랐다. 그는 철저하게 실패했지만, 적어도 마리아가 읽는 책 중 한 권이라도 그녀에게 도움이 된다면 좋을 것이다.

"네, 아주 좋아요."

미나가 답했다. 딴생각에 빠져 있던 그는 미나의 대답을 곱씹은 후에야 그가 했던 질문을 기억해 냈다.

"사실 수사에 관련된 질문이 하나 있어요."

빈센트가 주저하며 말을 꺼냈다.

"일에 관련된 이야기는 이게 처음이자 마지막일 거예요. 약속할게요. 우리가 예블레에서 처음 만났던 날, 누군가 날 만나 이야기해 보라고 추천했다고 했었죠. 그게 누구였나요?"

미나는 발걸음을 멈추고 그를 향해 돌아섰다.

"그게 왜 알고 싶은 건데요?"

"나중에 이 질문을 왜 했는지 반드시 설명할게요. 지금은 할 수 없지만요. 어쨌든 아주 중요한 일일 수 있어서요."

미나는 한참 그를 응시했다. 어떻게 대답을 해야 할지 속으로 심사숙고하고 있는 것 같았다.

"그게…… 제가 친구랑 알코올 중독 방지 모임에 간 적이 있는데요. 서포터로요."

그가 예상했던 답은 아니었다. 하지만 얻을 수 있는 정보 하나하나가 모두 중요했다. 그는 말없이 고개를 끄덕여 대답을 대신했다.

"거기서 만난 사람이 있어요. 이름이 안나라는 여자인데, 안나가 빈센트 씨를 만나 보라고 귀띔해 줬어요. 안나에 대해 제가 아는 거라고는 안나가 빈센트 씨를 알고 있다는 것, 그리고 안나의 종아리에는 돌고래 타투가, 팔에는 늑대 타투가, 그 밖에도 여러 개의 타투가 있다는 것뿐이에요. 안나랑 만나고 싶으신 거면 쿵스홀멘에 있는 모임 장소 밖에서 스토커처럼 어슬렁거리며 기다리시면 될 거예요. 원한다면 주소를 알려 드릴게요."

미나는 말을 마치고서도 그의 답을 기다린다는 듯, 몇 초간 그의 눈을 응시했다.

"안나…… 그리고 돌고래, 쿵스홀멘. 고마워요. 우선 이거면 됐어요. 이제 일 얘기는 안 할게요. 내 명예를 걸고 약속해요."

그때였다. 미나가 대답을 하는 대신 잠깐만 기다리라는 듯한 손을 들고, 나머지 손으로는 주머니를 뒤져 휴대폰을 꺼냈다. 휴대폰 진동 소리도 듣지 못했는데 전화가 온 모양이었다.

"율리아예요."

미나는 휴대폰 화면을 그에게 보여 주며 말을 이었다.

"이건 받는 게 좋겠어요. 이걸 안 받으면 일 때문에 계속 심란할지도 몰라요…… 여보세요, 율리아."

미나는 인사를 끝으로 말없이 율리아의 말을 경청했다.

"밍크 농장? 정말?"

한참을 듣기만 하던 미나가 마침내 입을 열어 물었다.

"알겠어. 알려 줘서 고마워."

미나는 전화를 끊고 휴대폰을 다시 주머니에 넣었다. 빈센트는 그 잠깐 사이 미나가 휴대폰 진동을 끄고 무음으로 설정하는 것을 봤다.

"우리 일해야 하는 거 아닌가요? 중요한 이야기 같던데요."

빈센트의 말에 미나는 고개를 저었다.

"저도 빈센트 씨만큼이나 다음 살인이 언제 일어날지 걱정되고 무서워요. 하지만 오늘 밤 범인을 잡을 수는 없을 거예요. 율리아 말로는 밀다 검시관이 이번 세 살인 사건과 밍크 농장 사이의 연관성을 발견했대요. 그리고 아까 이동하던 중에 빈센트 씨가 제게 보낸 이메일도 봤는데, 범인이 한 명이 아니라 두 명일 수도 있다고요."

"맞아요. 이제까지 분석한 범인의 심리적 특성이 변하는 건 아니지만 범인이 둘이라면 그 특성을 이해하기 더 쉬워지죠. 정말로 범인이 두 명이라면, 그들은 장기간에 걸쳐 공격적인 행동을 아주 이성적으로 계획하는 능력을 키워 왔을 거예요. 아마도 아주 오랜 시간에 걸쳐서 말이죠."

미나는 고개를 끄덕였다.

"하지만 그렇다고 지금 당장 그 사람들을 찾을 수 있는 건 아니잖아요. 어쨌든 오늘 밤은 못 잡을 거예요."

빈센트가 고개를 끄덕이던 그때, 미나는 시간을 확인하려 손목시계를 쳐다봤다. 미나가 손목시계를 차고 있다는 것이 그는 마음에 들었다. 요즘은 휴대폰 화면으로 시간을 확인하는 사람이 거의 대부분인데 말이다. 손목시계가 더 마음에 드는 건 그게 휴대폰보다 우아해서 그런 것도 있지만, 사람들이 시간을 확인하겠다고 휴대폰을 꺼냈다가 소셜 미디어 앱을 들여다보는 데 시간을 다 쓰는 자제력 없는 모습을 보는 게 싫기 때문이기도 했다.

"이 늦은 시간에 스웨덴의 밍크 농장을 다 확인하라고 누굴 보낼 수도 없는 노릇이고. 보내 봤자 농장에는 아무도 없을 거예요. 그건 내일 아침에 해야 할 일이죠. 루벤이 가면 될 테고요. 오늘 밤 빈센트 씨랑 저랑은 아주 간만에 일 말고 다른 거나 생각하면서 시간을 보내면 돼요."

"율리아 팀장 말이에요. 루벤하고 잔 거, 맞죠?"

빈센트가 물었다.

"쉿. 그건 아직 아무도 모르는 비밀이에요. 물론, 크루즈에서 열린 크리스마스 파티에 참석했던 경찰서 사람들은 빼고요. 그게 벌써 5년 전 얘기일걸요. 그보다 더 오래되었을 수도 있고요. 그런데 그건 왜요?"

"루벤 때문에 궁금해져서요. 신이 여자들에게 내린 선물, 그것도 그 유명한 작가 비에른 라넬리드보다 더 큰 선물인 것처럼 하고 다니는 분위기를 보면 그 아래 뭔가가 숨겨져 있는 것 같거든요."

미나가 얼굴을 찌푸렸다.

"그건 그냥 덮어 두고 넘어가는 게 좋을 것 같은데요. 어쨌든 우리 지금 어디로 가는 거죠?"

"몰라요. 그래도 밖에 나와 있으니 좋네요."

빈센트가 바닥의 물웅덩이를 피하며 말을 이었다.

"뭐 하고 싶었던 거라도 있어요?"

"아뇨, 저도 아무 생각이 없네요. 저야 빈센트 씨가 저랑 놀아 줄지 안 놀아 줄지도 모르고 왔는데요 뭐. 하지만 숲은 이미 봤으니까, 숲에 가는 거 말고 다른 걸 하는 게 더 좋을 것 같아요."

아마 미나는 저 나뭇가지들과 잎사귀 아래를 기어 다니는 소름 끼치는 벌레들을 생각하지 않으려 기를 쓰고 노력하고 있을 것이다. 그러니 조금 전 그들이 지나온 개미탑 이야기는 꺼내지 않는 게 좋겠다.

"흠, 오늘 밤은 일도 하지 않을 거니까 그러면…… 영화나 보러 갈까요?"

그가 머릿속에 떠오른 첫 번째 아이디어를 불쑥 내뱉었다.

"영화요? 데이트처럼요?"

미나의 말에 그의 얼굴이 붉어졌다. 제길. 거기까지는 생각을 하지 못했는데.

"아뇨. 물론 아니죠. 미안해요. 그럼 뭐 할래요?"

"전 운동하는 거 좋아해요. 포켓볼 치는 것도 좋아하고요. 사실 포켓볼은 수준급으로 치죠. 하지만 영화도 좋아요. 영화를 안 본 지도 엄청 오래됐고요."

미나는 팔꿈치로 그를 살짝 옆으로 밀며 말했다.

"그리고 어차피 마리아가 경악할 거라면, 경악할 이유를 하나쯤 주는 것도 나쁘진 않겠죠."

둘은 미나의 차를 타고 쇠데르할라르나 멀티플렉스의 극장으로 향했다. 차 안에서 그는 별말을 하지 않았다. 미나의 옆자리에 앉아 있으니 그녀의 표정을 보기 어려웠고, 그녀의 표정을 보지 못하는 상태에서는 말이 쉽게 나오질 않았다. 그 덕분에 극장으로 가는 차 안은 줄곧 조용했다. 주차를 한 뒤, 그는 주차 앱으로 주차 요금을 계산했다. 주차 시간을 선택할 때는 늘 그렇듯 홀수 대신 짝수 시간을 선택하고 싶었지만 꾹 참았다. 그녀에게 이상하게 보일 만한 행동은 그 어떤 것도 하고 싶지 않았다.

극장 안에 들어가서는 둘 다 들어 보지도 못한 영화 티켓

두 장을 사서 영화관 로비로 향했다. 계산대 뒤에 놓인 유리장 안은 커다란 종이 용기에 담긴 팝콘으로 가득했다. 그는 가까운 계산대로 가려다가 걸음을 멈췄다. 탄산음료와 간식을 사는 게 좋을까? 아니면 사지 말아야 할까? 그걸 사면 이게 데이트가 되는 건가? 어떤 규칙이 있는지 도통 알 수 없었다.

미나에게 물어보려고 몸을 돌렸지만, 미나는 그의 곁에 없었다. 뒤를 돌아보니 그보다 몇 미터쯤 뒤에 미나가 얼어붙은 듯 서 있었다. 그녀는 미동도 없이 서서 유리장 안의 팝콘만 뚫어져라 쳐다보고 있다가, 하얗게 질린 얼굴로 눈을 깜빡이면서 음료수 기계와 아무렇게나 쌓아 놓은 빨대 더미로 시선을 돌렸다. 확장된 동공과 긴장된 턱이 그녀가 공포를 느끼고 있음을 말해 주었다.

여기 온 건 정말이지 바보 같은 생각이었다.

극장의 직원은 물론 셀 수 없이 많은 손님이 저 열려 있는 용기의 팝콘을 만졌을 것이다. 그뿐인가. 수많은 사람이 씻지도 않은 손으로 저 빨대 더미 깊숙이 손을 넣어 빨대를 집어 들었을 것이다. 미나와 빈센트가 앉을 좌석에 이미 앉았을 그 많은 사람은 또 어떻고. 사람들이 바닥에 쏟은 음료는 그들의 신발 밑창을 끈적하게 만들 것이다. 대체 그는 무슨 생각으로 그녀가 이곳을 좋아할 거라 여겼던 걸까?

"미나 씨. 우리 여기서 나가요."

그가 그녀의 팔꿈치를 부드럽게 만지며 말했다.

그녀는 팝콘이 들어 있는 유리장에서 눈을 떼지 못한 채 그의 손길에 몸서리를 쳤다.

"하지만 벌써 영화표를 샀잖아요."

미나는 손을 씻는 것처럼 두 손을 마주 비비며 답했다. 그녀의 손은 다시 건조해져 있었고, 갈라져 있었다.

"돈을 냈는데 어떻게 그냥 나가요."

"당연히 나갈 수 있죠. 우린 우리가 하고 싶은 일에 돈을 지불했을 뿐이에요. 시킨 음식을 다 먹을 필요 없는 거랑 똑같아요. 언제나 선택의 여지는 있는 거라고요. 시킨 음식은 꼭 다 먹어야 한다고 말하는 부모들이 잘못된 거예요."

빈센트는 미나의 팔꿈치를 부드럽게 잡아 극장 밖으로 그녀를 끌고 나왔다. 로비를 등지고 돌아서자마자 미나의 호흡이 좀 더 편해졌다. 둘은 극장 바깥에 미로처럼 늘어선 레스토랑 구역에 들어섰다.

"우선 저기 가서 앉아 있어요."

그가 제일 가까운 곳에 보이는 카페를 가리키며 말했다.

"마실 것도 시키고요. 지금 미나 씨한테는 마실 게 아주 필요해 보여요. 나도 금방 갈게요."

그녀가 대답하기도 전에 그는 자신의 무심함을 저주하며, 곧바로 멀티플렉스 밖으로 뛰어나가 바로 옆에 있는 슈퍼마켓으로 들어갔다.

그리고 딱 3분 뒤, 그는 미나더러 들어가 있으라고 했던 카페로 돌아왔다. 미나는 제일 끝에 위치한 테이블에 앉아 있었다. 그의 자리에는 맥주가, 그녀의 앞에는 코카콜라 제로가 놓여 있었다. 두 음료수 모두 아직 손도 대지 않은 듯했다.

"여기요."

그가 방금 슈퍼마켓에서 산, 포장도 뜯지 않은 빨대 봉지를 그녀에게 건네며 말했다.

"오늘은 빨대를 안 가져왔을 것 같아서요."

미나는 눈물을 터트릴 것 같은 얼굴을 하고 입을 열었다.

"미안해요. 빈센트 씨가 날 미쳤다고 생각하는 건 싫어서 노력하고 있는데, 그래도 이건 너무……."

그녀가 운다면, 그는 정말이지 대책이 없었다. 빨대 포장지 안의 빨대는 모두 5개, 슈퍼마켓의 진열대에는 모두 7개의 패키지가 있었다. 그러면 빨대는 도합 35개. 미나의 나이는 기껏해야 서른셋 정도일 것이다. 그럼 35-33=2. 두 사람이 빨대를 하나씩 쓰면 도합 두 개. 아, 그녀가 정말 울지 않았으면 좋겠다.

"전 이렇게 봐요. 아마 세상에서 가장 마지막으로 감기에 걸릴 사람은 미나 씨일 거예요. 그건 그렇게 나쁘지 않잖아요."

미나는 그의 말이 고마운 듯 미소를 지은 뒤 그가 건넨 포장지를 뜯어 빨대 하나를 음료수에 꽂았다. 그리고 여전히 고맙다는 표정으로 빨대 하나를 더 꺼내 그의 맥주에 넣어 주었다.

빈센트는 그리 늦지 않은 시간에 집에 돌아왔지만, 가족들은 모두 잠들어 있었다. 보통 아스톤은 8시면 피곤에 절어 곯아떨어졌고, 마리아는 늦어도 9시 반이면 잠자리에 들었다. 큰 애들은 그것보다 한 시간 정도 더 있다가 피곤을 이기지 못하고 쓰러져 잤다. 개인적으로 그의 창의력은 밤 10시부터 새벽 2시까지 최고조를 달렸기에, 이렇게 자정쯤 집에 돌아오는 건 최적의 선택이었다. 자기 전까지 두 시간 더, 예리하고 효율적으로 머리를 돌릴 수 있으니.

하지만 오늘은 아니었다. 빈센트의 머리는 미나에 대한 생각, 그리고 둘이 대화를 나눈 모든 것에 대한 생각들로 가득 차 있었다. 그는 양치를 하고, 마리아를 깨우지 않기 위해 살금살금 침실로 들어갔다. 마리아가 깬다면 그녀는 그녀가 낼 수 있는 최고의 힐난조 목소리로 왜 이렇게 늦게 집에 돌아왔느냐고 그를 다그칠 것이다. 지금 그에게는 자신을 방어할 힘이 하나도 남아 있지 않으니 마리아를 깨우지 않는 게 최선이었다.

그는 불도 켜지 않은 채 조용히 옷을 벗고, 세탁해야 할 양말과 속옷은 단정히 개어 바닥에 내려놓은 뒤, 다시 입어도 될 깨끗한 옷은 서랍장 제일 위에 올려 두었다. 눈이 어둠에 익숙해지자 마리아의 침대 옆 협탁에 쌓인 책들이 만들어 낸 그림자가 보였다. 빈센트도 그의 아내와 마찬가지로 인생이 어떻게 돌아가는 건지 알지 못했다. 그리고 그의 아내와 마찬가지로, 그도 인생을 책으로 배우지는 않을 것이다. 둘 사이에 차이가 있다면 그는 그 사실을 알고 있다는 것이었다.

이제야 그는 인생에 대해 배우기 시작했다.

미나가 가르쳐 주기 시작했으므로.

3권에서 계속

옮긴이 임소연

고려대학교 중어중문학과, 이화여대 통번역대학원 번역학과를 졸업했다. 졸업 후 영국과 중국, 이탈리아, 미국 등을 옮겨 다니며 소설, 자기계발, 심리학, 에세이, 교양 등 다양한 분야의 책을 번역했다. 옮긴 책으로는 《1984》, 《송나라의 슬픔》, 《니체라면 어떻게 할까》, 《시시콜콜 네덜란드 이야기》, 《나는 세계 일주로 유머를 배웠다》, 《바람 쐬고 오면 괜찮아질 거야》 등이 있다.

박스 2

초판 1쇄 2024년 11월 19일

지은이 카밀라 레크베리, 헨리크 펙세우스
옮긴이 임소연

책임편집 이정
표지디자인 정나영

펴낸이 차보현
펴낸곳 어느날갑자기
출판등록 2017년 8월 31일 제2021-000322호
블로그 https://blog.naver.com/dayonepress
인스타그램 https://www.instagram.com/oneday_press
유튜브 '책략가들' https://www.youtube.com/@dayonepress

박스 2 ⓒ 카밀라 레크베리, 헨리크 펙세우스, 2024
ISBN 979-11-6847-988-3 04850

* 잘못된 책은 구입하신 서점에서 바꾸어 드립니다.
* 오탈자 및 오류 제보는 dayonepress@naver.com으로 보내 주시기 바랍니다.
* 이 책의 출판권은 지은이와 펜슬프리즘(주)에 있습니다. 내용의 전부 또는 일부를 재사용하려면 반드시 양측의 서면 동의를 받아야 합니다.
* 어느날갑자기는 펜슬프리즘(주)의 임프린트입니다.